古典文獻研究輯刊

二八編

第11冊

古典與比較續集（論文集）

徐 志 嘯 著

國家圖書館出版品預行編目資料

古典與比較續集（論文集）／徐志嘯 著 -- 初版 -- 新北市：
花木蘭文化事業有限公司，2023〔民112〕
目 2+200 面；19×26 公分
（古典文學研究輯刊 二八編；第 11 冊）
ISBN 978-626-344-455-3（精裝）
1.CST：中國文學 2.CST：比較文學 3.CST：文學評論
4.CST：文集
820.8 112010494

ISBN-978-626-344-455-3

9 786263 444553

古典文學研究輯刊
二八編 第十一冊 ISBN：978-626-344-455-3

古典與比較續集（論文集）

作 者	徐志嘯	
總 編 輯	杜潔祥	
副總編輯	楊嘉樂	
編輯主任	許郁翎	
編 輯	張雅淋、潘玟靜	美術編輯 陳逸婷
出 版	花木蘭文化事業有限公司	
發 行 人	高小娟	
聯絡地址	235 新北市中和區中安街七二號十三樓	
	電話：02-2923-1455／傳真：02-2923-1452	
網 址	http://www.huamulan.tw 信箱 service@huamulans.com	
印 刷	普羅文化出版廣告事業	
初 版	2023 年 9 月	
定 價	二八編 18 冊（精裝）新台幣 47,000 元	

古典與比較續集（論文集）

徐志嘯　著

作者簡介

徐志嘯，復旦大學歷史系 77 本科生，復旦大學中文系 79 碩士生，北京大學 86 博士生。復旦大學文學碩士，北京大學文學博士。復旦大學中文系教授，比較文學　古代文學雙專業博士生導師。中國作家協會會員，中國屈原學會名譽會長。甘肅省首屆特聘飛天學者、講座教授，上海交通大學人文藝術研究院客座教授。已出版學術專著及論文集 10 多部，發表學術論文近 200篇。曾應邀赴美國哈佛、耶魯、普林斯頓、哥倫比亞大學及日本東京大學等講學或作學術演講。

提　　要

　　本書是作者近十年來發表的學術論文匯編，內容涵蓋中國古代文學、比較文學和海外漢學。作者從宏觀和微觀相結合的角度，對《詩經》《楚辭》及文學史發展等各個方面，作了屬於作者個人獨立思考前提下的梳理與探索。作者的視野還涉獵了世界範圍的中國文學史，提出了一系列個人的獨到見解。書後的附錄部分，介紹了作者近十年的學術活動和相關信息，俾供讀者參考。

目次

《詩經》與禮樂文化

　　說到《詩經》，我們首先想到的，是與《詩經》產生時代相關的周代社會——包括西周與東周（少數涉及殷商時代），以及與周代社會密切相關、支撐周代社會的文化支柱——禮樂文化。眾所周知，禮樂文化在維護周代社會秩序、創建周代社會文明、推進周代社會發展進程中，起了不可忽視的重要作用，尤其是史書明確記載的周公制禮作樂，對打破夏商時代舊有社會秩序、創立周代社會新秩序、鞏固周代社會結構穩定、推進周代社會有序發展，乃至對後世中國古代社會制度的承續、維持以及秩序的建立，都起了相當重要的創立與推動作用，在中國歷史和文化史上書寫下了不可忽略的重要篇章。

關於周禮

　　談周代的禮樂文化，首先要說明周禮，這裡所謂周禮，可以包含兩層意思：其一，周代的禮制，即包括禮樂在內的整個周代禮樂文化的內容；其二，《周禮》一書。對於《周禮》一書，這裡不擬贅述，由於對它的成書，學界至今說法不一，有西周說、戰國說、秦漢之際說、漢代說等，且對《周禮》一書所載內容中的諸多問題，一直存在著爭議，有些問題的展開比較複雜。我們擬稍作闡述的，是與本文論述相關的有關周禮的問題。因此，本文所謂周禮，應該是以周人的標準規範的周朝（當時整個中國）各族和各代的禮樂文化內容，包括屬於朝廷層面制定的各種政治制度和管理規則，各種典禮舉行時所用的雅樂，以及通過制度形式，將制度規則推行到不同等級的貴族階層中，從而擴大周文化的影響，加強周人的上下聯繫，維護周代的宗法等級秩序，實現其最終目的：「經國家，定社稷，序民人，利後嗣。」

周代的這一禮制體系，或謂禮樂文化內容，應該說，對整個中國古代社會——不光是周代社會，都產生了影響，一直綿延影響到後世社會的整個上層正統統治思想，它甚至成了治世的核心標準——政治權力的分配功能、社會生活的秩序塑造、維持這個秩序的整個機制，特別是涉及禮的一系列基本原則——親親、尊尊、君君、臣臣、父子、夫婦、男女等，以及政治制度、社會制度、治國方針與行政管理，它們幾乎奠定了整個中國古代社會意識形態的基本格局，並一直維繫到封建社會的晚期，且始終沒有發生過大的根本性的變化——這是十分令今人驚訝的。

周代禮樂文化與《詩經》

《詩經》的誕生，與周代社會文化條件及社會體制密切相關，而周代文化的核心則是禮樂文化，因而，禮樂文化無疑是瞭解《詩經》產生背景及其內涵的重要內容。〔註 1〕

周代文化的鮮明特徵之一，是產生了不同於前代而又深刻影響後代的禮樂文化，這其中的禮，融匯了周代的思想與制度，樂則具有教化功能，它們是在因襲夏商兩代文化基礎上的發展，是因著維護周代社會秩序而由周公親自制定並創設的。

孔子曾比較夏、商、周三代，認為：夏代尊命（天命），敬畏鬼神，但不親近，待人寬厚，少用刑罰；商代尊神，教人服事鬼神，重用刑罰，輕視禮教；周代尊禮，敬畏鬼神，但不親近，待人寬厚，用等級高低作賞罰。〔註 2〕之所以造成夏商周三代的這個差別，原因在於，夏代社會階級矛盾比較緩和，統治者不需要利用鬼神和刑罰來維持自己的權力，因而其時只能產生低級的尊命（天命）文化；而商代進入了奴隸制社會，統治者需要藉重神（包括天、命、鬼）與刑罰來壓迫奴隸，故而產生了尊神文化；周代（西周與東周）則進入了奴隸制與封建制交替的社會，必須按尊卑、親疏、貴賤、長幼、男女的差別，

〔註 1〕談周代的禮樂文化，與《周禮》《儀禮》《禮記》三書自然有聯繫，但也有區別。該三書的成書時代並不一致，有先後，其所載內容，分別是：《周禮》專講官制和政治制度；《儀禮》記述有關冠、婚、喪、祭、鄉、射、朝、聘等禮儀制度；《禮記》則是一部有關禮儀制度的論著選集，有禮儀制度的記述，也有關於禮的理論和倫理道德等的論述。必須說明的是，本文所述周代禮樂文化，指形成於周代的周公制禮作樂，與《周禮》《禮儀》《禮記》三書並不完全直接掛鉤，也即不特指這三書所載內容。

〔註 2〕參見《禮記・表記》。

來制定表現等級制度的禮，以此鞏固統治者的地位，否則難以維持統治。自然，相較之下，周代的尊禮文化，顯然高於對自然界完全無能的夏代尊命文化，和假借鬼神而行貪暴無恥的商代尊神文化〔註3〕。不過，我們也應看到，周代的尊禮文化，乃是在繼承夏、商兩代尊命、尊神文化基礎上發展而來，並非憑空產生，這正如《論語‧為政》所說：「殷因於夏禮，所損益，可知也；周因於殷禮，所損益，可知也。」

當然，我們也應看到，周禮文化的根本立足點，是把維護社會秩序的基點放在人自身的自覺追求上，而不是借助於神威和神意，這相對夏商兩代顯然是一種進步與創新。《周易‧繫辭上》有云：「天尊地卑，乾坤定矣。卑高以陳，貴賤位矣。」《周易‧序卦》有云：「有天地，然後有萬物；有萬物，然後有男女；有男女，然後有夫婦；有夫婦，然後有父子；有父子，然後有君臣；有君臣，然後有上下。」顯而易見，「天」在這裡是人間秩序的本源和最高原則，它的作用是告訴人們禮制的天經地義，人們必須自覺遵守與維護這個天經地義的禮制，唯有這個禮制，方是周代社會得以穩固的支柱。可見，周禮文化所要確立的，是「尊尊」「親親」的社會秩序，是人們自覺形成的上下和諧的等級秩序，從而以其為核心，形成周代的文化氛圍和社會秩序。〔註4〕

「樂」，作為緊伴「禮」出現的周代文化的組成部分，在某種程度上，起著一種輔助與調節作用，即，當人們以「禮」規範與約束自己時，常常以「樂」在其中影響和制約心靈的活動，使之與「禮」相契合，從而完善「禮」「樂」。「樂者，樂也，人情之所不能免也。樂必發於聲音，形於動靜，人之道也。」「故樂也者，動於內者也；禮也者，動於外者也。」〔註5〕「樂者，天地之和也；禮者，天地之序也。和，故百物皆化；序，故群物有別。」〔註6〕周代文化正是由於以「禮」「樂」相充實、相互補、相配合，才有了「禮」的儀式規範和「樂」的應用方式，從而建立起了周代的社會秩序與倫理規範，並鞏固完善了以倫理道德為核心的社會制度。

正因此，在周代文化土壤上萌生出的《詩經》，毫無疑問，深深地刻有了「禮樂」文化的印記，用問世於漢代的《毛詩序》的話來說，「詩三百」所反映的思想與內容，無非就是：「經天地，成孝倫，厚人倫，美教化，移風俗。」

〔註3〕 參見范文瀾《中國通史》第1編第4章，人民出版社，1964年版。
〔註4〕 參見趙明主編《先秦大文學史》，吉林大學出版社，1993年版，第163～164頁。
〔註5〕 《樂記‧樂化》。
〔註6〕 《樂記‧樂論》。

而這，正是周代禮樂文化的核心內容，兩者是完全相通的。換言之，《詩經》的撰著者和編訂者，無論最初動機如何，客觀上，都是毫不猶豫地在為宣揚周代禮樂文化服務——從不同的側面與角度、程度不一地。

這裡，我們有必要談到一個問題，即，作為一種文學創作，《詩經》的創作者們（包括集體或個人、創作者或改編者）自然絕不同於上古時代原始歌謠的製作者，後者是完全出於無意識或下意識，對大自然及諸多現象只是作純客觀的記錄。而《詩經》，則毫無疑問是創作者或改編者在周代社會條件下，受禮樂文化觀念的影響，以一種比較自覺的創作意識（或謂至少比上古時代自覺的意識）作文學或文化活動，其間滲入了較多人為的、有意識的觀念、審視和評判——或對社會、或對倫理、或對道德、或對善惡是非。他們以相對清醒的態度，觀察和記錄了社會的種種現象，並以較為明確的「言志」「載道」觀念指導了整個創作過程——包括今日意義上的審美判斷和審美追求。雖然這種所謂的審美判斷和審美追求，相對於兩漢以後的詩歌創作，顯然要顯得粗拙和稚嫩，只是上古時代的人們處於萌芽階段的產物，卻已遠勝於上古時代歌謠那種基本無意識、純客觀的原始記錄了。而且，上古時代的原始歌謠絕不可能脫離人們的生存實際作如實反映，而受周代禮樂文化影響的《詩經》則不然，它的每一首記錄、每一篇吟唱，都或多或少帶有明顯的目的性，或歌頌、或鞭撻、或揭露、或傾訴，無不印上了禮樂文化的痕跡，其反應或表現的內容，大多都圍繞著倫理道德與社會秩序的框架與範圍，其間還多多少少滲入了作者本人的情感與意識，而絕非無病呻吟或漫無目的的歌唱。即使是一些表面上看上去純屬勞動場面直接記錄的篇章，也無不透露出勞動者本人的感情或愛憎態度，反映出社會生活的某一個側面，記錄了那個時代人們對大自然和人類社會發出的真實呼喚與吟唱。

禮樂文化的影響《詩經》，還有另一層面，即《詩經》中所湧現的大量反映表現戀愛、婚姻的篇章，從某種程度上說，《詩經》中這些描寫戀愛、婚姻詩篇的出現，與周代的社會文化有著密切關係。在周代禮義中，男女婚姻詩基本是記錄所謂「昏禮者，禮之本也」〔註7〕，而此婚姻，又分為上層貴族和下層平民兩個層面，他們當中的戀歌與婚歌，有著明顯區別，這是由於禮儀規範而造成的「男尊女卑」及民間戀愛自由的差異。對貴族階層而言，他們只有婚姻詩而無戀歌；對平民國人而言，他們可以自由歡愛，無拘無束，如鄭國、衛

〔註7〕《禮記·昏義》。

國的春日聚會。當然，禮教之網也要在平民中張開，但又畢竟管不了那麼多，因而「鄭、衛之詩」也就超越「禮義之軌」了。不過，在《詩經》中，還有相當一部分詩篇，反映表現的，是因禮教束縛而使婦女遭受不平等或迫害，而發出的反抗禮義的吶喊——這也是周代禮樂文化影響《詩經》的產物之一，只是屬於不和諧音罷了。這當中，既有缺少婚戀的「父母之命」之紀實，也有婚後遭棄的棄婦之反抗控訴，它們都屬於周代社會制度下禮樂文化的「逆反」產物，這些作品，像一面鏡子，照出了周代社會的方方面面。

禮樂文化同《詩經》還有一層關係。禮與樂緊密結合：「樂者為同，禮者為異；同則相親，異則相敬——禮義立，則貴賤等矣，樂文同，則上下和矣。」〔註8〕這「異」和「同」的重大作用，致使周代貴族弟子自幼被規定須習樂、習禮、誦詩，三者往往連在一起。《漢書·禮樂志》有云：「《周詩》既備。而其器用張陳，《周官》備焉。典者自卿大夫師瞽以下，皆選有道德之人，朝夕習業，以教國子。國子者，卿大夫之子弟也，皆學歌九德，誦六詩，習六舞、五聲、八音之和。」雖然此志係漢代編成，但其所述的時代是周代，反映了周代貴族弟子樂、禮、詩（還包括舞）的齊誦習和互為滲透。可見，《詩經》在周代時，雖尚未完全成型（尚未被完全編定），卻已與禮樂綁縛在一起了，成為了年輕人的「必修科目」和「規定教程」，加上詩與樂本身的特性，客觀上規定了它們乃是兩者合一的——即所謂：「誦詩三百，弦詩三百，歌詩三百，舞詩三百。」〔註9〕由此，「詩三百」與周代禮樂的密切關係自然就不言而喻了。

《詩經》的禮樂文化價值

周代的禮，是尊天而重人，它與殷商的尊天敬神不同，因而它要在實際生活中建立的，是穩定的尊卑有序、親睦和諧的社會秩序，從而通過人們對禮儀形式的遵守和對道德倫理的追求，形成整個周代社會的文化氛圍。產生於周代的《詩經》，可以說，在相當程度上反映表現了周代的禮樂文化，這使它成為了保存周代禮樂文化的重要文獻之一，從而顯示了其禮樂文化價值。

在《詩經》的風、雅、頌三部分內容中，比較集中反映表現周代禮樂文化狀貌的，主要是《雅》和《頌》兩部分，《風》中少數篇章也有所涉及。我們試以一些比較有代表性的篇章為例，作些具體說明。

〔註8〕《禮記·樂記》。
〔註9〕《墨子·公孟》。

《小雅》的《南有嘉魚》《南山有臺》，均為燕饗樂章，它們或燕樂嘉賓，或臣工祝頌天子，其中所錄的燕饗儀式與過程，典型地表現了周代的燕饗之禮樂。試讀《南有嘉魚》——

　　南有嘉魚，烝然罩罩。君子有酒，嘉賓式燕以樂。

　　南有嘉魚，烝然汕汕。君子有酒，嘉賓式燕以衎。

　　南有樛木，甘瓠纍之。君子有酒，嘉賓式燕綏之。

　　翩翩者鵻，烝然來思。君子有酒，嘉賓式燕又思。

　　燕饗禮樂在西周春秋時代很盛行，這是宮廷用以款待臣子、宴請諸侯貴賓、籠絡各方人心的常用方式，《詩經》對這些燕饗形式的記載，一方面是實況的記錄，另一方面則是周代社會禮樂文化的真實反映。

　　《小雅・蓼蕭》為宴遠國之君的樂歌，詩成於周公輔成王之世，即周公興禮樂、致太平之時。讀此詩，可知周朝對於四鄰遠國，已採取睦鄰友好之禮儀政策，反映了周代禮樂之應用廣泛。《小雅・彤弓》，記敘了天子賜有功諸侯以彤弓，它告訴讀者，周初以來，對於有功於國家的諸侯，周天子均要賜以弓矢，甚至以大典形式予以頒發，表明周天子對於周邊諸侯各國的安撫與重視。詩中寫道：

　　彤弓弨兮，受言藏之！我有嘉賓，

　　中心貺之。鍾鼓既設，一朝饗之。

　　彤弓弨兮，受言載之！我有嘉賓，

　　中心喜之。鍾鼓既設，一朝右之。

　　彤弓弨兮，受言櫜之！我有嘉賓，

　　中心好之。鍾鼓既設，一朝醻之。

　　相比之下，《小雅・鹿鳴》的代表性更大些，此詩列為《小雅》第一篇，是歷來所謂的「四始」之一，歌文王之道，述文王之德，其地位、影響均有些特殊，它顯然是王者宴群臣嘉賓之作，「周公制禮，以《鹿鳴》刊於升歌之詩。」〔註10〕朱熹認為它是「燕饗通用之歌」〔註11〕。詩中所寫，不光是燕饗嘉賓，還涉及了道（「示我周行」）、德（「德音孔昭」），從而顯示了「周公作樂以歌文王之道，為後世法。」〔註12〕對此詩，「毛序」所說反映了燕饗與政治教化的

〔註10〕陳奐《毛詩傳疏》。

〔註11〕朱熹《詩集傳》。

〔註12〕陳奐《毛詩傳疏》。

結合：「《鹿鳴》，燕群臣嘉賓也。既飲食之，又實幣帛筐篚以將其厚意，然後忠臣嘉賓得盡其心矣。」禮與樂，及其與統治者統治術的關係，可謂盡在不言之中——

> 呦呦鹿鳴，食野之苹。我有嘉賓，鼓瑟吹笙。
>
> 吹笙鼓簧？承筐是將。人之好我，示我周行。
>
> 呦呦鹿鳴，食野之蒿。我有嘉賓，德音孔昭。
>
> 視民不恌，君子是則是傚。我有旨酒，嘉賓式燕以敖！
>
> 呦呦鹿鳴，食野以芩。我有嘉賓，鼓瑟鼓琴。
>
> 鼓瑟鼓琴？和樂且湛。我有旨酒，以燕樂嘉賓之心！

可見，燕饗其實往往只是手段或形式，周公的作樂以歌，主要是為了歌頌文王之道，藉此宣揚政教，以為後世所法。

我們如從宏觀上看周代禮樂，它其實包含的範圍甚廣，有喪禮、祭禮、射禮、御禮、冠禮、婚禮、朝禮、聘禮等，這些禮都多少包含有上述的燕饗之禮，燕饗之禮其實本身並非單純為歡聚宴飲，它在《詩經》中的記錄，是告訴人們，可以通過燕饗禮儀聯絡感情、建立友情、溝通彼此，從而有利於君臣關係，有利於天朝與諸侯的關係，甚至有利於周朝與周邊國家與民族的關係，這對於鞏固政權，並進而達到一統天下的目的，有著不可低估的意義和作用。因此，不管燕饗對象為何人，都反映了一定的政治目的與功利，而《詩經》的詩篇中所記載的，則是在不同對象、不同場合下不同的禮儀程序和表現形式，它們可以讓後人藉詩篇而一窺周代燕饗之禮的狀況，也由此讓人們得以知曉《詩經》與禮樂文化的密切關係。

除燕饗之禮外，我們從《詩經》中能瞭解到的周代其他方面禮樂文化內容，還有很多。如《召南・騶虞》寫春日田獵的「春蒐之禮」，《小雅・車攻》《小雅・吉日》寫周宣王會同諸侯田獵，這種田獵的形式，往往是周天子借助田獵行使權力、顯示威儀、施展外交手腕的重要場合。如《小雅・車攻》開頭寫道——

> 我車既攻，我馬既同。四牡龐龐，駕言徂東。田車既好，四牡
> 孔阜。東有甫草，駕言行狩。

而《小雅・楚茨》《小雅・甫田》《小雅・大田》等，寫祭祀先祖，祭上帝及四方、后土、先農等諸神，更顯示了周代社會的尊祖尊神，雖然它與夏商兩代已經有所不同，但其間透出的祭祀狀貌，也能清晰看出周代禮樂文化的表

現，這些詩篇真實記錄了這類祭祀的場景和內容，透露了祭祀者的企盼與願望。且看《小雅·甫田》中的一節——

> 以我齊明，與我犧羊，以社以方。我田既臧，農夫之慶。琴瑟
> 擊鼓，以御田祖。以祈甘雨，以介我稷黍，以穀我士女。

《周頌》中有多篇描寫了祭祀文王與祭祀天地，我們既可從中瞭解祭禮的對象和內容，也能由此見出周代人祭祀的虔誠與對文王、天地的崇仰。如《周頌·清廟》中寫道——

> 於穆清廟！肅雝顯相。濟濟多士，秉文之德。對越在天，駿奔
> 走在廟。不顯不承？無射於人斯！

鄭玄《詩箋》說：「清廟者，祭有清明之德者之宮也，謂祭文王也。天德清明，文王象焉，故祭之而歌此詩也。」〔註13〕

又如《周頌·維天之命》所寫——

> 維天之命，於穆不已！於乎不顯？文王之德之純！假以溢我？
> 我其收之。駿惠我文王，曾孫篤之。

這是祭告文王的樂歌，為告天下大平於文王而作，陳奐《毛詩傳疏》引《尚書》說：「周公攝政，六年制禮作樂，七年致政。《維天之命》制禮也。」〔註14〕

《詩經》中其他類似記敘禮樂儀式的還有，如《小雅·鴛鴦》寫頌祝貴族君子新婚，《小雅·瞻彼洛矣》展示周王會諸侯檢閱六軍，等等，其中都可分別從中見到有關周代婚禮與軍禮的載錄。可見，周代的諸多禮樂文化，在《詩經》詩篇中的記載，可謂比比皆是。

周代的禮樂文化包括範圍甚廣，它既有倫理道德修養成分，又有國家政治典章制度，《詩經》作為一部詩歌作品集，自然不可能如同《周禮》那樣詳盡實錄具體的禮儀規範與各種細則，它只是通過誦唱形式，反映其中一部分的狀貌，且這種反映，多數也只是零星片段的，相對來說，比較集中而又典型的反映，主要還是燕饗之禮，即上述的所謂燕饗詩，因為燕禮的應用範圍在當時最廣，且統治者將其視作溝通上下、鞏固統治秩序的一個重要政治手段，這自然就使得燕饗詩在宮廷與民間得以廣泛的流傳，《左傳·成公十二年》所載正是這種狀況的實錄：「享以訓共儉，宴以示慈惠，共儉以行禮，而慈惠以布政，致以禮成，民是以息。」

〔註13〕參見《十三經注疏》。
〔註14〕陳奐《毛詩傳疏》。

　　由上述可見，產生並流傳於周代及其後的《詩經》，對記錄傳播周代的禮樂文化，起了不可忽視的重要作用，正由於《詩經》的這種載錄，使得周代其時的禮樂文化得以在後代用文學的形式（詩歌）傳播，也同時使得後代人們藉此瞭解到了周代禮樂文化在周代當時的面貌及其流播，這對學界研究中國社會早期傳統的禮樂文化之形成、傳播與影響，提供了重要的文獻資料。

《詩經》學極簡史

　　可以說，《詩經》問世以後，在中國歷史上產生的巨大影響，幾乎只有《論語》可與之比肩。這當中的原因很多，其中主要是：一，孔子參與了對「詩三百」的整理編定，這一定程度上提高了編成後的《詩經》的地位；二，漢代開始，由於帝王的推崇，將《詩經》與其他多部儒家的代表著作，奉為了經典，此後，歷代統治者相沿成襲，將這些儒家經典置於了至高無上的地位，而《詩經》乃居其首——這在客觀上提高了《詩經》的地位和影響；三，《詩經》本身的豐富內涵和藝術表現形式，產生了它應有的藝術魅力，自然成了後世歷代文人學者欣賞、傳播、研究的重要對象。

　　這裡，我們擬對《詩經》問世以後，歷代對其所作的研究，作極粗略的簡要概括闡述——當然，這個所謂研究，包括了對《詩經》的編定、傳播、注解、詮釋等多方面，它所涉及的領域可涵蓋經學、文學、史學、語言學、考古學、政治學、軍事學、經濟學、農學、博物學、藝術學等多學科。

先秦時期關於《詩經》的若干專題

　　先秦時期，由於《詩經》本身尚在創作、搜集、編定的成形時期，故傳統的《詩經》學——《詩經》研究，還未正式登基，還沒開始真正進入研究階段。這個時期，自然沒有產生有關《詩經》研究的專門論著，有的只是對《詩經》產生過程的參與、點評和引申發揮，如孔子整理編定「詩三百」、發出有關詩教的觀點——「興、觀、群、怨」、「思無邪」、「溫柔敦厚」、「不學詩，無以言」等；孟子提出「知人論世」、「以意逆志」方法論；荀子提出「明道、徵聖、宗經」文化觀等。其時，涉及《詩經》的話題尚不屬專門的研究，這

裡，略舉若干相關專題，不作展開性闡述，其中不少之前已有述及，此處不擬重複。

《詩經》的基本概念——詩、詩三百、《詩經》

《詩經》產生的時代、文化背景和地域

《詩經》的作者

「詩三百」的採集（采詩、獻詩）、整理和編定

孔子「刪詩說」

「詩六義」——風、雅、頌；賦、比、興

先秦時代詩、樂、舞與《詩經》的詩樂合一

關於十五國風、二雅、三頌的概念及其爭議

《詩經》的應用——先秦時代引詩、賦詩及其他

孔子詩說——興、觀、群、怨；思無邪；溫柔敦厚；不學詩，無以言；經世致用

孟子詩說——以意逆志；知人論世

荀子詩說——明道、徵聖、宗經

兩漢時期《詩經》研究（漢學）

兩漢時代，應該說是中國歷代《詩經》研究的真正開創與奠基時期。為何這樣說？雖然，《詩三百》的產生時代在西周春秋時期，它的整理編定工作，孔子也參與了，《詩經》這個名稱的定名，稱【詩】為【經】，是在戰國時啟端——《莊子·天運》有云：「丘治《詩》《書》《禮》《樂》《易》《春秋》六經。」《荀子·勸學》有云：「其數則始乎誦經，終乎讀禮。」但真正將《詩三百》置於至高地位，是西漢時期董仲舒提出「罷黜百家，獨尊儒術」尊儒主張被武帝採納之時，此後，儒家的幾部代表著作《詩》《書》《易》《禮》《樂》《春秋》等，從此被奉為了儒家的經典，於是，《詩三百》就成了《詩經》（《書》也成了《書經》，《易》也成了《易經》，等等）——自此以後，開始了歷代對《詩經》的注「經」歷史，也即，《詩經》的研究歷史正式開啟了。

兩漢時代的《詩經》研究，總體上包括兩大派，此即後世所謂漢代傳詩的「四家詩」——「三家詩」和「毛詩」。「三家詩」是用漢代通行的隸書書寫（還包括文字訓詁和內容解釋），故也稱為「今文三家」（今文經學）；「毛詩」是用戰國時代的隸書書寫（還包括文字訓詁和內容解釋），故也稱為「古文毛詩」（古文經學）。

　　「三家詩」，指魯詩、齊詩、韓詩三家——魯詩，即魯國人申公所傳；齊詩，即齊國人轅固所傳；韓詩，即韓國人韓嬰所傳。

　　「毛詩」較「三家詩」晚出，相傳為大毛公魯人毛亨和小毛公趙人毛萇所傳。《毛詩》的代表著作是《毛詩故訓傳》（簡稱《毛傳》），該著是「詩經漢學「的代表作，所作訓詁解釋，釋詞明確，淵源清晰。

　　由於「三家詩」和「毛詩」分別代表了今文經學和古文經學兩派，因而在兩漢時代，這兩派的今、古文經學之爭，直接影響貫穿了整個時代。具體在對《詩經》的解說上，「三家詩」與「毛詩」的分歧既表現在政治立場上，也表現在書寫文字、說詩方法、解說繁簡、章節編次、名物訓詁、字詞辨析，乃至對具體詩篇的不同理解等多方面。由於「三家詩」完全站在漢代官方政治立場上，兩漢時代自然屬於官學，隨著漢代統治的結束，它的生命力也就告終了。而「毛詩」則與漢代政治距離較遠，屬於民間傳授之學，且不斷提高訓詁和義疏質量，因而它比「三家詩」生命力旺盛，此後一直延續下去了。

　　這裡，應提到一位在漢代兼通今古文經學的大儒——鄭玄，他為《毛詩》所作的「傳箋」——《毛詩傳箋》一書，在整個中國《詩經》研究史上，是一部里程碑式的著作，該書打破了師法之拘，結束了兩漢的今、古經學之爭，書中的解詩，兼融了「三家詩」和「毛詩」之說，以宗毛為主，吸取「三家詩」，並在《毛傳》基礎上作補充修訂，提出了不少屬於自家的說法，因而顯示了特色。

　　兩漢時代在《詩經》研究方面，特別值得一說的是《毛詩序》。《毛詩序》包括大序和小序，大序（又稱《關雎序》）係針對全部《詩經》而寫的總論全部《詩經》的序言（兼及《關雎》一詩），小序則是為《關雎》以外其他三百零四篇而作的簡短詩意解說。《毛詩序》的作者究竟是誰，歷來說法甚多，至今爭議不決，各家所說分別有：孔子，子夏，衛宏，子夏、毛公合作，子夏、毛公、衛宏合作，等等。對《毛詩序》為何而作，其文字的來源和所作序的內容是否切合原詩內涵，歷來也爭議不決，難以定論。但是，不管如何，筆者認為，《毛詩序》本身是一篇極有價值的文字，不但其小序部分值得參考（當然不可照單全取，必須結合作品本身與歷史時代，有所取捨），而且其大序，尤其值得重視——這是中國古代文學理論史和文學批評史早期階段一篇不可多得的重要的詩歌專論，它比較全面而又系統地總結了先秦時代儒家的詩歌理論，提出了一系列屬於儒家詩教開創性的詩歌創作和詩歌理論主張，屬於一篇

具有開山綱領性意義的理論文字。

這裡，不妨將《詩大序》全文錄下（有關《關雎》部分文字略），以饗讀者——

> 風，風也，教也；風以動之，教以化之。

> 詩者，志之所之也。在心為志，發言為詩。情動於中而形於言，言之不足故嗟歎之，嗟歎之不足故永歌之，永歌之不足，不知手之舞之，足之蹈之也。

> 情發於聲，聲成文謂之音。治世之音安以樂，其政和；亂世之音怨以怒，其政乖；亡國之音哀以思，其民困。故正得失，動天地，感鬼神，莫近於詩。先王以是經夫婦，成孝敬，厚人倫，美教化，移風俗。

> 故詩有六義焉：一曰風，二曰賦，三曰比，四曰興，五曰雅，六曰頌。上以風化下，下以風刺上，主文而譎諫，言之者無罪，聞之者足以戒，故曰風。至於王道衰，禮義廢，政教失，國異政，家殊俗，而變風、變雅作矣。國史明乎得失之跡，傷人倫之廢，哀刑政之苛，吟詠情性，以風其上，達於事變而懷其舊俗者也。故變風發乎情，止乎禮義。發乎情，民之性也；止乎禮義，先王之澤也。是以一國之事，係一人之本，謂之風；言天下之事，形四方之風，謂之雅。雅者，正也，言王政之所由廢興也。政有大小，故有小雅焉，有大雅焉。頌者，美盛德之形容，以其成功告於神明者也。是謂四始，詩之至也。

毫無疑問，從上引文字可以見出，《詩大序》在內容上，顯然是一篇儒家綱領性的禮教宣傳文字，其封建政治色彩不容否認，但我們必須承認，這篇文字，確是提綱挈領地高度闡發了先秦時代儒家的詩歌理論，代表了這一時代文學創作和詩歌理論的最高水準。為何這樣說？我們看它的具體文字闡述。概括地說，這篇文字的理論要點，包括以下四個：一，精闢地闡述了詩、樂、舞三者的起源，以及其相互之間的關係與特徵，其中尤其是「詩者，志之所之也，在心為志，發言為詩。」這是開創性地提出了「詩言志」這一綱領性的主旨口號，標明了詩歌創作的目的與功用，由此，這個口號成了後世歷代中國傳統詩歌創作和理論的旗幟，其本身也切中了文學藝術作品創作的本質特徵——言志抒情。二，概括地點明了詩歌與時代及政治、地理、文化等因素的密切關

係,所謂「治世之音」、「亂世之音」、「亡國之音」、「變風、變雅」,即是其具體體現。三,突出了儒家詩教的作用,強調了詩歌的政教功用,且明確指出,詩歌具有「正得失,動天地,感鬼神」的作用,它能「經夫婦,成孝敬,厚人倫,美教化,移風俗。」雖然這些話本身包涵了濃厚的儒家禮教色彩,但客觀地說,它確實較為準確地表述了詩歌的實際功用。四,對「詩六義」的概括——風、雅、頌;賦、比、興,既判明了詩的分類,也闡述了詩歌創作的主要藝術表現手法,這對當時和後代的詩歌創作,有著極大的助益。

兩漢時代由於是《詩經》研究的開創和奠定時期,故而在《詩經》研究史上,漢代的《詩經》研究,也稱為「詩經漢學」,簡稱「漢學」——這是相對於宋代的「詩經宋學」(簡稱「宋學」)和清代的「詩經清學」(簡稱「清學」)而言。

魏晉至唐《詩經》研究

相對於兩漢時代,魏晉至唐這個歷史階段,《詩經》研究處於低潮期,基本上沒有形成專門的學術流派,問世的著作也相對較少,這是與這個歷史時代不同於兩漢大一統社會「獨尊儒術」有一定關係——魏晉南北朝是中國歷史上的所謂「亂世」,南北方常年處於戰亂和朝代更迭的狀態,即便到隋唐統一後,儒家思想也還是不像兩漢時代那樣處於一尊地位。

不過,這個歷史階段也還是出現了《詩經》研究的不同學派及其代表學者,它們形成了爭論或對峙狀態。比較有代表性的,如魏晉時代的鄭學、王學之爭,南北朝時代的南學、北學之爭。漢代鄭玄的《毛詩傳箋》標舉毛詩,融合三家詩,成為當時的權威注本,形成了「鄭學」,這引得魏人王肅的攻擊,認為其是打著「毛詩」牌子,卻引用「三家詩」說法,破壞了「毛詩」古文經學的家法,由此,王肅要申毛難鄭。不過,王、鄭兩家之爭,在當時影響並不大,後來鄭玄還是憑自己的地位,以及《毛詩傳箋》本身的影響,使其書得以流傳後世。南北朝時代的南學、北學之爭,南學承魏晉,兼採王學,北學承漢代,推崇鄭玄。隨著隋朝統一南北後,所謂的南學北學,也就結束了對峙,北學最終歸入南學而趨統一。這個統一,實際是由朝廷授命唐代學者孔穎達,負責主持撰定「五經正義「(《毛詩正義》係其中之一)而得以完成。《毛詩正義》是魏晉至唐時期《詩經》研究的一部重要代表著作,它廣泛吸收了唐初以前歷代的《詩經》研究成果,「融其群言,包羅古義」,為《毛詩故訓傳》和鄭玄《毛

詩傳箋》作疏解，集了唐前漢學之大成，全部保留了《毛傳》《鄭箋》的注文，並在這些注文基礎上作疏解（後世簡稱其為《孔疏》）。《孔疏》堅持「疏不破注」原則，綜合吸取漢魏以來諸家訓詁之見解，融匯了漢魏六朝《詩經》研究的成果，全書貫穿了說解、文字、音訓三統一，使之達到了唐時《詩經》研究的最高水平，被官方定為標準教本，從而具有絕對的權威性，堪稱是繼《毛詩故訓傳》（《毛傳》）和《毛詩傳箋》（《鄭箋》）之後，歷代《詩經》研究史上一部具有里程碑意義的《詩經》學著作。

必須注意到的是，魏晉至唐這一歷史階段中，《詩經》研究不僅限於學者在經學範疇內對《詩經》作注釋和說解，而且出現了文學家對《詩經》思想內容、藝術成就和藝術手法作闡述和評價，這當中包括劉勰、鍾嶸等人。劉勰在《文心雕龍》一書的多篇論述中，涉及了對《詩經》內容和藝術表現手法的評論和闡述，比較代表性的篇章有《宗經》、《辨騷》、《時序》、《情采》、《比興》、《誇飾》、《物色》等，其中分別談到了《詩經》的教化作用、文學與現實的關係、內容與形式、關於賦比興、《詩經》的修辭手法、《詩經》對後世的影響等。鍾嶸的《詩品》在品評詩人及其作品高下時，自然涉及到了詩歌源頭之一的《詩經》，而他的《詩品‧序》中，更是直接闡述了他對《詩經》賦、比、興三種藝術表現手法的認識和看法——「故《詩》有三義焉：一曰興，二曰比，三曰賦。文已盡而意有餘，興也；因物喻志，比也；直書其事，寓言寫物，賦也。宏斯三義，酌而用之，幹之以風力，潤之以丹采，使味之者無極，聞之者動心，是詩之至也。若專用比興，則患在意深，意深則詞躓。若但用賦體，則患在意浮，意浮則文散，嬉成流移，文無止泊，有蕪漫之累矣。」

宋元時期《詩經》研究（宋學）

宋元時期的《詩經》研究，實際上主要是在宋代，元代整個朝代在異族人統治下，漢族的儒家經典自然受到壓制，大約除了朱熹的《詩集傳》在當時有些影響，其他幾乎無啥可說了，因而出現的涉及《詩經》的注解，都是朱熹《詩集傳》的延伸發揮。這裡，我們集中闡述宋代（北、南兩宋）時期的《詩經》研究。這個時期可稱《詩經》史上的高峰期，相對於漢代的「詩經漢學」，宋代可稱「詩經宋學」，特別是南宋問世的朱熹《詩集傳》，是宋學的代表，在整個中國的《詩經》學史上，堪稱里程碑式標誌。

宋代的社會風氣，或者說宋代的經學論壇，普遍是疑經、改經，對先人的

諸多經典，包括《詩》《書》《禮》《易》《樂》《春秋》等，持懷疑態度，考辨蔚然成風。這就牽涉到了這個時期《詩經》研究的新風氣——倡導懷疑，喜好辨偽，重視義理，不信詩序，探求新義。也就是說，這個歷史階段，改造傳統儒學、時興自由研究、看重實證思辨，已形成學風。其時湧現的一批《詩經》研究著作，代表性的有：歐陽修《毛詩本義》、王安石《詩經新義》、蘇轍《詩集傳》、鄭樵《詩辨妄》、王質《詩總聞》、朱熹《詩集傳》《詩序辨說》、程大昌《詩論》、王柏《詩疑》等。宋代這些注《詩》學者，對《詩序》發起猛烈攻擊，力主廢《序》，由此，他們與當時的漢學派，展開了激烈的爭論。

歐陽修作為北宋文壇的大家，在《詩經》研究上推出了《毛詩本義》，該書重點在本義說解，對前代的毛、鄭所說，多有指正，認為他們在不少方面訓釋不當，這在當時屬開風氣之先，畢竟無論毛還是鄭，都是前代《詩經》研究大家，他們傳世的《詩經》注本——《毛傳》《鄭箋》，歷來被奉為權威，而歐陽修居然敢於對他們大膽評議，且自創新說。為此，歐陽修的研究，直接對宋代的《詩經》學起了較大影響，之後的蘇轍、鄭樵，乃至朱熹，都曾受到他的影響。

鄭樵是「詩經宋學」的代表人物之一，他反對《詩序》，提倡聲歌之說，重視名物考證，他的《詩辨妄》針對《詩序》指出了諸多謬誤，其辨妄對象，直擊毛、鄭——指責他們的說解為「村野妄人所作」。可惜鄭樵這本《詩辨妄》已失傳，今可見者，乃顧頡剛所輯之殘本。

朱熹毫無疑問是「詩經宋學」的權威代表人物，他的《詩集傳》是「詩經宋學」集大成的代表著作。可以說，《詩經》研究到了宋代，是朱熹真正建立起了可與「漢學」相對峙、相抗衡的「宋學」——「詩經宋學」至此開始確立起了它的學術體系，它以朱熹理學思想為基礎，彙集了宋人眾多的訓詁和考證成果，又顧及了《詩經》的文學特點，使得這部注釋簡明的《詩集傳》，自然成了當時和後世數百年的權威注本。綜合朱熹的《詩經》研究和他的代表作《詩集傳》，我們可以看到，它們顯然具有以下四方面特色：其一，反對《詩序》，指出《詩序》的種種謬誤，他因此專寫了《詩序辨說》，用查核史料、對照詩篇內容的做法，駁斥《詩序》，尤其針對廣涉三百零五篇的《小序》。其二，在反對《詩序》的基礎上，他廣採眾說，充分吸取了前代各家之說，並融入自家的看法，以形成新說，從而建立了與漢學不一的宋學。其三，對「詩六義」提出了自己的獨特詮釋，比毛、鄭所釋相對更接近了詩本義——「風者，

民俗歌謠之詩也。」「雅者，正也，正樂之歌也。」「頌者，宗廟之樂也。」「賦者，敷陳其事而直言之者也。」「比者，以彼物比此物也。」「興者，先言他物以引起所詠之辭也。」不僅如此，朱熹還在他的《詩集傳》具體詩篇的注釋中，標明每首各運用了賦比興的何種手法，或單獨，或綜合（賦而比；比而興；興而比；等等），這對於讀者欣賞和理解詩篇的藝術特色，很有啟發幫助。其四，總體上看，朱熹《詩集傳》的注釋、詮解，力求接近詩本義，努力做到簡明得體，且不限於從經學角度作解說，還盡可能顧及了用文學眼光剖析詩歌的內在蘊含與藝術特色，這無疑增進了讀者對《詩集傳》文學價值的認識。

然而，必須指出，儘管朱熹的《詩集傳》確實有其獨特的價值和體系，從「詩經宋學」在《詩經》學史上的地位和影響角度看，其價值確不可低估，但朱熹畢竟是個正統的封建衛道士，他是站在封建統治階級的立場上，為維護封建統治研究《詩經》、注釋《詩經》的，他的研究初衷，絕非為文學而文學、為詩歌而詩歌，而是力求不能有害於封建禮教的溫柔敦厚，不能違背封建的綱常倫理，目的在於宣揚封建教化、維護儒家經典的權威地位，對這一點，我們必須有清楚的認識。

明清時期《詩經》研究（清學──新漢學）

明清兩代的《詩經》研究，有個非常鮮明的差異，即明代與清代相比，明代顯然呈低谷狀，而清代絕對是高潮。明代的《詩經》研究幾乎沿襲元代，除朱熹《詩集傳》的餘緒影響外，學術界較少出現有代表性有影響的《詩經》研究學者和論著，可以提及且有價值的，大約是如下二部：何楷《詩經世本古義》，獨具一格，詩史結合，不遵從傳統解說，考證有精覈之處，體現了突破傳統、力求創新的努力；陳第《毛詩古音考》，推倒宋人的「叶音說」，開創了《詩經》古音韻學的研究。明代之所以會出現這種研究學者和著作罕少的狀況，和明代的科舉取士制度很有關係──因著科舉考試要求考《四書》，於是，重《四書》輕《五經》便成為社會風氣，致使《詩經》學在明代自然趨於了衰落。可以說，元明兩代，在《詩經》研究方面，如出一轍，都呈低谷狀，很少有具影響的研究著作（少數例外）。而清代則完全不同了，它是《詩經》學史上第三座崛起的高峰，是繼漢學、宋學之後，崛起的第三座高峰──清學，即「詩經清學」（或謂「新漢學」）。

清代的《詩經》研究繼承了漢代學派的樸實之風，講究考據，「無徵不

信」，一反宋學的空談義理、不務實際和明代的科舉取士、不重經學，這實際是為了擺脫宋明理學的桎梏，旨在復興漢學，故謂清代的《詩經》研究為──「新漢學」。整個清代，由於統治者一方面大興文字獄，對知識分子實行高壓政策，另一方面又為了籠絡漢族知識分子，轉移他們的政治視線，便大力提倡經學，於是乎，大批知識精英將畢生精力付諸於了經學研究，使得經學由此開始興旺發達，名家輩出，著作如林，清代的《詩經》學也就自然而然成就空前、蔚為壯觀了。

清代《詩經》學的主要成就，表現在輯佚、校勘和小學三個方面，這是它特別有別於漢學和宋學的顯著特點──漢學注重注釋、疏解、正義，宋學在漢學之後注重義理，而清代的清學，則偏重輯佚、校勘、小學，體現了治學功底和精細工夫。具體來說，輯佚方面，主要是對三家詩的輯佚，代表學者為陳壽祺、陳喬樅、王先謙；校勘方面，阮元的《毛詩校勘記》（《十三經校勘記》之一）堪稱代表作；小學方面，研究《詩經》音韻、考據學的顧炎武、江永、戴震、段玉裁、孔廣森、王念孫等，研究《詩經》文字、名物考證的陳啟源、胡承珙、馬瑞辰、陳奐等，都是清代的傑出學者，他們代表了清代《詩經》研究乃至整個清代學術研究的最高成就。

大體來看，清代的《詩經》研究經過三個階段。第一階段清初，宋學衰落，漢學復興，顧炎武開創考據學，創立音韻學，黃宗羲將經學與史學結合，開始學術史研究，王夫之將《詩經》作為文學作品研究。第二階段清中期，進入清代經學研究繁榮期，考據學盛行，產生了學術史上著名的「乾嘉學派」，以古文經學（所謂新漢學）為主，對《詩經》展開全方位的考證研究，其範疇涉及文字、音韻、訓詁、名物、辨偽、輯佚、校勘等，其成就可謂空前絕後，可以說，整個《詩經》研究史上，沒有哪個時代可與之相比。這個時期，產生的《詩經》研究代表作有──胡承珙《毛詩後箋》、馬瑞辰《毛詩傳箋通釋》、陳奐《詩毛詩傳疏》等，它們代表了清代《詩經》研究的最高成就。此外，陳壽祺、陳喬樅父子輯錄三家詩，魏源著《詩古微》，也值得一說。第三階段清末，古文經學被今文經學所替，今文經學開始繁榮，出現了王先謙的《詩三家義集疏》，這是三家詩的集大成之作。此外，這個時期還湧現了所謂不今不古的獨立思考派，即在漢學與宋學以外，產生的第三派，代表學者及其著作有：姚際恒《詩經通論》、崔述《讀風偶識》、方玉潤《詩經原始》等，他們的研究，開了清末《詩經》研究的新風。

「言志」與「緣情」間的橋樑
——說「發憤抒情」

　　中國詩學史上最早也最具權威性、且在中國歷代詩壇和文壇上影響巨大的理論，要數「詩言志」之說了，朱自清先生在《詩言志辨序》中稱「詩言志」為中國詩學的「開山綱領」，應該不無道理。確實，統觀中國歷代詩學論壇，佔據主要地位且影響波及歷代詩人創作的理論主張，「詩言志」說是絕不可忽略的重要理論之一。

　　「詩言志」的學術淵源，最早可追溯到先秦時代的《尚書》——

　　《尚書・堯典》謂：「詩言志，歌永言，聲依永，律和聲。」這是歷史上最早明確記錄「詩言志」的文字，此後，先秦時代的多種史書和子書，也各有所載——

　　《左傳・襄公二十七年》載趙文子對叔向說：「詩以言志。」

　　《孔子詩論》：「詩亡離志，樂亡離情，文亡離言。」

　　《莊子・天下》：「詩以道志。」

　　《荀子・儒效》：「詩言是，其志也。」

　　到漢代，《詩大序》（《毛詩序》）所言，可謂是對「詩言志」說作了總結性的闡述：「詩者，志之所之也。在心為志，發言為詩。情動於中而形於言，言之不足故嗟歎之，嗟歎之不足故永歌之，永歌之不足，不知手之舞之，足之蹈之也。」唐孔穎達《詩大序正義》對這段話的解釋是：「詩者，人志意之所之適也。雖有所適，猶未發口，蘊藏在心，謂之為志。發見於言，乃名為詩。言作詩者，所以舒心志憤懣，而卒成於歌詠。」

可以說，中國詩學史上，最早、影響最大的詩歌理論，毫無疑問是「詩言志」。

隨之而來的詩歌理論，一般認為是「緣情」說——這是兩漢至魏晉六朝時期問世的詩學見解，首見於陸機《文賦》，其在論及各種文體的創作特徵時，曰：「詩緣情而綺靡，賦體物而瀏亮。」所謂「詩緣情」，即認為詩歌的創作，乃緣起於情感，是情感的需要，促發了詩歌創作的激情，由此才問世了詩歌作品，並使其達到了綺靡（美麗）的目的。應該說，陸機的這一說法是有道理的，文學創作（包括詩歌創作），一般來說，都是作者（詩人）主觀情感衝動下的產物，有了情感衝動——或感動、或激動、或悲憤、或喜悅，才會想到拿起筆來，寫下屬於自己一系列感情發生、表現的過程及其狀態。漢樂府的創作，便與這個「緣情」說關係非常密切，它所強調的就是「緣事而發」，這個「事」，固然是客觀發生的事像，但其中不乏因情而生的成分，「事」與「情」，在這裡恐怕是難以分割的。

由此，我們是否可以認為，中國的詩歌理論，在「詩言志」之後，乃是「詩緣情」。如果說，早期詩歌的誕生，是出於傳統儒教「志」的需要和要求，屬於道德規範的範疇，其所記錄和抒發的，基本上是傳統儒教的思想成分或理想主張範圍內的東西，那麼，隨著時代的變化和文學本身的發展，人們開始看到了文學（詩歌）創作本身的內在規律和特徵，總結出了文學（詩歌）創作符合其本身內在規律的特點，從而誕生了「緣情」說，使其更符合文學（詩歌）創作的真諦——文學（詩歌）創作更多的乃是詩人自身情感表達的需要，並非為了單純表述「志」，而這其實是儒家詩教的需要。從「志」發展到「情」，是文學（詩歌）創作本身發展的結果，是理論適應創作實際的結果，也是符合文學（詩歌）作品產生的基本原理，並非某個理論家的有意發明或統治者的強制所致。

那麼，人們是否發現，在「志」與「情」的演化過程中，是否有一個尚未被人們所明顯意識或發現的架構橋樑？這座橋樑，客觀上起了承上啟下的作用。換言之，在「言志」與「緣情」之間，是否有著一個無形的過渡，它並非有意為之，但客觀上，確實有著這麼一個介於「志」與「情」之間關聯的聯繫物——這就是戰國時期詩人屈原發出的「發憤抒情」說。

屈原的「發憤抒情」說，起自於他在《惜誦》篇開首的自述：「惜誦以致愍兮，發憤以抒情。」眾所周知，屈原之所以會創作以《離騷》為代表的一系

列詩歌作品，不是無病呻吟，也不是有意炫示詩才，他的一系列作品的問世，完全是自身感情的內在需要——如司馬遷所言「蓋自怨生」。這是因為屈原內心鬱積的哀怨與憤怒之情，無法再鬱積下去了，它必須得到發洩，一吐為快，為此，屈原將滿腔的怨怒憤慨之情，藉筆下的詩篇而予噴發，這才有了「發憤以抒情」的真言吐露。其實，屈原的這種憤怒之情，不光表現於《惜誦》開首兩句，更見之於《離騷》《九章》《天問》等諸多詩篇中，而特別以《離騷》為代表，《離騷》可謂是他滿腔怨怒、憤激之情的集中火山噴發。這就告訴我們，屈原是以他自身實際的創作實踐和感情抒發向世人表明，詩歌創作其實並非都是「詩言志」，更多的恐怕乃是真實感情宣洩的需要，其中特別是憤怒之情——「發憤以抒情」。這就很明顯地將詩歌創作的機理，由「言志」變為了「抒情」（與「緣情」開始掛鉤）。雖然我們可以說，包括《離騷》在內的屈原諸多詩歌作品，不能否認其中存有濃厚的「言志」成分，我們讀《離騷》詩，這種感覺是很明顯的，詩篇中，他一而再、再而三地向君主表白自己的忠君意願，為實現自己的理想抱負，「雖九死其猶未悔」——所謂一篇「三致志」，便是清楚的「言志」之具體體現。但不可迴避的是，他寫作《離騷》等詩，除了表「志」，其實更多的乃是宣洩憤怒，沒有憤情，他不會寫下這一系列飽含憤情的詩篇，可以說，「憤怒出詩人」在屈原身上體現得最典型、最完美，屈原就是由「憤怒」而誕生的偉大詩人——「憤怒出詩人」正是屈原「發憤抒情」說的立體形象體現。

由此可見，從詩學史的角度看，屈原的「發憤抒情」說，乃是介於「言志」說與「緣情」說之間的過渡橋樑，或者說，在詩學史的由「志」轉向「情」的轉換過程中，屈原很自然地扮演了橋樑的角色，他的「發憤抒情」說，在中國詩學發展史上，起了中介與橋樑的作用。應該說，這本身，絕非詩人的刻意營造，也非他故作驚人之語，這是詩人本身情感宣洩的實際需要，也是對詩歌創作內在機理的高度概括，可謂一語中的，它切中了詩歌創作的本質真諦。

由此可知，屈原的「發憤抒情」說，在理論層面上，可以說，是「言志」說基礎上的發展，並由「抒情」而「緣情」，使「言志」說與「緣情」說有機地鏈接起來了，從而標誌中國詩學史從此走向了新階段——由「言志」邁向了「緣情」，顯示了「志」與「情」的聯繫、結合與發展。

當然，中國詩學的發展路徑，由「詩言志」之後「詩緣情」，並非說「詩言志」就退出了歷史舞臺，可以說，「詩言志」在中國詩學史上實際佔據了很

漫長的時期，有著其重要的地位和影響，而屈原的「發憤抒情」，正是在「詩言志」與「詩緣情」兩者之間起了過渡與中介的橋樑作用——由具有濃厚儒家政教色彩的「志」，開始轉向具有個人情感色彩的「情」，使詩歌朝向切合關注個人命運、發抒個人情感的方向發展，這是詩歌創作的一大進步，也是詩學發展的一大進步。

楚辭姓「楚」 屈原姓「屈」

楚辭姓「楚」

　　楚辭，應該無所謂「姓」，因為它不是人名；說楚辭的「姓」，無非是套用中國人的一般人名習俗，取其第一個字，以其為「姓」——這是明知其無，姑且其有，目的，藉以探討楚辭的內涵屬性，或許會給讀者帶來一些啟示——按這個邏輯，我們發現，楚辭確實姓「楚」。何以明曉？且看下文簡析。

　　楚辭之名，最早見於漢代司馬遷的《史記‧酷吏列傳》，其時專指楚地歌辭。而作為詩歌集子的正式定名，楚辭乃起始於西漢時代的劉向，係劉向整理編定的一部詩集，始為 16 卷，包括屈原、宋玉、景差等楚人的詩歌作品，以及西漢部分文人的模擬作品，後東漢王逸著《楚辭章句》，又加上王逸本人作品，增為 17 卷，俾使楚辭集子正式傳世，這便有了我們今日所見之《楚辭》。這是中國文學史上第一部具浪漫風格詩歌作品的總集，它是繼《詩經》四言詩之後，中國詩壇上一部專屬楚風格的騷體類詩歌總集。所謂騷體，乃以屈原《離騷》為代表、帶「兮」字的雜言（或多言）體詩歌，它突破了《詩經》四言格式，在中國詩歌史上，屬前無古人、後無來者的獨家詩歌體式。自此，楚辭之名正式確立，這應是楚辭姓「楚」最原始也是最基本的前提因素。

　　具體來看楚辭為何姓「楚」，南宋黃伯思的一句話，堪稱權威——

　　「蓋屈宋諸騷，皆書楚語、作楚聲、紀楚地、名楚物。」（《校定楚辭序》）這話說明，楚辭幾乎通體貫穿了「楚」的因素。

　　我們不妨作些展開性闡述。先看楚地楚史。楚辭之所以姓「楚」，首先與其產生的土壤——楚地密切有關，而楚地的歷史，乃決定了楚辭的誕生和鑄成

其姓「楚」的重要可能性。楚國歷史經歷了三個階段：荊蠻時期、楚霸時期、楚衰時期，這三個歷史時期，分別對楚辭的形成，有著或多或少的歷史影響和內在制約。荊蠻時期，「撻彼殷武，奮伐荊楚。深入其阻，裒荊之旅。」（《詩經·商頌·殷武》）身處長江中下游地區的楚人，由於窮困落後，只能遭北方欺凌，但它們並不氣餒，在賢明首領帶領下，「闢在荊山，篳路藍縷，以處草莽。」（《左傳·昭公十二年》）。漫長的歲月之後，終於有了出頭之日，楚莊王時，「南卷沅湘，北繞潁泗，西包巴蜀，東裹郯邳。」（《淮南子·兵略訓》）「地方六千餘里，帶甲百萬，車千乘，騎萬匹，粟支十年，此霸王之資也。」（《資治通鑒·周紀》）可惜，楚悼王時，任用吳起變法，雖有起色，卻因悼王死後貴族勢力的反撲，變法失敗，楚國政治開始陷入低潮。楚懷王時，君主昏庸，聽從讒言，不採納聯齊抗秦主張，絕齊而敗於秦，從此國運不濟，到楚頃襄王時代，國勢更為頹落，君主「不恤其政，群臣相妒，良臣遭疏，百姓心離」。（《戰國策·中山策》）楚國從此走向衰亡。楚國三個歷史階段的起伏變化，鑄就了楚人的奮發圖強意識和艱苦奮鬥精神，而由於楚君昏庸所導致的楚國衰敗，又激起了楚人強烈振興楚政的抱負和理想，這一切，集中得以體現其精神特質的，乃是楚人的傑出代表——屈原，是屈原的所言所行、所作所為，特別是他書寫的眾多詩歌作品，充分體現了楚人的精神抱負和理想追求，讓楚辭深深刻上了「楚」的印記。

楚辭中濃烈的楚文化色彩，也證實了它的姓「楚」。請看楚辭篇章中展示的一幅幅楚地山川地理的風貌景致（如《離騷》《九歌》《九章》等），和作品中描述的豐富物產（如《招魂》《大招》等），無不顯示了楚地的楚物和楚貌，劉勰一語中的：「若乃山林皋壤，實文思之奧府，略語則闕，詳說則繁。然則屈平所以能洞監《風》《騷》之情者，抑亦江山之助乎？」（《文心雕龍·物色》）而《山海經》一書所載的神人鬼怪，更反映了楚地的巫風盛行和巫術濃烈，「楚之衰也，作為巫音。」（《呂氏春秋·侈樂篇》）「漢中風俗信巫鬼，重淫祀，尤好楚歌。」（《太平寰宇記》）「昔楚國南郢之邑，沅湘之間，其俗信鬼而好祠，其祠必作歌舞以樂諸神。」（王逸《楚辭章句·九歌序》）這些濃烈的具南方楚地風俗的因素，導致了楚辭的姓「楚」。

從楚辭本身詩句的成型看，楚地民歌——楚歌，無疑是楚辭的先導，或謂乃其影響之產物——「今夕何夕兮，搴洲中流。今日何日兮，得與王子同舟。……山有木兮木有枝，心悅君兮君不知。」（《說苑·越人歌》）「滄浪之水

清兮，可以濯我纓。滄浪之水濁兮，可以濯我足。」（《孟子‧孺子歌》）楚歌的這些句式，顯然被屈原等詩人予以消化吸收，融化成了其作品的新句式——騷體詩，成為了我們今日所見的騷詩模式。而楚辭作品中比比可見的諸多楚語和楚詞，以及記錄下的楚地神話傳說故事，更是典型體現了楚辭濃鬱的楚風、楚味，在在顯示了楚聲楚色，這是其他任何時代、任何地區的文學作品所難以見到的，可謂唯楚獨有。

由此，我們可以說，楚辭確係姓「楚」——儘管楚辭一詞本身並非人名。

屈原姓「屈」

屈原是人名，姓屈，沒有異議；但我們這裡要說的，乃屈原不光其姓為屈，且其身世經歷中遭姦臣小人讒言誹謗、理想抱負屢屢受挫、振興楚政未能實現、最終只能抱怨投身汨羅江，可謂一路充滿了「屈」——冤屈、委屈、受屈、憋屈，乃至抱屈而亡。

屈原，出生於楚國三大望族（屈、昭、景）之一，早年「博聞強志，明於治亂，嫻於辭令」，曾極受君王信任，任左徒，「入則與王圖議國事，以出號令；出則接遇賓客，應對諸侯。王甚任之。」（《史記‧屈原列傳》）屈原在朝期間，受命為懷王制定憲令，試圖通過改革楚政，一變楚國之貌，俾使楚國強大，聯合六國，抗擊秦國，進而一統天下。然而不幸的是，屈原的改革新政，遭到了朝廷內以上官大夫、令尹子蘭為代表的一幫姦臣小人的極力阻撓，他們在懷王面前讒言誹謗，致使懷王疏遠了屈原，他遭到了離疏，不得不離開朝廷，被流放漢北。到頃襄王時，又再度被流放，只能行吟汨羅江畔，最終以身殉道。由此，屈原畢生從政所受之「屈」，可謂盡顯。

「屈」而生怨。由於受到如此不公遭遇，屈原自然萌生了強烈怨情，司馬遷《史記‧屈原列傳》寫道：「屈平疾王聽之不聰也，讒諂之蔽明也，邪曲之害公也，方正之不容也，故憂愁幽思而作《離騷》。」「屈平正道直行，竭忠盡智以事其君，讒人間之，可謂窮矣。信而見疑，忠而被謗，能無怨乎？屈平之作《離騷》，蓋自怨生也。」顯而易見，忠君的屈原，居然遭到如此的誹謗打擊，甚而落到被君主疏離地步，能無怨乎？而這種怨，直至他被流放期間，依然不改初衷，「眷顧楚國，繫心懷王，不忘欲反，冀幸君之一悟，俗之一改也。其存君興國而欲反覆之，一篇之中三致志焉。」「然終無可奈何」。（《史記‧屈原列傳》）可以想見，屈原的最終投身汨羅江，乃是受屈得不到伸張，無法改

變自身現狀，萬不得已的歷史悲劇。

「屈」而發憤。也正因為遭到如此之不公，激發了屈原的創作激情，他有滿肚子的話要說，他有滿腔的激情要宣洩，這促使他發憤寫下了充滿激情的悲憤詩篇，《惜誦》開首第一句「惜誦以致愍兮，發憤以抒情。」即發抒了他的這種創作心態，也表明了他之所以會寫下以《離騷》為代表、包括《惜誦》《橘頌》《懷沙》等詩歌的根本緣由。換言之，如果懷王沒有聽信姦臣們的無恥讒言，不接受姦臣們的妖言蠱惑，那麼，在懷王的親自授意下，屈原完全能夠順利完成改革楚政的憲令，並使其付諸實踐，從而使得楚國政治清明、國運大盛，自此走上富國強兵大道，那麼，屈原絕不會寫出發抒其個人滿腹牢騷的《離騷》等詩，因為，他沒有冤屈可吐，沒有哀怨要泄，沒有憤情慾抒。可見，屈原的發憤抒情，不是無緣無故的，這憤情也絕非出自他的本意初心，須知，早年的他，多麼少年得志、意氣風發啊！藉此，我們可以推理知曉，世界範圍內的文學（特別是詩歌）創作，有一條顛撲不破的真理：「憤怒出詩人」——唯有憤怒，才會激發出詩人心中的奔騰激情，唯有憤怒，才會誕生驚天地、泣鬼神的傳世佳詩——屈原如此，中國的其他詩人（文人）也如此，世界範圍的他國詩人文人，皆如此。

「屈」而吐騷。正是因為受屈、抱怨，才會吐露心聲，才會下筆千言，譜出偉大的心曲——《離騷》，這是我們今天讀者能讀到《離騷》這樣偉大詩篇的根本緣由。沒有屈原所受到的冤屈，所遭遇到的非常境遇，絕不會有傳世的《離騷》詩篇——毫無疑問，《離騷》乃屈原因冤屈而吐露的心曲。由《離騷》詩，我們讀到了他對道德節操的完美追求，對國家美政的不懈奮鬥，對楚國家園的深情眷戀，對人生哲學的上下求索，對宇宙真理的終極追問，對生命價值的殉道實踐。「《離騷》者，猶離憂也。」司馬遷所言極其準確，這憂，來自「屈」，沒有冤屈，沒有委屈，不會有憂，不會生騷——屈而吐「騷」，這才是屈原創作包括《離騷》詩在內一系列楚辭作品的根本心旨。

由此，我們可以得出結論：屈原確實姓「屈」，「屈」字貫穿了他的大半生，直至投汨羅江而以身殉理想——儘管此「屈」非那屈。

楚辭學極簡史

　　楚辭作為詩歌作品，產生於戰國時期，係由屈原為代表的楚地文人所創作，它是繼「詩三百」之後，具有濃鬱楚地風格特色──書楚語、作楚聲、紀楚地、名楚物、有楚歌風味、突破四言體式的詩歌，其作者包括屈原、宋玉、唐勒、景差等人。到西漢時，劉歆輯錄《屈原賦二十五篇》、劉向編成《楚辭十六卷》，自此，楚辭開始正式定名，成詩歌總集，流傳後世。

　　應該說，自楚辭誕生以後，由於屈原本人的崇高人格和以身投江殉理想的偉大壯舉，以及其所創作的詩歌的巨大藝術魅力，在當時和後代，形成了二股潮流：一股，是在漢代形成小高潮、後代也有延續的文人模擬楚辭體式所創作的詩歌，一般稱這些詩歌為擬騷詩，它們顯然具有楚辭風格體式，內容有的懷念屈原、感歎自我身世，有的借題發揮、抒發個人情感；另一股，則是從西漢開始，一直延續到清末（直至現代）的研究屈原與楚辭的潮流，這後一股，自然強勁、壯大得多，無論人數、著作、影響等，它們即歷來所謂的楚辭研究──楚辭學。

　　以下，筆者擬分四個歷史階段，分別闡述楚辭學的發展歷程和每個階段的大致特點，以及其代表學者與著作，以此一窺楚辭學在歷代的大致概貌。

兩漢楚辭學

　　兩漢時期，是楚辭學的開端期。這個時期，隨著楚辭其名的定名和詩集的編定，楚辭代表人物屈原的傳記也隨之問世，其時還出現了早期的研究者，產生了褒貶不一的認識看法，最重要的，楚辭學史上第一部最具權威性的代表注

本——東漢王逸的《楚辭章句》在這個時期問世了。

楚辭學史上第一位對楚辭發表見解的，或謂第一位楚辭研究者，是西漢淮南王劉安。據《漢書·淮南王傳》記載，劉安曾撰《離騷傳》（可惜已佚），留下評騷文字：「國風好色而不淫，小雅怨誹而不亂，若《離騷》者，可謂兼之矣。蟬蛻濁穢之中，浮游塵埃之外，……推此志，雖與日月爭光可也。」（班固《離騷序》）而歷史上第一位為屈原作傳，並留下千古傳頌讚詞的（包括屈原其人及其作品），是司馬遷的《史記·屈原列傳》，其中寫道：屈原是「憂愁幽思而作《離騷》」，「《離騷》者，猶離憂也。」「屈平正道直行，竭忠盡志以事其君，讒人間之，可謂窮矣。信而見疑，忠而被謗，能無怨乎？屈原之作《離騷》，蓋自怨生也。」「其文約，其辭微，其志潔，其行廉，其稱文小而其指極大，舉類邇而見義遠。其志潔，故其稱物芳，其行廉，故死而不容自疏。」「屈原既死之後，楚有宋玉、唐勒、景差之徒者，皆好辭而以賦見稱。然皆祖屈原之從容辭令，終莫敢直諫。」「余讀《離騷》、《天問》、《招魂》、《哀郢》，悲其志。」司馬遷為屈原撰寫了歷史上第一篇最具歷史價值、最有權威性的人物傳記，並最早對屈原及其作品作出肯定評價，其影響波及後世百代。

楚辭之所以會以「楚辭」的名義流傳後世，其最早的編定者和定名者是西漢的劉向，在楚辭學史上，他可謂功不可沒——「逮至劉向，典校經書，分為十六卷。」（王逸《楚辭章句》）「初劉向裒集屈原《離騷》、《九歌》、《天問》、《九章》、《遠遊》、《卜居》、《漁父》，宋玉《九辨》、《招魂》，景差《大招》，而以賈誼《惜誓》、淮南小山《招隱士》、東方朔《七諫》、嚴忌《哀時命》、王褒《九懷》，及向所作《九歎》，共為十六篇。是為總集之祖。」（《四庫全書總目提要》）劉向的這一編集和定名，使屈原等人的作品，從此成為能區別於詩和賦而獨立於文學史的一種文體——辭，《楚辭》也因此成為一部具有濃厚地方特色和民族風格的詩歌總集，在文學史上留下了它特有的篇章。

兩漢的楚辭學領域，出現了持前後矛盾態度的揚雄和褒貶相異的班固與王逸，其中王逸的《楚辭章句》一書，在整個楚辭學史上影響巨大，堪稱里程碑。揚雄對楚辭可謂毀譽參半，他先是稱道屈原作品，認為「詩人之賦麗以則，辭人之賦麗以淫」，也即，在揚雄看來，屈原的辭（即賦——漢代辭賦混稱）「麗以則」，而宋玉等人的辭（賦）「麗以淫」，這是對屈原作品的推崇。同時，他還同情屈原的遭遇，「悲其志，讀之未嘗不流涕也。」（《漢書·揚雄傳》）他還因此專門創作了《反離騷》、《廣騷》、《畔牢愁》等作品，說明他把《離騷》

看作如儒家經典一般，特意仿傚模擬之。但同時，楊雄對屈原作品的浪漫風格特色卻認識不足，在比較屈原與司馬相如兩家作品時，他說：「原也過於浮，如也過於虛。過浮者蹈雲天，過虛者華無根。」（《法言》）所謂「過於浮」、「蹈雲天」，顯然是貶抑屈原作品了。

東漢時代的班固和王逸，成了該時代也是整個楚學史上特別針鋒相對、褒貶對立的兩家，這是一場很有意思和影響的學術爭論。班固雖然在《離騷序》和《漢書》中，對屈原作品有肯定之處，謂「其文弘博麗雅，為辭賦宗，後世莫不斟酌其英華，則象其從容。」並說當世和後代很多文人「自謂不能及」，屈原本人「雖非明智之器」，可也是「妙才」，但總體上，班固對屈原及其作品是持否定態度的，他否認劉向對屈原的評價，認為「斯論似過其真」，「謂之兼風雅而與日月爭光，過矣。」（《離騷序》）他指責屈原：「且君子道窮，命矣。」「今若屈原，露才揚己，竟乎危國群小之間，以離讒賊。」「亦貶絜狂狷景行之士。」對屈原作品的浪漫風格特色，班固也予以指責：「多稱崑崙冥婚宓妃，虛無之語，皆非法度之政，經義所載。」（《離騷序》）這顯然是站在儒家的「依經立論」立場作評判。東漢的王逸公開反駁了班固的觀點，他認為，「今若屈原，膺忠貞之質，體清潔之性，直若砥矢，言若丹青，進不隱其謀，退不顧其命，此誠絕世之行，俊彥之英也。」「而班固謂之露才揚己——是誇其高明，而損其清潔者也。」「強非其人，殆失厥中也。」（《楚辭章句序》）對屈原作品，王逸作了高度評價：「屈原之詞，誠博遠矣。自終沒以來，名儒博達之士，著造詞賦，莫不擬則其儀表，祖式其模範，取其要妙，竊其華藻。所謂金相玉質，百世無匹，名垂罔極，永不刊滅者矣。」（《楚辭章句序》）王逸的這一高度評價，是對班固的嚴正駁斥。不僅如此，王逸對楚辭學的主要貢獻，在於《楚辭章句》一書，這是楚辭學史上問世時間最早、至今保存最完整的第一部注本，它不僅對楚辭的每一篇作品作注，且有闡明每篇作品旨意的序和全書的總序，其間貫穿了王逸個人對屈原和楚辭作品的系統觀點與看法。概括地說，該書體現了三個特點：一，駁斥班固的謬論，率直表白自己對屈原及其作品的正面高度評價；二，彙集前人諸說，保存了不少先秦兩漢時代多家研究成果，不發空言，不無據妄說，體現了廣採博取的特色；三，所撰各篇序雖未必均係確言，卻為後人提供了有價值的作者生平、作品背景、內容概要和藝術特色等方面的有益材料。當然，書中也存在不少偏誤之處，故而南宋洪興祖專門撰寫《楚辭補注》，以彌補缺失。

魏晉至唐楚辭學

　　這個階段的楚辭研究所呈現的狀況，與漢代不可同日而語，不僅沒有像東漢王逸《楚辭章句》那樣的專門注本，連專論文章也僅有劉勰《文心雕龍》「辨騷」篇，其他就是散見於各類文章和詩作中的評述文字了，當然，從這些文字中，我們也能看到其時的研究概貌。這裡，試先就這些評述文字做些闡釋，而後專談劉勰《文心雕龍》《辨騷》及相關篇。

　　首先是高度肯定屈原的品格及其作品成就。魏曹丕將屈原與司馬相如作比較，有謂：「或問：『屈原相如之賦，孰愈？』曰：優游案衍，屈原之尚也；窮侈極妙，相如之長也。然原據託比喻，其意周旋，綽有餘度。長卿子云，意未能及已。」（《北堂書鈔》卷一百引《典論》）這顯然是褒揚屈原。晉人皇甫謐所說也類似，《三都賦序》道：「是以孫卿、屈原之屬，遺文炳然，辭義可觀。存其所感，咸有古詩之意；皆因文以寄其心，論理以全其制，賦之首也。」同時代的摯虞在《文章流別志》中，更以十分推崇的口氣，從文體角度評價了屈原與楚辭：「前世為賦者，有孫卿、屈原，尚頗有古詩之義，至宋玉多淫浮之病矣。楚辭之賦，賦之善者也。故揚子稱賦莫深於《離騷》。賈誼之作，則屈原儔也。」南朝梁代沈約更把《詩經》與楚辭並論，謂「源其飆流所始，莫不同祖風騷」，並認為，楚辭是「英辭潤金石，高義薄雲天」。（《宋書·謝靈運傳論》）唐史學家劉知幾在《史通·自序》中將楚辭與《詩經》並論，讚美楚辭是「不虛美不隱惡」。唐代二位大詩人李白、杜甫，分別有讚美屈原的詩句，體現了對屈原及其作品的高度讚譽：「屈平詞賦懸日月，楚王臺榭空山丘。」（李白《江上吟》）「竊攀屈宋宜方駕，恐與齊梁作後塵。」（杜甫《戲為六絕句》）詩人李賀則對楚辭作品有直接肯定評價：《離騷》——「感慨沉痛，讀之有不欷戲欲泣者，其為人臣可知矣。」《九歌》——「其骨古而秀，其色幽而豔。」《九章》——「其意悽愴，其辭瑰瑋，其氣激烈。」《天問》——「語甚奇崛，於楚辭中可推第一。」《遠遊》——「鋪敘暢達，託志高遠，取意可也。」《卜居》——「為騷之變體，辭復宏放，而法甚奇崛，其宏放可及也，其奇崛不可及也。」（蔣之翹《七十二家評楚辭》）該時期當然也有貶抑屈原及其作品的，例如梁代裴子野、北齊顏之推，沿襲了班固批評屈原的「露才揚己」說，唐代白居易在《與元九書》中對屈辭浪漫風格表現了不滿，認為「義類不具」，「六義缺焉」。但應該承認，總體上還是肯定者居多。

　　這個時期特別值得一說的，是劉勰的《文心雕龍》一書，專闢了《辨騷》

篇章論及楚辭，且書中其他篇章也多處涉及了對屈原與楚辭的評論。重要的是，《辨騷》被列入了全書的總論部分，「蓋《文心》之作也，本乎道，師乎聖，體乎經，酌乎緯，變乎騷：文之樞紐，亦云極矣。」（《序志》）可見，在劉勰心目中，楚辭非常特殊，不歸入「論文屬筆」類作為一般文體，而是劃歸了「文之樞紐」，說明他對楚辭的特別重視，而「辨騷」的目的，乃是「變乎騷」──要總結和吸取《詩經》至楚辭間的文學變化經驗，闡明文學創作與文學發展的原理。不僅《辨騷》篇，其他如《詮賦》《時序》《才略》《頌讚》等篇，也論及了楚辭──抓住楚辭的根本特徵，高度評價其藝術特色與成就，指出楚辭在漢代至六朝間文學史上的重大影響，總結了漢代楚辭研究的經驗與不足和由楚辭而引申的文學創作的經驗，特別高度讚揚了屈原的人品。應該說，劉勰的這一系列對楚辭的綜合論述，在整個楚辭學史上屬於一座高峰。當然，劉勰也有不足，《文心雕龍》全書雖然體大思精，但對楚辭的論述也還存在著偏頗──未能擺脫漢儒「依經立論」的框架，對楚辭的浪漫風格持片面看法，對「楚豔」難免有偏激認識，還有其他一些疏漏不照之處。

這一時期，還應提及屬於楚辭音義類的隋代釋智騫《楚辭音》，該書「善讀楚聲，音辭清切，至今傳楚辭者，皆祖騫公之音。」（《隋書·經籍志》敘）可惜此書早佚，現法國巴黎國民圖書館有法人所盜中國敦煌石室的藏本。

宋元楚辭學

說到宋元時期，就楚辭學而言，宋代在整個楚辭學史上，無疑是個高峰──主要是南宋，出現了朱熹、洪興祖等突出的楚辭學者及其代表注本，而元代，實事求是說，在楚辭學方面，基本是空白，這是由元代特殊的歷史條件所決定的。

北宋晁補之有《重編楚辭十六卷》，該書在楚辭篇次的編定上，以及作品的作者歸屬上，與劉向所編《楚辭十六卷》有所不一，可以作為參考，以瞭解楚辭在歷代流傳過程中作者和篇次的變化。

重要的是，南宋時期出現了兩部特別有價值，影響特別大的注本，這就是南宋洪興祖的《楚辭補注》和朱熹的《楚辭集注》，這二部注本，可以說是整個楚辭學史上極有代表性也極有價值的楚辭注本。

先看洪興祖的《楚辭補注》。這部注本，是洪興祖針對王逸《楚辭章句》的不足予以補充而成──《補注》乃補《章句》之未詳。全書重點是補義，在

《章句》之後先引諸異本，以正文字，而後補王說之義，或引書以證其實際古義，或辯解以明其要，都是王注在前，洪補隨後，章明句顯，發王義之幽微，抒洪個人見解。此書被朱熹《楚辭集注》採納較多，為後代楚辭學界所推崇。現代一般通行的楚辭權威本，就是《楚辭補注》本（《章句》附《補注》）。

其次是朱熹的《楚辭集注》（附《辯證》《後語》）。在朱熹看來，王逸的《章句》和洪興祖的《補注》都「詳於訓詁，未得意旨」（《四庫全書提要》），於是，朱熹便自編《集注》一書，著重在義理方面作闡發。他在《序目》中說：「竊嘗論之，原之為人，其志行雖或過於中庸，而不可以為法，然皆出於忠君愛國之誠心。」此話點出了屈原創作的宗旨。他同時又對王逸和洪興祖兩著的缺失，提出了自家看法，認為王著之所取捨「多可議者」，「而洪皆不能有所是正」，王、洪兩家對楚辭大義，均不能「尋其文詞旨意之所出」，以至「或以迂滯而遠於性情」、「或以迫切而害於義理」——這就是朱熹編注《集注》的根本原因，也是該書的特色所在。朱熹一生傾力於儒家經典的解說，著述宏富，影響甚大，其所著《楚辭集注》一書，在闡釋義理方面確有獨樹一幟特色，故而該書在當時及後代，傳播很廣，尤其明代，版本甚多。

宋代還可以提及的兩本楚辭注本，一是黃伯思的《校定楚辭》（附翼騷），該書已佚，但黃《自序》中的一段話，則是後代對楚辭為何姓「楚」的權威解說：「蓋屈宋諸騷，皆書楚語、作楚聲、紀楚地、名楚物，故可謂之楚辭。」另外一本是楊萬里的《天問天對解》，對「辭義嚴密，最為難誦」的屈原《天問》和「深宏傑異，析理精博」的柳宗元《天對》作解，殊為難得（黃伯思《楚辭》序）。此外，宋代還有一部宋仁傑的《離騷草木疏》，屬於專對楚辭作品中的草木作注解，先引原文，次引王逸、洪興祖之說，而後是作注者本人的按語，並輔以《爾雅》《神農書》詳釋之，不僅有名物考證，更詳於物類的特徵與品質之善惡，從而讓讀者明白楚辭借草木以喻賢愚善惡的用意，此乃屈原創作手法之巧妙處。《四庫提要》評此書謂：「是編大旨謂《離騷》之文，多本《山海經》，故書中引用，每以《山海經》為斷。——以其徵引宏富，考辨典核，實能補王逸訓詁所未及，以視陸璣之疏《毛詩》，羅願之翼《爾雅》，可以方軌並駕，爭鶩後先，故博物者恒資焉。」這個評價還是比較高的。

明清楚辭學

明清兩代堪稱楚辭學的高峰，特別是清代，因時代社會條件和考據學繁

榮的原因（考據學繁榮也時代社會所致），楚辭研究出現了學者眾多、注本豐碩的現象，這是之前任何一個階段難以比擬的，據姜亮夫《楚辭數目五種》不完全統計，清代光輯注類注本就有 70 多本，還不包括音義、論評、考證、劄記類。

先說明代。明代比較有代表性的注本是汪瑗《楚辭集解》，該書由汪仲弘補編，汪文英撰跋，書中有「山海輿地全圖」等精緻十圖，彌足珍貴。書中跋語謂，該書「考核精詳，疏解縝密，超出諸家之上。」可見，至少在明代，這是一部堪稱上乘的楚辭注本。明代還有幾部楚辭注評本也值得一說。其一，黃文煥《楚辭聽直》，借屈原以寓感，其「所抽繹，概屬屈子深旨，與其做法之所在。從來埋沒未抉，特為剗拈焉。」（《楚辭聽直》「例言」）其二，李陳玉《楚辭箋注》，「其箋注屈、宋，涉憂患，寓哀感，別有會於屈子之意。故體驗實有過人之處，因亦有過量處。」書中新義異人、立義闡幽方面，在明代屬「多別解者」（姜亮夫《楚辭數目五種》引語）。其三，陳第《屈宋古音義》，這是繼《毛詩古音考》後作者又一部上古時代的古音類著作，焦竑「序」說：「得此編，不特與楚詞聲韻犁然當心，而與毛詩古韻相為印證。學者當益自信不疑矣！」其四，蔣之翹輯《七十二家評楚辭》，此書雖不是單純的楚辭注釋本，但卻對楚辭研究者瞭解參考歷代楚辭研究很有參考價值，它收錄了從漢代司馬遷、劉向、班固、王逸到明代蔣之翹（包括蔣本人）對屈原與楚辭的評論文字，可謂一冊在手，歷代可窺——從兩漢到明代的幾乎所有著名學者文人評論楚辭的文字，盡收書中，極有參考價值，故黃汝亨「序」中寫道：「上自漢魏，以及國朝，凡百名流，苟其一言一字之似，荒謬若予者，無不搜羅而備輯之。甚至注與評而載之未詳者，君必考諸他書，裁之獨見，為並詳之。」

生於明代，一生跨明、清兩朝的賀貽孫，有一本《騷筏》值得一說。該書與一般楚辭注本不同，它重點不在詩篇的注釋，而在詩篇旨意的闡發，「曲暢旁通，頗有會心。於芳草美人之喻，黨人險佞之狀，尤能鉤稽比戡，得全文全書旨意。可謂善用心者。於文章脈絡，尤能明指而出之。如謂世敘數語，是《離騷》一篇本領。變與不變，是通篇柱子。此外如合《湘君》與《湘夫人》為一壇，《國殤》與《禮魂》為一壇，《九歌》十一合而為九。——皆能從字裏行間，體會作者心情，發人所未發。「（姜亮夫《楚辭書目五種》引語）自然，此書也有失誤之處，如認為《天問》無首無尾、無倫無次，不免貶低《天問》，說《九歌》是思君之歌，也失之牽強。

　　從楚辭學史看，清代的楚辭學者及其注本，無疑是整個古代楚辭學史的高峰，其時，名家輩出，注本豐碩，筆者擬擇其要者概述之。

　　先看王夫之《楚辭通論》。王夫之治學以漢學為門戶、宋學為堂奧，可謂漢宋兼顧、以宋為主，故其論楚辭，偏重義理闡釋，《自序》中他說：「今此所釋，不揆固陋，希達屈子之情於意言相屬之際。」「《九歌》以娛神鬼，特其淒悱內儲，含悲音於不覺耳。」「彭咸之志，發念於懷王，至頃襄而決。《遠遊》之情，唯懷王時然，既遷江南，無復此心矣。必於此以知屈子之本末。蔽屈子以一言曰忠。」這些見解，都有可圈可點之處。周拱辰《離騷草木史》雖非僅注《離騷》，實際兼及楚辭它篇，但對《離騷》篇的山川草木禽魚，確實化了注疏工夫──「竊覘《騷》中山川人物草木禽魚，一名一物，皆三閭之碧血枯淚，附物而著其靈。而漢王叔師（王逸）、宋洪慶善（洪興祖）、朱元晦（朱熹）三家，雖迭有注疏，未為詳確。」

　　清代比較公認的相對有特色的三部楚辭注本是：林雲銘《楚辭燈》、蔣驥《山帶閣註楚辭》、戴震《屈原賦注》，它們基本上代表了清代楚辭學的水準，對後代頗有影響。應該說，三部注本各有特點。林雲銘《楚辭燈》求詩旨大致吻合，脈絡分明，所釋時有會心之處，然詞旨尚顯淺露，該書「自序」中說：「夫屈子之文，屈子之志也，志不以世而奪。」「屈子以王者之佐，生於亂國宗族，志無所伸，義無所逃，不得已以一身肩萬世之綱常，寄之於文以自見。」所言切中詩旨。蔣驥《山帶閣注楚辭》一書，《四庫全書總目提要》謂其對楚辭作品的排序」雖不無可商，而明快為舊說所無。《餘論》中分析考論，雖有駁談，亦時見精邃之言，終非明以來泛言可比，「且書中參考引述之書達六百四十多種，決非「率爾苟且」之作，蔣驥自己說：「獨於《離騷》，功力頗深。訂詁之外，益以《餘論》《說韻》若干卷。」「蓋《離騷》二十五篇，所以發明己意，垂示後人者，至深切矣。」可見，該書的《餘論》也頗有值得參考之處。戴震《屈原賦注》「以大義貫文旨，以訓詁明大義。不為空疏皮傅破碎逃難之說。」「指博而辭約，義勤而理確」，「過明清諸家遠矣。洪、朱而後，謹嚴篤實博雅精約無過此書者。」（姜亮夫《楚辭數目五種》引語）──這是對戴震此書很高的評價，清代當世之諸多注本概無出其右者，戴震自己道出其中內理：「予讀屈子書久，乃得其梗概。私以謂其心至純，其學至純，其立言指要歸於至純。二十五篇之書，蓋經之亞。」（《自序》）舉例來說，對楚辭作品的注釋，戴震確有道理，比如《離騷》中的「三后純粹」，此「三后」指誰？

歷來諸說紛紜、莫衷一是，戴震認為指楚之先君；又比如，「夏康娛以自縱」，不少注本以為「夏康」指「夏太康」，戴震認為，應「康娛」連文；《九歌》《東皇》等篇，皆就當時祀典賦之，非祠神所歌；有人認為屈辭未盡其善，戴震說「屈子辭無有不醇者」──所說所論均在在有理。

清代還有一部值得一說的有特色的楚辭注音本──江有誥的《楚辭韻讀》，其在楚辭韻讀方面提供了很好的參考資料。江有誥曾有《詩經韻讀》問世，可見他對上古時代的古音韻很有研究，《楚辭韻讀》是古音韻讀研究的系列著作之一，書中對楚辭原文分別予以注音，還同時附注了古音、叶韻、通韻、借韻等諸例，其體例與《詩經韻讀》相通，此書對讀者暸解楚辭古音韻讀不可或缺。

此外，清代有些著名學者，並不專治楚辭，但他們的學術類隨筆和劄記中，也有涉及楚辭研究方面的文字，這些文字表述，大多能顯示出學術方面的內容，也可資參考，因畢竟他們都是著名學者──如，王念孫《讀書雜志》「楚辭雜志目」、俞樾《湖樓筆談》《賓萌集》等楚辭劄記、孫詒讓《札迻楚辭》、孫志祖《文選考異楚辭劄記》等。

從楚國出土文物看《離騷》的神遊

　　在敘事性抒情長詩《離騷》的下半部分，屈原以大段篇幅，寫到了詩篇主人公因在楚國處處碰壁，很不得志，而不得已離開人世遠遊天國的情節。他在向重華陳辭後，踏上了「往觀乎四荒」的征程，他「駟玉虬以乘鷖兮，溘埃風餘上征」，開始向天國進發。早晨從蒼梧出發，傍晚到達崑崙山的懸圃，在神靈境界之門的靈瑣稍事停留後，再繼續行程。他在天國任情驅遣，「前望舒使先驅兮，後飛廉使奔屬。鸞皇為余先戒兮，雷師告余以未具。吾令鳳鳥飛騰兮，繼之以日夜。飄風屯其相離兮，帥雲霓而來御。吾令豐隆乘雲兮，求宓妃之所在。」──幾乎《離騷》詩的後半部分，詩篇的主人公一直在幻想的廣闊天國遨遊，上下求索，「覽相觀於四極兮，周流乎天余乃下」，只是由於畢竟心繫楚國，不忍心去而不返，才中止了天國之行，最終回到了現實人間。

　　毫無疑問，《離騷》中這一部分遠遊天國的情節，乃是詩人屈原展開想像翅膀，讓詩篇主人公神遊大國世界的生動表現，是詩人想像力豐富的充分體現。不過，人們可能要問，在屈原那個時代，人的想像力是否已達到了如此驚人的地步，居然可以離開人世，去往宇宙天際？為何之前的《詩經》，以及同時期北方地區的詩歌或歌謠中，卻罕見類似藝術性的誇張描繪或表述？人們的這一疑問顯然是理所當然的，這種現象的產生，絕非屈原單憑個人獨有的天才想像所能成功，它一定同楚國當時的歷史文化背景條件有著密切的關係。這就使我們想到了楚國的歷史、風俗和文化，想到了楚國的歷史史料，其中尤以楚國本土出土的文物最有說服力，它們是第一手的原始資料，最能說明屈原時代的文化背景和楚人的民風、民俗。

　　我們先從楚國出土的工藝品說起。湖北江陵雨臺山一六六號楚墓出土的

虎座立鳳，整個形體的形象是一具雙腳踏在虎座上的鳳鳥，它昂首展翅，傲視遠方，其背上有一對鹿角，那模樣和氣勢，似乎要佔據四圍的空間，每個看到這座雕像的觀眾，一見到它的形象，便會產生這鳳鳥試圖騰空而起，振翼高飛，在廣邈的宇宙間翱翔的想法。當然，這還是僅屬於喚起人們的想像意識，還有圖像直接表現超越時空的。如湖北江陵馬山一號墓出土的鳳虎紋禪衣，江陵戰國楚墓出土的楚漆器圓盒等，其中禪衣的圖案與紋飾、漆器圓盒的造型和繪畫圖式，都表現了鳥獸與雲霞在天際空間的翱翔飄飛形態，給人們以強烈的漂浮動感，這些都毫無疑問地讓人們瞭解到，楚人在當時已具有了朦朧的宇宙空間意識。

再看楚墓出土的帛畫，這是更能直接體現楚人企求靈魂升騰上天意識的文物。長沙子彈庫一號墓出土的一幅帛畫，畫面上是人物與龍，而其所表現的則是人物駕馭龍試圖上天的意識，故而文物考古工作者給這幅畫定名為《人物御龍圖》。更有出土的楚帛畫，直接表現楚人相信巫神及靈魂可以登天成為飛仙的畫面，此畫被命名為《人物龍鳳帛畫》。湖北《江漢論壇》刊登一篇題為《楚國人物龍鳳帛畫》的文章，這樣寫道：「綜觀全畫，天空左上方有龍，它生動有力，夭矯上騰，作扶搖直上的形態；右上方為鳳，蒼勁奮起，似欲飛向天國，龍與鳳緊相呼應，並與婦人息息相連。婦人面部表情穆肅，寬袖細腰，曳地的長袍迎風擺地，她的雙手向著已在天空中的昇天駕御之龍鳳，顯然是在合掌祈求，希望飛騰的神龍引導或駕御她的幽靈早日登天飛仙。」（原載該刊1981年第一期）

此外，帛畫還有，長沙烈士公園發掘的三號墓的內棺外表絲織物上，其圖案為龍鳳，寓意在引導墓中死者靈魂登天飛仙；湖北隨縣發掘的曾侯乙墓，內棺上畫有鳥身執戈奮翅的羽人，羽人上方有鳳，其寓意也很明顯是為衛護死者靈魂昇天。可見，這些帛畫都表現了一個共同的主題——藉龍鳳而登天飛仙，離開人世到宇宙天國去。從帛畫在當時的功能來說，它主要是為死者祭魂、招魂、安魂、護魂，代表生者對死者的祭奠與祝願，而這種做法的最終理想歸宿，乃是死者靈魂的升入天國，到天國世界去尋找歡樂。

帛畫中除了表現天界內容以外，還有反映天象內容的，它又從另一方面表現了楚國在屈原時代及其前，已具有了較先進的觀象授時的天文曆象知識與實踐，這是促進屈原時代會產生昇天思想的又一原因。1973年，長沙馬王堆三號墓出土的文物中，有關於天文曆象方面的帛畫及相關資料——《天文氣

象雜占圖》、《五星占》、《天文氣象雜占》、《慧星圖》等。1978 年，湖北隨州市擂鼓墩一號墓出土的漆箱蓋上，畫有裝飾性圖案——二十八宿星圖，並寫著二十八宿星名，這表明，在當時的楚國，關於天象二十八宿星學說已相當流行，人們對它也已十分熟悉。這使人們想到了天文曆法學在楚國發展的情況。楚人在工藝品和帛畫中所表現的天際宇宙意識，在史料記載中也可見出，如《史記‧楚世家》有載：「重黎為帝嚳高辛居火正，甚有功，能光燭天下，帝嚳命曰祝融。」其中，火正的重要職責是觀象授時，觀察大火和鶉火的星象位置。可見，重黎—祝融—火正，乃是楚人早先的天文學家，已具有了觀象授時的豐富經驗，這無疑很早便開拓了楚人窺探天際宇宙奧秘的視野，豐富了楚人的空間想像力，為楚人試圖托靈魂上天的意識，打下了基礎。當然，楚地濃鬱的巫風巫術，也是導致楚人昇天意識流行的重要原因，但仔細推究，這兩者其實是關聯糾結、相輔相承的。需要指出的是，楚國的職官中有太史、卜尹兩種，太史兼史官與歷官，主要職責之一，即掌天文曆法，卜尹專掌占卜，占卜與星象往往不可分割，這就足見天文星象在楚國受重視的程度。話再回到上面所說的出土楚文物中的《天文氣象雜占圖》《彗星圖》等，它們與編就恒星表、創立二十八星宿體系的楚國人甘德、唐昧、石申等人，有著密切關係。毫無疑問，不管是史料記載，還是文物出土，都表明，楚人具有靈魂昇天思想並非空穴來風，而其中出土文物更有說服力，更能讓人透過畫面或圖案，窺視到內在的奧秘。

由此，我們再來看屈原《離騷》中的神遊，也就更可明白問題的實質了。作為生於楚地、長於楚國的屈原，深染楚風，是不容置疑的，加上他博聞強記，熟諳文史，對天文星象之類，一定深懷好奇之心，並有所專研，正因此，當他一旦思想受到強烈衝擊，情緒難以自己時，抒發昇天國神遊、尋找理想境界和歸宿之情，便是自然而然的了。當然，《離騷》中的上天國，不僅僅是單一的行為意識，其中還摻雜了神話傳說與巫風巫術的成分，它們不僅在《離騷》中得以展現，還在《天問》《九章》《遠遊》等多篇詩章中有所反映：「昔余夢登天兮，魂中道而無杭。欲釋階而登天兮，猶有囊之態也。」（《惜誦》）「駕青虯兮驂白螭，吾與重華遊兮瑤之圃。」（《涉江》）《遠遊》中更是通篇表現了在天國神遊的內容：「悲時俗之迫厄兮，願輕舉而遠遊。質菲薄而無因兮，焉托乘而上浮。」至於《天問》一詩，更是直接表現了楚人對宇宙天象的認識，只是它以發問的形式展示。可見，《離騷》一詩中的神遊描寫，並非孤立的現象，

它是屈原接受楚地民俗、宗教、文化後的綜合藝術化的體現，是屈原把楚地宗教、民俗、文化有機糅合於抒發自身情感之中的藝術展現。

　　鑒此，我們可以斷言，屈原《離騷》中的神遊描寫，與楚國的出土文物有著密切的內在聯繫，楚國的出土文物，為我們尋求屈原神遊思想及其創作表現，提供了最好的來源和富有說服力的實據。可見，屈原詩歌作品中充滿想像力的神遊情節，並非單由他本人的天才想像力所致，乃是楚國豐厚的文化背景所提供的。

中日現代楚辭研究之比較

　　先從研究的總體說。日本的楚辭研究，總體上應該說是基本上沿襲了中國的傳統路子──即從東漢王逸開始的對楚辭作品的注釋詮解，且諸多注釋本主要的理解和認識（不是全部），基本上沒跳出中國傳統的框架──包括作品的篇數與真偽、產生的時代與作者、作品中具體字詞的解釋、對屈原其人及其作品的理解等，只是多了翻譯這一層──將中文譯成日文（或「今譯」、或「訓讀」），因而大多數的研究成果其實也就是對楚辭作注釋，以使日本一般的讀者能讀懂理解。但即便如此，我們也能看出它的獨特性及與中國的不相一致之處。

　　首先是翻譯中的「訓讀」，這是大約可稱為全世界獨一無二的翻譯──日本學者不僅將中文原作譯成了日文（此乃「今譯」），還在形體句式與字數上保持了與中文原作（詩體）的完全一致，這是很令人驚訝的，沒有相當的中日兩種語言的駕馭功力，要做到這點很難。其次是注釋本內容的豐富全面，很多日譯注本，除了上下對照的翻譯，逐字逐句的注釋外，還有每一段或每一節的大意概括，每首詩的詩意解析及背景介紹，以及有關作品主人公（屈原及宋玉）的生平資料和中國歷代注本簡介，有些注本還附有楚國歷史圖表及屈原生平年表等，甚有助於日本讀者的閱讀與理解。在諸多注釋本中，日本學者主要參照的中國權威注本是：東漢王逸《楚辭章句》、南宋朱熹《楚辭集注》、南宋洪興祖《楚辭補注》、明代林雲銘《楚辭燈》、明代汪瑗《楚辭集解》、清代屈復《楚辭新注》等，這大體上與中國學者的看法相合。在此基礎上，日本學者參以個人研讀見解，對舊注或詮釋，或補正，或提示，或考證，其中以龜井昭陽《楚辭玦》、岡松甕谷《楚辭考》、西村碩園《楚辭纂說》、橋川時雄《楚辭》、

橋本循《譯注楚辭》、目加田誠《楚辭譯注》、星川清孝《屈辭譯注》、小南一郎《楚辭》等為代表。

這裡特別要提出的是，日本學者比中國學者先一步考慮到了編「索引」——這是日本學者在漢學研究方面的一大特色，也是他們對漢學研究的一大貢獻。日本的「索引」與西方的「引得」，成了國際學術界公認的有效檢索工具書，對此，竹治貞夫的首創功不可抹，他編制的《楚辭索引》，為研究者檢索楚辭，提供了極大的便利。

從時間上看，中國與日本在現代楚辭研究的發展階段上，有著大致相同之處：中國在十九世紀後期到二十世紀末期的一百多年中，楚辭研究大約分為三個階段——十九世紀後期至二十世紀初；二十世紀初至五十年代初；五十年代初至二十世紀末；其中，二十世紀初指「五四」時期，五十年代初即新中國成立初期。日本的三個階段，以明治維新和二次大戰結束劃線：十九世紀後期至明治維新前；明治維新後至二次大戰；二次大戰結束至二十世紀末。從兩個國家各自的三個階段看，中國的三個階段基本呈逐步上升態，互相間的差距不是太大，第三階段後期（二十世紀八十年代後），研究成果在數量上明顯比之前二個階段佔優勢。日本的第一階段，學者人數不多，但研究質量不可小視，第二階段明顯是低谷，到第三階段時，成果的數量和質量都達到了空前的程度，湧現了一批專門的楚辭研究學者，使楚學在日本學界產生了一定影響。

兩國的研究都曾出現過否定屈原創作權或懷疑歷史上有無屈原其人的觀點。時間上，中國略早，以清末廖季平及民國以後的胡適、何天行、衛聚賢及朱東潤等人為代表；日本學者則或步中國學者之後，或試圖獨創新說，也提出了否定說和懷疑說，其中以岡村繁、白川靜、鈴木修次，及石川三佐男、稻田耕一郎、三澤玲爾等人為代表，其影響波及中國楚學界，引發了跨國爭論。兩國學者否定或懷疑屈原及其作品的共同依據，主要是司馬遷《史記·屈原列傳》的一些訛誤和疏漏之處，加上先秦史料缺乏，且二十五篇屈原詩作的部分作品真偽難辨，導致了否定與懷疑說的產生。中國的否定論因著中國眾多學者有力的反駁與辯正，已不成氣候，漸趨聲銷跡匿；而日本方面，則至今仍有聲息，有的不光力主此說，且還試圖另闢蹊徑，從學術創新角度立新說，這對於中國學術界而言，絕對是難以接受的。

與中國學者相比，日本學者的研究有其不同的特點。最明顯的，作為中國

以外的國家，對研究中國的楚辭有極大興趣，並有眾多學者加入（其中不乏一流學者），問世了相當可觀的研究成果，這無論如何是值得肯定的。正因此，日本學者的楚辭研究，顯示了其特別的研究成果量多質高，這種質，不同於其他國家，只停留於一般的翻譯注解水準上，而是向著問題的縱深方向努力挖掘和開拓，作較深入層次的研究——一系列研究專著的問世，即是明證。在研究的態度與方法上，日本學者也顯示了他們的獨到之處，認真嚴謹，重實證，不尚空談。這方面比較典型的，比如竹治貞夫的研究，論證紮實有據，一些觀點的提出，都是在對作品作細緻剖析和充分掌握資料的基礎之上。即使像懷疑屈原著作權的崗村繁，其觀點的提出，也不是憑空而生，而是在詳細分析作品的基礎上，發現問題，提出質疑，從而得出結論，我們中國學者雖然不會贊同他的觀點，因他的論證中有明顯的誤識或悖理處，但他的具體論證過程卻有其合理的成分，其發現問題和提出問題的邏輯程序，符合科學理性的要求。還有像石川三佐男，在考古資料與出土文物上下工夫，努力從中發現問題，提出新見，這個視角，正是陳寅恪先生在總結王國維學術成就特點時所講到的——地上文獻資料與地下出土文物的結合。

日本學者還善於研究一些不大引起人們注意的冷僻問題和細小問題，諸如楚辭詩篇中一些不太引人注意的神，祭祀儀式中出現的一些小物品等，經過細緻考證，他們會得出一些值得引起重視的結論，這是他們的長處。對此，我們中國學者很有可借鑒之處。不過，也應實事求是指出，日本學者的這一長處，有時也不可避免地反映了一個事實：這當中多少包含了對楚辭總體把握的不足或不熟悉，導致了在研究選題的確定上，往往取決於研究者個人的主觀喜好或理解把握上的相對容易，而不取決於選題本身的重要和有價值意義。

中國的楚辭研究毫無疑問可稱源遠流長，從漢代至今的研究史，整整延續了二千多年，在研究方法上，先是漢代的章句訓釋，繼是宋代的義理探求，再是近現代突破傳統路子，以及與傳統路子並行的新方法——哲學與美學的，歷史與神話學的，民俗與宗教學的，文化與人類學的，等等，可謂百花齊放。這些新方法的運用，開啟了二十世紀楚辭研究的新生面，拓展了傳統研究的層面，使古老的楚辭學躍上了現代新臺階。二十世紀中國的一批著名學者，如梁啟超、聞一多、郭沫若、游國恩、姜亮夫、陳子展、林庚、湯炳正、褚斌傑等，他們的研究成果，糾正了歷代舊說的偏頗，開拓了現代楚辭研究的新生面，為傳統楚辭學注入了新血液，也對日本學者的研究產生了影響，不少日本學者的

論著中引用了他們的研究成果，這也促進了日本楚辭研究的進一步深入。可以深信，隨著中日兩國學者學術文化交流的日漸擴展，包括楚辭研究在內的中國古代文學研究，將會由於兩國學者的共同努力，取得更大的成就。

關於先秦文學研究的幾點想法

　　九月初，應邀參加西北師大文學院的中青年教師座談會，會上有位青年教師特別向我提出：先秦文學研究如何進一步深入拓展？意指，目前的先秦文學研究，由於資料缺乏，以及多年來研究成果的不斷湧現，如何才能再進一步深入，從而有效地推出有價值的研究成果？我當時作了簡要的回答，不知這位老師是否滿意。事後，認真思考了一番，覺得這是個很實際也很需要探討的問題，困惑恐非存在於個別人，因此，感覺有必要就這個涉及當下先秦文學研究比較現實的話題，談談自己不成熟的看法，俾供學界同仁特別是青年學者們參考、批評。

　　總體上看，隨著古代文學研究的不斷深入和研究成果的大量湧現，加上全國眾多高校中文系每年招收數量不菲的古代文學研究的碩、博生，他們都要撰寫力求創新的畢業論文，於是，一個十分嚴峻的現實問題就擺在了面前——我們今天的古代文學研究，如何才能找到新的選題？如何才能將研究進一步深入拓展？如何才能使新發表的論文觀點出新？如何才能寫出真正具有突破意義的創新論文，使之既能不重蹈前人舊轍、不重複別人已說過的話，又能不搞成東拼西湊甚至帶有搬、挪成分的「雜燴」、「雜拌」？——這當中，先秦文學研究顯然相較其後任何歷史階段的古代文學研究，都難度更大、突破點更少、創新要求更高。

　　說先秦文學研究較之其後任何階段的文學研究難度都更大——此話一點不假，這是真正從事或涉獵過這個領域的學者，都會有的共通體會。原因很簡單，先秦時代，相距我們今天的時代，歷史年代久遠，保存資料稀少，留存至今的文本，至少在文字的讀解上，難度不小，如歷史典故和神話傳說等詮釋方

面，相比後代的文本，顯然不可同日而語，即便一般認為比較通俗的詩歌，也存在這個問題。這是客觀存在的困難。更何況，先秦時代，文學還未成為一門獨立的學科，它與歷史和哲學混於一體——其時的文史哲完全沒有分家的意識，這就更增加了分辨、理解、詮釋、鑒賞先秦文學的難度。由此，先秦文學研究在今天該如何繼續深入拓展，便成了一個急待解決的困惑問題。

對此，筆者在宏觀和微觀兩個層面，作了比較深入的梳理和思考，擬在此提出幾點不成熟的認識與看法，以供學界人士參考，並希望聽到批評。

要使先秦文學研究得以繼續深入和拓展，在筆者看來，最基本的途徑大約有三條——深入挖掘、系統梳理、向外拓展。以下擬就此三方面展開闡述。

深入挖掘

首先是深入挖掘。這可包括兩個方面——一方面，是在現存的歷代文獻資料基礎上，作進一步的深入挖掘，盡可能做到全面、徹底、深入，即便前人已經說過的話，利用過的資料，還可以從新的角度予以闡發，從另一個角度予以審視，從而挖掘出屬於你個人獨立思考的東西——當然，其難度是很大的；另一方面，是眼光對準新出土的文物文獻資料，及時的跟蹤，科學的分析與取捨，從中獲得之前的研究史未曾發現或涉獵的東西。在筆者看來，這兩個方面都可以花力氣，但相對來說，後者出新的可能性顯然大於前者，雖然嚴格意義上說，兩者都可實施——對前者而言，需要的是工夫與眼力，以搜羅殆盡的資料工夫，挖掘可能閃光的東西，在此基礎上，鑒別、梳理、抉擇；對後者而言，則需要紮實專業基礎上的銳利眼光，及時的跟蹤發現，密切的聯繫對照，科學的比較鑒別，其收穫，或許較之前者更大。

試舉例說明之。對《詩經‧豳風‧鴟鴞》一詩的解讀，陳子展先生《詩三百解題》作了詳盡的解析，他的這個解析，不是就詩論詩，而是聯繫了歷代主要代表注家的詮釋，並由此涉及相關多種歷史文獻資料，經過周詳考證後，予以小結，從而得出富有說服力的對詩旨準確判斷的結論。「解題」一開始先說，「此詩託為鳥言，控訴鴟鴞凶鳥於我取子毀室，並痛自警惕，趕籌善後之詞。這是禽言詩之祖。」〔註1〕而後，認為《詩序》可信，並引《尚書大傳》及《尚書‧金縢篇》證之，確認朱子《辨說》有據。但對此詩何時而作（周公——居東時？東征前？東征後？）？為何而作，歷代爭議甚大，從魏晉經唐宋

〔註1〕《詩三百解題》，陳子展著，復旦大學出版社，2001年版，第573頁。

到清代，諸說紛紜，難以論定。為此，「解題」文字展開了闡述，其間引證了歷代多家說法，幾乎囊括自漢迄清毛詩、三家詩、非毛非三家等各派多家，按歷代敘說之順序，予以闡發，這些家派包括《鄭箋》、《孔疏》、《朱傳》、崔述《豐鎬考信錄》、孫星衍《平津館文稿》、胡承珙《毛詩後箋》、陳奐《毛詩傳疏》、孫鑛《批評詩經》、汪梧鳳《詩學女為》、陳啟源《詩稽古編》、王先謙《詩集疏》、魏源《詩古微》等，其搜羅之廣、用力之勤、引證之博，令人佩服。最後陳子展先生予以「小結」，說：「《鴟鴞》，是周公救亂居東初年之作，旨在暗喻事實，藉明心跡；東征以後，貽詩成王，旨在痛定思痛，居安思危。」〔註2〕並指出，周公的居東和東征是同一件事，在同一時期，這與《尚書》、《史記》、《逸周書》、《尚書大傳》等的記載相合，而詩託為小鳥呼鴟鴞而告之，好像物語、童話，疑出於歌謠。〔註3〕這樣的依據歷史事實和歷代文獻資料的詳盡解析，真是令讀者可信服，它不僅揭示了詩的原本旨意，且解決了詩中所寫歷史事實長期以來懸疑的年代問題，特別突出了詩歌的寄託寓意。可以說，如此深入詳盡的解析《詩經》篇章，毫無疑問已達到了深入挖掘的地步，從而才有屬於學者個人獨立研究的創新可言。

同樣的例子，也出現在林庚先生的楚辭研究上。對《楚辭‧天問》一詩的剖析解讀，林庚先生可以說花了極大的工夫，這首堪稱天下第一的奇詩，完全不同於歷來一般的詩章，它一問到底，全無答句，且由於歷史年代久遠，錯簡錯字不少，所牽涉的上古歷史典故和神話傳說又十分繁多，可謂奇雜難解，給我們今人的閱讀理解帶來了極大的困難，很多人對此詩只能望奇興歎，難以卒讀。正由於此，林庚先生決意作深入的挖掘，一定要找到徹底解開這首天下第一奇詩的門鑰，還詩篇以原初的本真面貌，讓天下讀者明曉詩人屈原的創作本意，和詩篇的深刻意蘊、奇特表現之奧妙。《天問論箋》一書的「代序」中，林庚先生詳述了自己三讀天問的經歷與感受，同時把這首奇詩的總體脈絡與主線作了清晰的疏理，尤其對《天問》一詩中所見夏王朝的歷史傳說、所見上古各民族爭霸中原的面影、有關秦民族的歷史傳說，以及尾章「薄暮雷電歸何憂」以下十句的正確詮釋，一一予以了明白闡述，由此，得出了結論：這是「一部興亡史詩」，以夏、商、周三代為中心；全詩主題的焦點是興亡感；由於錯簡錯字和神話佚亡的原因，造成了詩篇解讀的極大困難，特別像尾章十

〔註2〕 《詩三百解題》，第 580 頁。
〔註3〕 《詩三百解題》，第 580 頁。

句，經過對歷史史實的詳盡考證，林庚先生斷言，末章十句，乃是專問楚國的歷史，主要是楚平王與楚昭王兩朝的故事，也即吳楚之爭最激烈的年代與事件，這關係著楚民族的生死存亡，而其中又蘊藉著屈原個人的嚮往之情，此正可作為全詩的終極，予以恰到好處的了結。正由於花大力氣作了深入挖掘，才使得先秦時代也是中國文學史上最難解讀的《天問》詩，在林庚先生攻堅克難精神努力下，得以化難為易，致使一般讀者也能借助本書的箋釋和今譯，讀懂讀通了《天問》——這顯然是深入挖掘的卓越成果。〔註4〕

深入挖掘的另一層面，是專注於傳統文獻之外的出土文物和文獻，這是先秦文學研究走向深層次的另一重要方面，對於從事先秦文學研究的學者來說，這個層面更有著特殊的意義，也更易出新。雖然對於古代文學研究大領域而言，從先秦到清代，都應該重視出土文物和文獻，但相對來說，先秦時代比起之後歷代，無疑更顯重要，因為畢竟先秦時代迄今年代久遠，留傳至今的文獻資料太少，這就需要我們更為看重出土文物文獻資料，以便對照、證成、補充、修正現有的歷史文獻資料，有的甚至可能要重新改寫原有的歷史文獻資料。例如，對《楚辭·九歌》作品的考辨，湯漳平特別重視將楚墓竹簡祭祀神系與《史記·封禪書》祭祀神系、《楚辭·九歌》祭祀神系結合起來，也即，將出土文獻資料和歷史記載與文學作品的描述互為參照，予以考證研究，從而釐清《楚辭·九歌》中的一系列疑難問題。湯漳平所考察的楚墓包括江陵望山一號、天星觀一號和荊門包山三座，著重於這三座楚墓出土的竹簡文字資料。經詳細考察對照，他發現，這些墓的主人公幾乎都是屈原的同時代人，墓地所在地與屈原當年的生活地點也相近，而比較楚墓祭祀神系，對照《史記·封禪書》祭祀神系和《九歌》神系後，更發現，居然三組神系有著驚人相似的完整性和對應性，《楚辭·九歌》的祭祀神系與楚墓祭祀神系不僅相似，且其中所祭祀的神名也大多一致，而《九歌》祭祀的規格，乃是由國家朝廷層面舉行的祭典，因而才會有《九歌》中的《國殤》篇——祭祀謳歌為國捐軀的將士，由此他得出判斷，《九歌》神系應是屬於楚王室的祭祀神系，其祭祀地點就在楚國當年的首都——郢都。〔註5〕這一系列的考證、對照、比較，無疑很好地解釋了《九歌》組詩的產生地點、產生時代、祭祀對象、祭祀內容等一系列問

〔註4〕 參閱《天問論箋》，林庚著，人民文學出版社，1983年版。
〔註5〕 參見湯漳平《再論楚墓祭祀竹簡與〈楚辭·九歌〉》，載《出土文獻與〈楚辭九歌〉》，中國社會科學出版社，2004年版。

題，表明了利用出土文獻考證文學作品，在先秦文學研究中乃是十分重要。
又如，近些年陸續發現出土的郭店楚簡、阜陽漢簡、上博簡、清華簡、安大簡
等，很大程度上對研究先秦時代的歷史、文化、文學提供了有力的文獻資料，
其中不光是經史類的文獻，更有包括《詩經》《楚辭》的竹簡資料，它們對研
究《詩經》《楚辭》中詩篇的真偽、字句的確鑿與否、歷史典故的虛實等都起
到了重要參考作用，很有研究探討的餘地，已經發表的有關清華簡的系列成
果，即可見出一斑。〔註6〕其他諸多出土的竹簡，只要真實可靠，應該也是同
樣效果。

系統梳理

其次，系統梳理，這指的是對先秦時代文學研究的對象和內容，作比較
系統的梳理，做出專題性的研究評述，這有利於我們從中發現過去的薄弱點、
補缺點和糾謬點，從而予以修正、補充和充實。這個方面，已經有了不少綜
述性的文章，但結合專題的系統梳理，恐怕還有補遺的餘地，我們通過這種
系統梳理，比較容易找到研究中的空白點和疏漏點，從而明確需要填補哪些
不足。

例如對《詩經》的研究，可以梳理的話題很多——《詩經》的起源，《詩
經》文本的形成，《詩三百》的由來與組成，孔子刪詩說，《詩經》的分類與內
容，《詩經》的作者，關於風、雅、頌和賦、比、興——命名、內涵、區別、
作用及其與音樂的關係，關於《詩序》（大序和小序），《詩序》的作者，《詩大
序》的詩學價值與意義，漢代《詩經》學，魏晉及其後歷代的《詩經》學（特
別是兩宋和清代），近代《詩經》學，現代（二十世紀）《詩經》學，漢學與宋
學，作為百科全書的《詩經》，關於《詩經》字詞的訓詁、音韻考釋，出土文
物文獻與《詩經》的關係，以及三百零五篇作品各自的詩旨及其藝術表現特
點，等等。應該說，這其中很多話題，都已經有了綜述性的文章和專題類的評
述文章，但畢竟二千多年來的《詩經》研究，可以涉及的話題甚多，沿襲的歷
史年代久遠，其汗牛充棟的資料，毫無疑問會有遺漏和空白，作一番系統的梳
理，無論如何對研究的深入和填補空缺都有好處，這也是我們對每一篇碩、博
論文，都要求做該課題學術史的緣故。

上述的《詩經》部分，尚且有如此多可以梳理的題目，先秦時代的其他文

〔註6〕參見《清華簡與先秦經學文獻研究》，生活、讀書、新知三聯書店，2016年版。

類及作品，如民歌與歌謠、楚辭、先秦諸子散文、先秦歷史散文等，研究探討的餘地也很大。當然，問題在於我們從哪個角度作系統梳理，如果只是簡單地一般化地做資料的堆砌，或粗線條的歸納，恐怕很難發現問題和漏缺，必須花大工夫，系統地、全方位地作縱向和橫向的梳理、比較、對照，才能發現前人的研究中存在的問題——或偏頗、或遺漏、或誤解，這個前人，應該包括所有已發表了該課題研究成果的古人和今人。

向外拓展

隨著改革開放步子的越邁越大，我們的學術視野，不光要盯住國內的圈子，應該也必須將眼光投注中國本土以外的海外天地了——世界範疇的漢學領域，是個已經開墾且還待繼續大力拓展的廣闊領地，由此，第三個途徑——向外拓展，很實際地擺到了我們的面前。我們今天的先秦文學研究（其實應包括整個古代文學研究——如此說，只是因本文論題範疇的關係），可以從兩個層面做這方面的研究工作，一是中國研究的推向域外，一是外域研究的引進中國——前者，相對好辦，關鍵是翻譯，當然首先必須嚴格選擇精品，保證翻譯對象必須代表中國學術界的高水準，而對客觀介紹類的文章，則必須能切實反映中國傳統文化本身所應具有的準確性和科學性，確實值得向國外輸出；後者，則既必須有可以供國內學界借鑒參考的價值和意義，也需要作必要的良莠鑒別，不能照單全收，這裡牽涉到一個對海外漢學整體水準的客觀認識問題，我們既不能盲目崇拜，也不能以偏蓋全、因噎廢食。

世界範圍的漢學研究，三個國家和地區堪稱重鎮——日本、歐洲、美國。從時間上來說，日本毫無疑問是領先者，歐洲則屬於後繼者，包括法國、英國、德國等，美國自然崛起得最晚；但從整體的研究隊伍和研究成果來看，三個重鎮在不同歷史階段各具不同特點，可謂各有千秋、難分軒輊。作為漢學研究分支之一的中國文學史研究，日本早在二十世紀初葉即已問世多部《支那文學史》類的著作，歐美雖然時間上要後於日本，卻也能後來居上，二十一世紀初推出了在國際漢學界頗具影響力的中國文學史著作——如《哥倫比亞中國文學史》和《劍橋中國文學史》，筆者擬以後出且更有代表性的《劍橋中國文學史》為例，作些說明性的闡發。

在中國文學史的研究中，有一個很重要而往往被中國學者忽略的問題，即，我們的文學史研究對象和所涵蓋的實際範圍，究竟是哪些地域和人群？也

即，今天所謂的「中國」文學史，這個「中國」指的範圍是什麼？是否包括漢族以外的 55 個少數民族？是否包括港澳臺地區？是否包括海外的華人華僑？這是個很值得引起重視的問題。以今天流傳於市面上的諸多中國文學史著作看，雖然書名皆稱為「中國文學史」，實際內涵卻並不包含所有的中國人，書中述及的多是漢族人用漢語書寫和創作的文學史，很少或幾乎不包括用少數民族語言文字書寫和創作的其他 55 個民族的文學，也很少或幾乎不涉及港澳臺地區文學，更遑論海外華人或華僑的文學創作了。《劍橋中國文學史》特別注意到了這個問題，編著者認為，中國文學史無論在理論上還是實踐上，都應該包含漢族群體和少數民族群體，以及香港、澳門、臺灣，乃至境外的華人群體，這樣做，才符合「中國文學史」的本質定義。應該說，作為名正言順的「中國文學史」，完全應該符合這個客觀標準和要求。從先秦文學層面看，《劍橋中國文學史》一些篇章比較突出地展示了切合文學史本身內涵的描述，如我們談先秦的文學和文化，顯然不能割裂西漢，因為先秦的很多典籍流傳到今天，大多是靠了西漢時代問世的各種注本，如不將先秦與西漢聯繫起來看，很多文學現象不能解釋，很多文學本子也無法解讀，因為其中選家、編家、注家，都是西漢時代的。又，如何衡量和評判載入文學史冊（或謂能被文學史所寫入）的文學家和文學作品，這看上去似乎取決於文學史編寫者個人的喜好，實際上卻是關係到為何前代文學能被後世「過濾」「取捨」，並得以流傳，甚而成為「經典」的重要問題。也就是說，文學史研究者要正視的，是歷史上的文學作品如何會在文學史上得到長期存留，一部文學作品得以長期存留、甚至成為經典，抑或遭到流失與遺忘，究竟與哪些因素有關？——主觀的、客觀的。對此，《劍橋中國文學史》的主編特別注意到了，並提出了自己的看法，該書上卷「導言」中，主編特別提出，後世的評判及價值取向對早期作品的塑造與保存產生了不可忽視的影響，我們應該考慮到後世的評判，對早期作品的保存發生的影響，以及後世的價值取向如何塑造了早期作品。〔註7〕但實事求是說，像《劍橋中國文學史》這樣彙集了諸多美英著名漢學家而編撰的文學史著，也還是存在著不少不足和弊病。例如，該書突出了文學與文化的關係，試圖寫成文學文化史，這無疑是文學史撰寫上的一大突破和創新，但是，淡化了文類，不等於可以誤解或疏忽文類，一些在中國文學史上曾經出現的特別富有特色的

〔註 7〕 參見《劍橋中國文學史》（中文版）「導言」，孫康宜、宇文所安主編，生活、
　　　 讀書、新知三聯書店，2013 年版。

文類，竟難以覓得其在文學史上應有的蹤影，甚或出現評價上的自我矛盾，如在中國文學史上曾經出現，在後世仍有相當影響，卻歷來被文學史界重視不夠的文類——賦，《劍橋中國文學史》對它的描述和評價，居然出現了前後闡述矛盾、文體特徵判斷失誤的現象。該書第一章談到賦時說，漢代盛行的詩歌類型是賦，西漢的賦涵蓋了詩歌的所有形式和主題，而第三、第四兩章的說法卻不一樣了，認為賦屬於散文，或屬於特別文體類。很顯然，三章的三位編撰者，對賦文體的看法和認識判斷顯然不一致，從而導致了同一部文學史中，出現對某一特定文類文體特性及其歸類的明顯歧異，這是很不應該的。

又比如，日本的漢學研究，無疑是在全世界走在前列的，其研究的深入和細緻、嚴謹和規範，確可引發我們的借鑒和參考。日本學者研究漢學的最大特點，是特別關注一些比較冷僻的小題目，也即我們通常所說的微觀研究，而對宏觀層面的研究興趣不大，這與中國的情況有所不同。正由於這個特點，也就導致了日本學者對研究課題鑽研的深入、細緻——當然，這也帶來了有些小題目實際研究價值不大的偏頗。注重利用工具書，喜好並願花大力氣編撰工具書，是日本學者漢學研究的又一特點，他們在編撰中國古代大型類書、叢書、文集的索引類工具書方面，下了大力，且細緻到位，因而漢學方面的工具書，如索引、目錄、年表、辭典等，可謂門類齊全、數量龐大，這大大有利於學者們的研究。日本學者研究學問不僅肯下大工夫，且還喜好在讀萬卷書的基礎上，行萬里路，他們會不知疲倦地，多次為考察一個疑問，查詢一部資料，勘察一處實地，不惜多次跋涉中國各地，認真考察，仔細詢問，體現了嚴謹紮實的學風。具體表現在對某個學術問題的研討，日本學者的功力確有體現，比如楚辭研究，早期的代表學者西村碩園，他的《屈原賦說》，考證之精密，規模之宏大，至少在日本本土，迄今尚未出其右者，而他還有《楚辭王注考異》、《楚辭集釋》等多種楚辭研究集子，它們或取歷代注本，考同異、糾脫誤、補不足，或寫下一系列按語，辨源流、評價值、創新說，而他對歷代楚辭文獻的採訪與收藏，更是在日本學術界罕見，其數量達百種以上，質量均堪稱上乘，僅明刊本即達 16 冊之多，還有 40 多種清刻本。日本學者在楚辭研究領域，可謂學者成員眾多、研究風格多樣、問世成果豐碩，具體到治學的專題——選題全面廣泛、辨析細緻到位、緊密聯繫楚文化等，且其中不乏可資中國學者借鑒參考的研究風格，如聯繫文學史層面的楚辭研究——鈴木虎雄、青木正兒、吉川幸四郎的獨到見解，竹治貞夫的紮實考證、岡村繁的大膽質疑、藤

野岩友的巫系文學、石川三佐男的利用考古和出土文物，等等，雖然其中在中國學者看來，不無偏頗之處，且他們的研究由於比較偏重微觀，有時會暴露對整體宏觀認識的不夠和偏差，但畢竟他們的研究成果所透出的，乃是他們個人深入鑽研的結晶和閃光點，還是很值得我們借鑒參考。透過現象看本質，在更大的先秦文學研究層面，日本學者的研究，確可作為我們向外拓展的研究對象之一。〔註8〕

　　末了，特別要強調一下，研究先秦文學，必須也必定要密切聯繫和結合先秦時代的文化，這不光宏觀層面應該認識到——解析文學絕對離不開文化這個重要背景和內涵，這顯然是先決前提，更有先秦時代文學確實難以割捨文化，因為先秦時代的文學本身，還遠沒有成為獨立的研究對象，其時的人們，根本還沒有文學是獨立學科的意識——在中國，文學成為獨立學科的意識，一般來說，要到魏晉時代才開始確立。這個特別的現象，是先秦時代特殊歷史條件和文化背景所決定的，並非我們今日後世人們的刻意求異。對此，我們在實際的先秦文學研究過程中，也能清楚發現並真切感覺到，先秦時代，較之其後各代的任何時期，文學和文化的緊密聯繫與結合尤其顯得重要——這應該也是本刊主編擬定本刊刊名為《先秦文學與文化》值得首肯之處。

〔註8〕 參見《日本學者楚辭研究論綱》，徐志嘯著，福建人民出版社，2015 年版。

中國早期的文學史意識

　　一般認為，文學史意識的產生，始自歐洲，隨後是日本，日本係受歐洲影響而生；而最早的中國文學史文本，乃問世於 19 世紀末的歐洲（德國），繼而，日本在 19 世紀末 20 世紀初也出版了多部中國文學史（支那文學史）。對此，學界一般無異議。但港臺學者黃維樑等曾提出，中國在南北朝時期已產生了文學史的早期短篇文本——劉勰《文心雕龍·時序》。筆者認為，這個觀點有道理（主張這個觀點的，還包括其他一些學者，但黃的觀點最鮮明），應該承認，中國本土在南北朝時期，已有了文學史的早期短篇文本，不過，筆者所要特別闡述的是，不光是劉勰的《文心雕龍》「時序」，且其《文心雕龍》其他篇章也多處涉及了文學史，還有，與劉勰時代相近的沈約、蕭子顯、蕭統等，也各在他們的論著中，涉獵或表現了文學史意識，故而筆者認為，在中國的南北朝時期，已具有了明顯的早期文學史意識，而這個意識的產生遠早於歐洲和日本。

　　先看《文心雕龍》。《時序》篇毫無疑問，不僅涉及了文學史的意識，且作者以史的眼光，運用具體文字，系統地縷述了自上古迄南朝宋、齊歷代——唐、虞、夏、商、周、秦、兩漢、魏、晉、宋、齊的文學，包括每個朝代的代表作家及其作品，其中以《詩經》、楚辭、漢武帝時期文學為重點，完全可稱為一篇簡明扼要、重點突出、觀點鮮明的文學史——只是描述與評判的文字較為簡略而已；而且，在依歷史順序闡述的基礎上，作者特別提出了具有文學史意味成分的著名觀點：「時運交移，質文代變」、「文變染乎世情，興廢繫乎時序」，也即，文學的發展離不開「世情」與「時序」，這當中，包括政治條件、國家興衰、時代風氣、帝皇喜好、統治者文化政策、社會學術風尚等，用今天

的話來說，就是文學的發展離不開時代與歷史文化條件。可以說，整篇《時序》的闡發中，都貫穿了這個中心觀點。應該看到，《時序》毫無疑問具備了文學史的意識，可謂文學史文本的最簡略呈現。這還不夠，如讀者認真瀏覽《文心雕龍》全書，會發現，除《時序》外，其實劉勰書中的論述，有多篇涉及了文體的闡發，這是它們分屬於各種不同文體類型的表述——自《明詩》到《書記》，共二十篇，包括詩、樂府、賦、頌、贊、盟、銘、箴、碑、雜文、史傳、論說等各種文體，這二十篇，分別闡述歷代文壇所產生的各種文體，劉勰以歷史發展的眼光，從文體分類的角度，作了具體細微的產生發展、各自特徵及其代表作的闡述，這從今天的角度看，實際上就是分體文學史的雛形。此外，《才略》篇按時代順序，分別述及各代重要作家，也含了文學史意味。有學者或許會認為，從劉勰本人當時的寫作初衷看，他是結合文學歷史發展的過程，闡發各種文體的特徵、創作手法及其代表作，以作為《文心雕龍》旨在創作指導的具微展示——這話不錯，但客觀上，這些分文體闡述的篇章，無疑鋪展了分體文學史的軌跡，具有了文學史的成分，可以看作是文學史的雛形。

　　沈約《宋書‧謝靈運傳論》，雖說屬於對文學人物謝靈運的傳記發議論，文中同時闡述了沈約獨倡的聲律理論，但實際敘述的文字（前半部分），涉獵了戰國至南朝歷代文學的發展，且有精當的評論，不失為一篇簡要的文學史，其中清晰透露了沈約個人朦朧的文學史意識（沈約此文開了後世史書中文學或文學家傳論的風氣之先）。試看文中所述，從「周室既衰，風流彌著」開始，歷述屈、宋「導清源於前」，賈誼、相如「振芳塵於後」，王褒、劉向、揚、班、崔、蔡之徒「異軌同奔，遞相師祖」，「至於建安」「以情緯文，以文被質」，「自漢至魏」「文體三變」，「降及元康」「潘、陸特秀，律異班、賈，體變曹、王」，最後說到靈運、延年「並方軌前秀，垂範後昆」。對這些屬於前代文學發展史上的代表作家（詩人）及其作品，沈約均作了精當的點評，包括他們各自的創作特色，共同的祖式風騷，相互之間的異同比較，以及前後的影響關係等，足可稱為一篇簡明文學史了。由此可見，其時的沈約，已具有文學史的眼光了。

　　蕭子顯《南齊書‧文學傳論》，受沈約影響，形式雷同沈約《宋書‧謝靈運傳論》，也是文學傳記的篇末議論，題目所涉範圍似更廣些，實際論述乃偏於漢魏六朝。文中從「吟詠規範，本之《雅》什」開始，歷述曹植、王粲、李

陵、張衡、曹丕、相如、揚雄……，一路下來，點出他們各自的為文特色，以及在文學發展歷程上的作用或影響，也是一篇極為簡明的文學史，只是相比沈約一文，更著重於漢魏六朝時代，其所述及的作家順序，似按文體形式，在漢魏間前後略有跳躍。在敘述古今文學發展的同時，蕭子顯提出了「新變」的觀點：「屬文之道，事出神思，感召無象，變化不窮」，「習玩為理，事久則瀆。在乎文章，彌患凡舊；若無新變，不能代雄。」這個觀點，無疑是從文學發展的歷史角度作出的辯證判斷，符合文學史的發展規律——強調突出「新」與「變」，唯有「新」才是「變」，唯有「變」才能出「新」，而文學正是在這「新」「變」中得到健康有序的發展。

蕭統《文選序》，雖說是對其所編《文選》一書撰寫的《序》，而其《文選》本身，則是蕭統按自定標準編成的歷代文選集子，但他的選家眼光中，不免透露了朦朧的文學史意識——依歷史發展的眼光看待與衡量文學的發展。《序》文從上古原始時代「文籍生焉」說起，歷數詩、騷、辭、賦之代表作，其所述沿革變化，乃上古三代之文學發展簡史。之後，《序》文特別概括了各種文體的寫作特徵——包括頌、箴、戒、論、銘、誄、贊等，從某種角度看，這體現了簡明文體沿襲史之特色。當然，比起上述劉勰、沈約、蕭子顯，蕭統的這種描述與概括，文學史的色彩與程度要薄弱些。

從以上所述可見，在中國的南北朝時代，毫無疑問，實際上已具有了早期初步的文學史意識，雖然這種文學史意識，較之歐洲19世紀產生的國別文學史意識以及問世的中國文學史著作，確實顯得簡單且稚嫩，還遠不具備系統的歷史科學觀念，且文本的呈現形式也比較簡短，但無可否認，文學史的觀念意識，在當時的中國（公元5世紀前後）顯已具備，且不是個別人，而是一批文人學者，他們在其所撰寫的文章中，呈現了較為具體的對文學發展的闡述（包括歷代作家及其作品，以及文學特徵的簡單描述概括），蘊含了較為鮮明的能代表文學發展規律及特點的觀念意識，這是非常不容易的，它體現了中國古代文人在南北朝時期，已具有了用歷史發展的眼光看待、分析、闡述文學的規律性發展，這顯然屬於早期的文學史意識。

賦學極簡史

　　與賦在漢代興起的同時，賦的研究——賦學，也伴之而生，並沿著與賦發展不同的軌跡前進。賦學在整個古代文學批評史上的發展，大致可分為四個階段：兩漢、魏晉南北朝、唐宋元、明清，本文擬對這四個階段的發展沿革作極簡略的概述。

兩漢賦學

　　兩漢是賦產生和發展的黃金時期，也是賦學史的發軔期，可以說，賦的研究與賦本身的興起幾乎堪稱同步。

　　最早對賦及其創作發表見解的，據史料記載，是司馬相如。司馬相如本人是個賦大家，一生創作了不少有影響的賦，在漢代賦壇乃至整個賦史上，均甚有地位與影響，因此，他直接闡述對賦創作的看法，頗能鞭闢入裏。《西京雜記》載錄了他回答盛覽作賦方法的一段話：

> 合纂組以成文，列錦繡而為質，一經一緯，一宮一商，此賦之跡也。賦家之心，苞括宇宙，總覽人物，斯乃得之於內，不可得而傳。

　　司馬相如在這段話中提出了「賦跡」與「賦心」兩個概念：「賦跡」，講賦的形式，是對賦的文體特徵的認識，認為作賦須辭藻華美、音律和諧；「賦心」，是作賦的方法論，說明賦家創作賦時要對外界事物作藝術概括；兩者均與賦本身及創作賦的實際要求基本相符。這是賦學史上最早論賦的文字。

　　與司馬相如差不多同時代的司馬遷，在《史記·司馬相如列傳》與《太史公自序》中分別評論了司馬相如的賦創作：

相如雖多虛辭濫說，然其要歸，引之節儉，此與《詩》之風諫
何異？

《子虛》之事，《上林》賦說，靡麗多誇，然其指風諫，歸於無
為。

司馬遷既肯定了司馬相如賦的成就：「引之節儉」，「與《詩》之風諫何
異」，也指出了他的不足：「多虛辭濫說」、「靡麗多誇」，這開了賦學史上評論
賦家及其作品的風氣之先。

漢代對賦採取始肯定後否定態度的，是揚雄。揚雄起初「好辭賦」，欽慕
司馬相如的「弘麗溫雅」，下決心模擬之；然而賦的「靡麗多誇」的形式與實
際諷諫作用之間的矛盾，使曾創作過《甘泉》、《羽獵》、《長楊》等賦（係模擬
司馬相如《子虛》《上林》之作）的揚雄，開始認識了賦的侷限與弊端，他決
心棄而不為，並為此予以貶抑，曰：「或問，吾子少而好賦？曰：然。童子雕
蟲篆刻。俄而曰：壯夫不為也。」揚雄之所以認為作賦是「童子雕蟲篆刻」、
「壯夫不為」，主要因為賦並不能真正起到諷諫作用，它「極靡麗之辭」，只是
讓讀者欣賞其華麗的詞藻，以達到娛人耳目的作用。《漢書‧揚雄傳》載：「雄
以為賦者，將以風之，必推類而言，極靡麗之辭，閎侈鉅衍，竟於使人不能加
也。既迺歸之於正，然覽者已過矣。往武帝好神仙，相如上《大人賦》，欲以
風，帝反縹縹有凌雲之志。繇是言之，賦勸而不止，明矣。」鑒於此，揚雄將
賦分成兩類：「詩人之賦」、「辭人之賦」，他認為，此二者雖均具「麗」的特
徵，但並非所有賦家的作品都能劃一，其中一部分是「麗以則」，另一部分是
「麗以淫」，「麗以則」者係詩人所作，「麗以淫」者乃辭人所為，將詩人屈原
與辭人代表司馬相如作比較，屈原「上援稽古，下引鳥獸」，其著意，是「過
以虛」而「華無根」的司馬相如「亮不可及」的。揚雄這一分類評價，具有
一定的理論概括性，指出了賦忽略思想內容、崇尚靡麗形式之弊，對後代影
響頗大。

兩漢時代對賦作多方面評價的，是東漢的班固。班固論賦，主要體現於
《兩都賦序》，另外，他在《漢書‧藝文志》中特設「詩賦略」，其中論述雖多
引劉歆《七略》，卻也一定程度上代表了他個人的一些看法。他對賦論的見解
主要包括：第一，簡要概括地敘述了賦的產生及其在西漢兩百多年中的歷史發
展；第二，肯定了漢賦歌功頌德的思想內容（「抒下情而道諷諭」、「宣上德而
盡忠孝」），稱漢賦是「雅頌之亞」、「炳焉與三代同風」；第三，不贊同揚雄對

辭人之賦的批判，肯定司馬相如作品的積極意義及歷史地位；第四，在《漢書·藝文志》中特立「詩賦略」，將詩賦作品分為屈原賦、陸賈賦、孫卿賦、雜賦、歌詩等五類，既是文學與學術著述分離意識的早期萌芽，也是重詩賦的體現。從班固論賦見解可以看出，他對賦的看法有其片面性，過分注重了賦的文辭及歌功頌德內容，這同他貶斥屈原及其作品的觀點基本一致，《離騷序》中他說：「今若屈原露才揚已，⋯⋯亦貶絜狂狷景行之士，⋯⋯謂之兼詩風雅而與日月爭光，過矣。」但他對屈原作品的藝術形式，卻持肯定態度：「然其文弘博麗雅，為辭賦宗，後世莫不斟酌其英華，則象其從容。」（《離騷序》）承認屈原作品在藝術形式上是漢賦之宗。

魏晉南北朝賦學

魏晉南北朝時期的賦學，呈現以下三個特點：一、這一時期比較重要的批評家，如曹丕、陸機、劉勰、蕭統、顏之推等，均有論賦文字或文章，說明賦在這個時期雖地位、影響不如漢代，但依然是文壇上一宗，被視為獨立文體，著評家甚多；二、晉代出現了賦學專文，如左思的《三都賦序》、皇甫謐的《三都賦序》等，較之兩漢，它們對賦的研究與評論，似更理論化、系統化；三、體大思精的《文心雕龍》一書，不僅有《詮賦》專章，且全書它章中也多次論及賦、賦家及其作品，構建了獨特的賦學體系，對漢代以來賦的理論作了系統的總結與創造性的理論闡發。

曹丕、陸機、蕭統等人在他們各自論著中，均表述了對賦的看法與見解，從他們的論述中可以看出，其共同點是能抓住賦的根本特徵，如曹丕在《典論·論文》中說：「夫文，本同而末異，蓋奏議宜雅，書論宜理，銘誄尚實，詩賦欲麗。」一個「麗」字，突出了賦的特點。陸機《文賦》較曹丕概括得更為具體、明確：「賦體物而瀏亮」，把賦的文體特徵與賦本義聯繫起來，抓住了實質。蕭統的《文選》雖是一部文學作品選本，卻也體現了蕭統的文學觀點，不論文章的選擇編排，還是《序》中所闡述的，都表現出重文采、重辭賦的鮮明傾向。他的選文標準是「能文為本」，所謂「能文」，即指辭藻、音律等語言技巧。他將辭賦列於卷首，《序》中首論賦，而後依次為詩、箴、論等文體，也可見賦在他心目中的地位。

晉代左思與皇甫謐的兩篇《三都賦序》與摯虞《文章流別志論》論賦部分文字，是魏晉南北朝時期值得注意的賦學論著。左思《三都賦序》提出了與

前人不同的論賦標準，他認為，賦不能過於虛誇，其內容、文辭的取材應有根據，《序》中說：「蓋詩有三義焉，其二曰賦。……先王採焉，以觀土風。見『綠竹猗猗』，則知衛地淇澳之產；見『在其版屋』，則知秦野西戎之宅；故能居然而辨四方。」他自己所撰《三都賦》也實踐了這一標準——辭必徵實，按照這一標準，左思指責漢代賦家作品中不少記載失實之處。左思的指責，應該說有其一定意義，批評了漢代賦家文采過於虛誇之弊，但他一味追求「徵實」，強調知識的真實，則不免失之偏頗，混淆了文學作品與學術論著的區別。

皇甫謐的《三都賦序》為讚譽左思的《三都賦》而作，因而在賦的內容須「徵實」方面，毫無疑問地與左思如出一轍。不過，皇氏並非單純讚譽左氏之作，它同時闡發了自己對賦的看法：一、重視並強調賦的藝術表現形式，認為賦應是「美麗之文」——「文必極美」「辭必盡麗」，如不符「美」「麗」，便稱不上賦，據此，他肯定了漢代一些賦家在藝術形式方面的成就：「初極弘侈之辭，經以約簡之制，煥乎有文，蔚尔鱗集，皆近代辭賦之偉也」；二、比較詳盡地論述了賦自產生以來的概況，並對主要代表作家作了評論，所論文字，有褒有貶，不偏不激。

摯虞的《文章流別志論》是一篇探討各種文體性質及源流的專論，其中論賦文字，對賦提出了一些見解。摯虞顯然受揚雄觀點影響，對「辭人之賦」持明顯貶抑態度，文中說：「前世為賦者孫卿、屈原，尚頗有古詩之義，至宋玉則多淫浮之病矣。」文中指出，辭人之賦有「四過」：「夫假象過大，則與類相遠；逸辭過壯，則與事相違；辨言過理，則與義相失；麗靡過美，則與情相悖。」這「四過」的危害是「背大體而害政教」，造成「四過」的原因是辭人們忽略了思想內容，太偏重形式，「以事形為本，以義正為助」，這說明，摯虞比較重視思想內容。另外，他在論述「七」體時，述及枚乘《七發》，認為其既具諷喻意義，又開後世淫麗之先，比較符合事實。

劉勰對賦的理論見解，主要體現於《詮賦》篇，其他篇章也有涉及。他的觀點總起來看包括以下幾點：首先，明確了「賦」的真切含義及其源流。劉勰以前，對賦究竟是什麼，從何起源，爭論頗多，劉勰在列舉前人論述基礎上，指出：賦是《詩》六義之一，「賦者，鋪也，鋪采摛文，體物寫志也。」而作為文體的賦，則「受命於詩人，拓宇於《楚辭》」，其始端為荀況的《禮》《智》，宋玉的《風》《釣》，賦家枚乘、賈誼、司馬相如、揚雄等均為楚辭所「衣被」。劉勰對賦所作的這一定義，較準確地抓住了賦的實質，對賦體起源的闡說，

「討其源流，信興楚而盛漢」，符合賦產生發展的實際，可謂不移之論。他又指出了大賦與小賦的特點及其區別——《詮賦》篇中，按賦作品的不同特點，分為大、小賦兩類，大賦是：「京殿苑獵，述行序志，並體國經野，義尚光大。既履端於倡序，亦歸余於總亂。序以建言，首引情本；亂以理篇，迭致文契。……斯並鴻裁之寰域，雅文之樞轄也。」小賦是：「草區禽族，庶品雜類，則觸興致情，因變取會。擬諸形容，則言務纖密；象其物宜，則理貴側附。斯又小制之區畛，奇巧之機要也。」很顯然，在劉勰看來，所謂大賦，題材較廣，有序有「亂」辭，藝術特徵典雅；所謂小賦，題材較狹，描寫細密，藝術特徵奇巧。劉勰的這一大、小賦分類，以後成了文學史上賦的分類名詞，一直沿用至今。不過，他的概括，還尚欠全面，尤其是對特徵的概括——大賦並非無奇巧，小賦亦非純奇巧。劉勰還總結了賦的創作原則，《詮賦》篇指出，「立賦之大體」應是：「義必明雅」、「詞必巧麗」、「麗詞雅義，符采相勝；如組織之品朱紫，畫繪之著玄黃；文雖新而有質，色雖糅而有本」。在劉勰看來，作賦必須符合內容與形式兩方面要求，缺一不可，倘若舍本逐末，只追求文采，不講究內容，則「雖讀千賦」，也會「愈惑體要」，結果「繁華損枝，膏腴害骨；無貴風軌，莫益勸誡。」可見，劉勰既重視賦的文辭標準，要求「寫物圖貌，蔚似雕畫」，也堅持「體物寫志」、「情以物興」、「風歸麗則，辭剪美稗」，要求內容與形式的統一與完美。對戰國以迄魏晉有代表性的賦家及其作品，劉勰一一作了評判，有客觀愜當之論，也有失之公允之說。例如，說「陸賈扣其端，賈誼振其緒，枚馬播其風，王揚騁其勢」，符合漢賦發展實際，評價也恰如其分；說「相如《上林》，繁類以成豔」，「文麗而用寡者長卿」，「子淵《洞簫》窮變於聲貌」，「延壽《靈光》，含飛動之勢」，擊中肯綮；然舉魏晉傑出賦家代表，卻不適當地抬高了郭璞、袁宏，而忽略了江淹、鮑照、庾信，失之偏頗。他指出詩人創作是「為情而造文」，辭人作賦是「為文而造情」——詩人創作「志思蓄憤」、「吟詠情性」，是「為情而造文」，符合文學創作規律，作品富有藝術價值，乃「約而寫真」；而辭人創作，「心非鬱陶，苟馳誇飾，鬻聲釣世」，乃「為文而造情」，因而其文「淫麗而煩濫」。劉勰在這裡實際上是提出了文學創作的根本規律問題——「為情造文」，是符合客觀規律的，反之，則顛倒了創作順序，難以產生具有藝術價值的作品。

唐宋元賦學

唐、宋、元三代是賦學的低谷期，無論賦的研究者抑或有關賦的論文、著

作，均少於唐以前和元之後，其原因恐怕主要是因為賦在這三朝處於衰落期。其時，「正宗」的形似漢賦之賦已幾乎不可見，文壇所產生的賦，要麼談不上藝術價值，純為考士而制的律賦，要麼是名為賦而實屬散文的文賦。不過，唐宋元三代還是出現了一些論賦的文字，它們大致反映在唐代一些史學著作和宋代一些文人的《詩話》及序、書信之中。值得注意的是，這三代中出現了一部比較系統的論賦著作——元人祝堯編的《古賦辨體》，此書主要為漢魏六朝賦作品作注，同時辨析賦的特徵、賦文體的源流，並對各代賦家及其作品予以評論，是一部有價值的賦學著作。

祝堯《古賦辨體》的論賦主要包括三方面內容：辨賦體、論賦家、析賦作。對賦體，祝堯引證前人觀點，指出：楚騷乃賦之祖，而騷又由詩變之，因而為賦者，須深諳詩騷，並辨明詩騷之異同（「異同兩辨，則其義始盡，其體始明」），方能「情形於辭」「意思高遠」，「辭合於理，旨趣深長」。為此，祝氏「以歷代祖述楚語者為本，而旁及他有賦之義者，固附益於辨體之後，以為外錄，庶幾既分非賦之義於賦之中，又取有賦之義於賦之外，嚴乎其本，通乎其義」，以一助賦家辨明賦義；同時，為使賦體源流能清晰可辨，祝氏在「外錄」部分的騷與賦之中，特列「後騷」部，居「屈宋之騷」之後、賦之後。

特別應該提到的，是祝氏對賦的情辭關係的論見，他認為，「辭人所賦，賦其辭」，「詩人所賦，賦其情」。「古之詩人」，均因對古、今、事、物有情懷感觸才下筆作賦，故其辭為情懷感觸之寄託，而「後之辭人」則不然，作賦唯恐「一語未斷」、「一字未巧」、「一聯未偶」、「一韻未協」，求妍求奇，結果「情直外焉」。祝氏以情、理、辭三者作為評判賦家作品的準則，指出，為辭「須就物理上推出人情來，直教從肺腑中流出，方有高古氣味」，「本於人情，盡於物理，其詞自工，其情自切，使讀者莫不感動」。可見，他視情為賦之本，理為情之輔，認為情理盡則辭自工，這一方面體現了重作品思想情感內容，有其正確性和合理性，另一方面則也同時暴露了他忽略辭采作用的偏頗。如此，祝氏甚至提出了辭「一代工於一代」，而「辭愈工則情愈短，情愈短則味愈淺，味愈淺則體愈下」，從而認為，自先秦至三國六朝，賦一代不如一代。這顯然不符合賦的實際發展事實。祝氏認為「辭之所以動人者，以情之能動人也」，有情才能動人，無情則辭再工亦枉然，這自然是對的，尤其就賦的過分追求辭藻而言，此話擊中了要害；但他又走向了另一個極端，過分講究情理，忽視了辭的作用，陷入了片面，將辭與情完全對立了。從先秦到三國六朝，賦並非一

代不如一代，體式雖有變，大賦轉化為小賦，然則小賦未必不如大賦，後代未必不如前代，這是歷來賦家評論幾乎公認的。

《古賦辨體》的主要篇幅，是對賦家及其作品的論析，祝氏在這方面頗花了筆墨，全書論及漢魏六朝賦家近二十位，作品二十餘篇，數量之多、範圍之廣，為漢以迄之冠。這些評述，相當部分為贊同、承襲前人說法，也有部分乃祝氏個人看法。例如，論荀卿賦，云「既不先本於情之所發，又不盡本於理之所存」，與風騷相比有差異，所言甚是；又如，評價司馬相如謂：「《子虛》《上林》較之《長門》，如出二手，《子虛》《上林》尚辭，極靡麗，不本於情，無深意遠味，而《長門》情動於中形於言，不尚辭而辭在意中」，頗有道理；又如，對揚雄好用奇僻字甚為不滿，謂：「益趨於辭之末，而益遠於辭之本也。」貶《長楊賦》曰：「此等之作，雖曰賦，乃是有韻之文，並與賦之本義失之噫！」擊中要害；再如，評價禰衡《鸚鵡賦》云：「凡詠物題，當以此等賦為法」，所言甚當。這些評論無疑有助於後人對賦家及作品的認識與理解。

唐宋兩代的論賦文字，基本上沿襲了前代觀點，無甚新見。值得一提的是南宋朱熹的《楚辭後語》，它雖說是《楚辭集注》中的一部分，主要篇幅與旨意均為研究楚辭而作，但其中論及賦家的一些見解，可以參考。如注司馬相如《哀二世賦》時提出，司馬相如的作品「能侈而不能約，能諂而不能諒」，其《子虛》《上林》兩篇因「誇麗而不能入於楚辭」，《大人賦》「終歸於諛」，《哀二世賦》是「顧乃低徊局促，而不敢盡其詞焉，亦足以知其阿意取容之可賤也。」應該承認，從司馬相如作品的思想內容及他的創作動機來看，朱熹的這些話是一針見血的，只是就全面衡量一個作家而言，他談「義理」多了些，論藝術價值少了些。不過，對班婕妤的《自悼賦》，朱熹卻是予以了高度評價：「至其情雖出於幽怨，而能引分以自安，援古以自慰，和平中正，終不過於慘傷。」認為其與《柏舟》《綠衣》（均《詩經》作品）「詞義同美」，班本人是「德性之美，學問之力，均有過人處。」朱熹之褒貶於此可見一斑。

明清賦學

明清時期，是賦學史上的多產期，這一時期，雖然賦的創作已在文學史上幾乎不提及（文賦、律賦的創作仍有，且清人有「當代」賦集問世，如《賦海大觀》等），但賦的編集與評論，卻出現了空前興旺景象。據筆者粗略統計，從西漢至清末民初，所有論賦作者與文章，明清兩代佔了近半，而實際文字，

則更遠超半數，非此前任何時代可比。不過，這一時期的賦學資料，以輯錄、沿襲前人觀點者居多，而抒己見、自成理論體系者較少。在編集出版方面，這一時期出現了《歷代賦彙》、《七十家賦鈔》、《賦鈔箋略》等大部頭編著，也產生了收錄歷代有關賦文字的《賦話》（清人李調元編），此書雖非賦學專著，然對賦學研究無疑也是個貢獻。另外，一些詩話著作中對賦也有涉及，其中有些同時溶入編著者個人見解，如明人胡應麟的《詩藪》、清人劉熙載的《藝概·賦概》等。

明人胡應麟的《詩藪》，是一部評論歷代詩歌的詩話，由於作者廣涉文史，學問淹博，因而書中徵引甚富，特別對賦家作品篇目與淵源、繼承的考證、闡說，較細微，其品評文字，雖承襲前人之說頗多，且往往以王世貞《藝苑巵言》為準，然也有可取之處。如他認為，騷與賦藝術形式上的區別主要在於：騷複雜無倫、以含蓄深婉為尚，賦整蔚有序，以誇張弘距為工；騷賦的興衰變化各為：騷盛於楚，衰於漢，亡於魏；賦盛於漢，衰於魏，亡於唐。他指出，騷與賦是兩種文學體裁，前人總好統稱，混而不分，自蕭統《文選》分騷賦為二后，歷代便承因之，使名實相符。由於《詩藪》一書受《藝苑巵言》影響較大，而後者基本上以輯錄為主，涉賦部分幾乎無甚創見，這自然也就限制了《詩藪》的發揮。

清人程廷祚的《騷賦論》是一篇有價值的賦學論文，該文較詳盡地辨析了騷與賦的共同特點與迥異區別，對歷來這兩種文體的混淆看法作了必要的澄清。程氏的辨析從區別詩、騷、賦三者同異入手，他認為，此三者有淵源承續關係：詩是騷、賦之源，詩之變而後有騷，騷之體流而成賦，「賦體類於騷而義取乎詩」。然後，他又指出騷與賦的不同：騷近於詩，「具惻隱、含諷喻」，賦則「專於侈麗閎衍之詞」，「有助於淫靡之思，無益於勸誡」。在辨析騷賦同時，程氏評論了自荀宋至魏晉歷代賦家的特點及發展狀況。他稱道賈誼、司馬相如，說：「賈生以命世之器，不竟其用，故其見於文也，聲多類騷，有屈氏之遺風。」「長卿天縱綺麗，質有其文，心跡之論，賦家之準繩也。」他認為，西漢一代，「首長卿而翼子雲」，「賦家之能事」「至是」畢；東漢則「體卑於昔賢，而風弱於往代」，然「賦至東京，長卿、子雲之風未泯，雖神機不足，而雅贍有餘。」

清代王芑孫的《讀賦巵言》一書分導源、審體、謀篇、小賦、律賦、序例、總指等部類，旨在幫助讀者理解賦作品，雖書中所論賦內容多係前人成說之彙

集，但著者的上述分類，對讀賦者無疑是一種指途識津，有一定啟發。

李調元的《賦話》全部輯錄歷代有關賦的文字，內容包括賦義辨析、賦體源流、賦家及作品評論、賦家軼事等，範圍上自漢初，下迄明清，包括史書、詩話、小說、字書、筆記等多方面資料，分新話、舊話兩部分，新話側重作賦之法、賦之聲律，舊話主要為歷代賦話。該書特點是：輯錄時間跨度長、彙集材料範圍廣、內容較豐富。但是，我們也應指出，該書著眼點是賦「話」，而非賦論，且編者偏重於「作賦之法門」，因而，總體上看，收錄賦家名人軼事多，談賦之做法多，真正論述賦文字少，而且書中難以見出編者個人的理論見解，這多少是個缺憾。

劉熙載《藝概》是一部談各種文體藝術的著作，全書涉及範圍廣泛，包括《文概》、《詩概》、《賦概》、《詞曲概》等，其中《賦概》部分作者以簡練的語言，「觸類引申」，對賦家及其作品、賦體形式流變、賦的藝術特點，在總結汲取前人研究成果基礎上，提出了一些不囿於傳統的有識之見。

清末章炳麟《國故論衡·論詩》對《漢書·藝文志》分賦為四類的原因作了闡述，值得一說。章炳麟指出，賦分四家，乃按內容不同而分：第一類，屈原賦，言情之賦；第二類，陸賈賦，縱橫家之賦；第三類，孫卿賦，「寫物效情」之效物賦；第四類，雜賦，雜詠之賦。章炳麟對賦的這一分類，有助於人們對兩漢劉歆、班固賦分類的理解，和對賦作品內容特徵的認識區分。

毫無疑問，在整個賦學史上，清代賦學是一個高潮階段。

應重視詩話著作的詩學價值

　　詩話不等於詩學，這應該屬於基本常識，但也不盡然，今天也還有學者和讀者會誤解。所謂詩話，是專指與詩歌及詩人相關的助閒談類著作，它們一般多記事，少論評，即便有論評，占的比例也不大，較多的內容是關於詩人的逸聞、軼事，詩歌的分類、沿革、鑒賞，以及聊資閒談的涉及詩歌的話語，宋代之後不少詩話類著作，甚至純係前代詩話的彙編，不見或罕見編者的自家論評。而詩學，則名正言順的屬於詩歌理論，或謂研究詩歌的理論，如從廣義上理解，它也指文藝理論，這是由亞里士多德《詩學》一書延伸的概念，不僅在歐美早已傳播應用，且在中國也已被廣泛接受。

　　最早誕生的詩話著作，一般以為是宋代歐陽修的《六一詩話》，這是文學史上第一次正式以詩話這個詞命名的著作，這之前的唐五代，雖也有詩話類著作問世，但尚未標以詩話之名。必須指出的是，《六一詩話》儘管有開風氣之功，卻與詩學（即詩歌理論）相去甚遠，其本身談不上具有詩學價值。或許正由於此，後世的文人學者大多以為詩話類著作，只是茶餘飯後的談助而已，難登詩歌理論的大雅之堂。其實不然。實際上從兩宋時代開始，詩話應運而生，它其實包含兩類，一類，如《六一詩話》，明確標詩話之名，這在宋元及其後較多，還有一類，雖不標詩話名，實際乃詩話類，唐五代已有，宋以後也有，如《苕溪漁隱叢話》、《詩人玉屑》、《藝苑卮言》等。我們試以特別有特色的南宋嚴羽《滄浪詩話》為例，兼及其他代表性詩話著作，說明文學史上相當部分的詩話類著作，其實是很富有詩學價值的，值得引起我們的重視。

　　問世於南宋時代的嚴羽《滄浪詩話》，是一部具有鮮明風格特色且極富詩學價值的詩話類著作。全書包括五個部分——詩辨、詩體、詩法、詩評、考

證，這五個部分可謂有分有合：分者，各自獨立，條分縷析，思辨清晰；合者，五個部分均統合於全書的總體詩學體系內，無不圍繞作者的主體詩學觀念展開論述。書中，嚴羽旗幟鮮明地提出，學詩者須「以識為主」，這個「識」字，既包含認識，也包括見識、識力——對詩歌基本原理的認識、對詩歌技巧的見識、對詩歌價值的識力。而要達到這個「識」，必須做到八個字：「入門須正，立志須高」。從嚴羽對這八個字的闡釋中，我們可以清楚知道，嚴羽推崇的是自漢魏晉以迄盛唐時代的詩歌創作，其中特別是盛唐（「以盛唐為法」）。筆者以為，嚴羽這裡所提出的對詩歌創作和評論的認識觀，很值得詩歌創作者和批評者參考，他所倡導的，是他認為的詩歌發展的正道，這包括了楚辭、古詩十九首、樂府詩、漢魏五言詩等在內的整個這一路的詩歌，其中既有楚辭——它是浪漫主義表現手法的集中體現，也同時包含了古詩十九首、樂府詩、漢魏五言詩，以及杜詩等作品，它們所反映表現的內容及其藝術風格，與《詩經》的現實主義一脈相承。

不僅如此，嚴羽《滄浪詩話》最顯獨家特色的，乃是以禪論詩、以禪喻詩，由此提出「妙悟說」，其語謂：「大抵禪道惟在妙悟，詩道亦在妙悟」，「論詩如論禪」，「悟第一義」，「惟悟乃為當行，乃為本色」。很顯然，道與悟是嚴羽以禪喻（論）詩的核心概念範疇。這裡所謂「詩道」，即詩歌的普遍真理，它是嚴羽整個詩歌理論的根本基礎，也是嚴羽詩學體系的基本命題和判斷標準，由此生發出對詩歌史、宋代詩歌和論學詩的種種論斷。筆者認為，如果說《滄浪詩話》是嚴羽闡釋詩歌理論主張的專門論著，那麼以禪喻（論）詩，乃是嚴羽所闡發的詩歌理論主張的核心所在。當然，詩禪之喻難免偏頗之處，對言說詩歌所借助的禪而言，因其屬於宗教理性說教的對象——蘊含禪理和禪機（禪家機鋒），包孕了玄秘難測的成分，人們對其很難予以確切把握和捉摸，何況，禪本身畢竟不是詩，禪具宗教哲理色彩，詩則是文字表述情感的藝術形式，兩者可以有相通之處，卻也有不相一致者——禪靠悟，悟是其止境，達到了悟，即達到了禪的最高境界；而詩則不然，詩是悟外還有意，它並不以悟為止境，兩者不是一回事，不能混為一談。儘管如此，嚴羽禪與詩關係的比喻，畢竟有助於對詩歌機理的闡釋與理解。

嚴羽在《滄浪詩話》中，還說了一段非常具有詩學哲理的話，儘管對這段話的理解，迄今學界尚有異議，但筆者以為，仔細辨析，這段話中透露的，既是對詩歌本質的概括認識，也是對如何寫好詩歌並成為好詩人的切實指點。

他說：「詩有別材，非關書也；詩有別趣，非關理也。然非多讀書，多窮理，則不能極其至。所謂，不涉理路，不落言筌者，上也。」這段話充滿了辯證法，它既指出了詩歌就是詩歌，它的材，與趣、與書本、與學理均無關係，它不像學問，書讀的越多，懂得的理越多，水平就越高，它們之間沒有內在的必然聯繫；但它也同時說明，要想寫好詩，成為好的詩人，如果不多讀書，不多懂得或掌握學理，那麼，要想達到詩歌創作的高境界、高水平，恐怕也是不太可能的。由此，嚴羽進一步提出了所謂好詩的界定與概括：「詩者，吟詠情性也。盛唐諸人惟在興趣，羚羊掛角，無跡可求。故其妙處透徹玲瓏，不可湊泊，如空中之音，相中之色，水中之月，鏡中之象，言有盡而意無窮。」這裡，嚴羽不僅指出了何謂詩——詩歌的本性乃在於「吟詠情性」，同時也闡明了他認為的好詩應該達到何種標準。在嚴羽看來，詩歌要有「趣」，這個「趣」的表現，在詩歌中應該是「羚羊掛角，無跡可求」，這才是高水準的表現，而能達到這個水準的，唯有盛唐的詩人作品，它們才是「透徹玲瓏，不可湊泊」、「言有盡而意無窮」——「如空中之音，相中之色，水中之月，鏡中之象」。這段形象的比喻，後來成為後世不少學者在闡述詩歌鑒賞和評論時常加引用的佳句。

宋代胡仔編撰的《苕溪漁隱叢話》，雖屬詩話彙編之作，卻不乏個人獨立的詩學見解，其主要體現於編錄眼光和所作的論評與考據上，這是十分難能可貴的。例如，他說：「文章必自名一家，然後可以傳不朽。」「學詩亦然，若循習陳言，規摹舊作，不能變化，自出新意，亦何以名家！」胡仔十分推崇江西詩派的「奪胎換骨」、「點鐵成金」說，認為詩作不必在多，只要有一句、或有數聯、或有一篇，能傳播於後世且膾炙人口者，即可以詩名世。但他並不贊成過分地求奇，且不主張泥於江西派而不移易，他力主「蓋欲學詩者師少陵而友江西，則兩得之矣。」這是比較客觀實在的認識見解。

明清之際的王夫之《薑齋詩話》，其詩話書名雖非王夫之生前所定，但書中所闡述的詩學主張，很值得首肯。如王氏所創的「以意為主」說：「意猶帥也。無帥之兵，謂之烏合。李杜所以稱大家者，無意之詩十不得一二也。煙雲泉石，花鳥苔林，金鋪錦帳，寓意則靈。」很顯然，這裡所謂的意，乃指統帥詩篇中所有字詞及詞采典故的中心，是寓含於詩篇通體內部的思想內核，它主宰詩篇的靈魂，是詩人情感的寄託。在王夫之心目中，詩當意起而始，意盡而止，若違於此，則斷非好詩。對於意與韻的關係，即思想內容和藝術形式的關

係，王夫之認為，不能強求韻而破壞意，倘一味強意就韻，單純追求韻律的抑揚優美，致使意受損，而導致「氣絕神散，如斷蛇剖瓜矣」，則其詩肯定也就支離破碎、不忍卒讀了。可見，在王夫之看來，意絕對佔據詩歌創作的主導地位，不可輕忽。

當然，在我們今天看來，上述詩話著作中所述及的論評見解，也有未必完全切合詩歌創作實際之處，有些詩歌主張或論評見解，不免偏頗之處，尚需作更符合藝術創作規律的全面分析、闡釋和評判。但是，不可否認，如從詩話一詞的本義，及早期《六一詩話》開創的詩話格局看，我們今人切不可被表面的詩話一詞迷惑，以為此類著作缺少理論價值，予以忽略，而應該認真辨讀，切實挖掘，要知道，它們中的相當部分是很富有詩學價值的，只是需要我們化工夫去挖掘、梳理、提煉、歸納、總結，從而為文學遺產的繼承與弘揚服務。

百年文學史的梳理與評點[註1]

何謂文學史

　　說到文學史，人們一般以為，它就是文學的歷史，也即，它說的是文學曾經走過的歷史，順著歷史發展的軌道，一路走來所形成的軌跡、所留下的印記，後人將其彙編成史。應該說，這樣的解釋，文字層面大體可以成立，但問題是，如果將文學史僅僅理解為只是將文學放在歷史的軌道上予以羅列、展示和敘述，那麼，這所謂的文學史，就還只是停留在文字表面闡述的層面，它不屬於科學，更不屬於一門獨立的富有人文內涵的學科。

　　文學史，顧名思義，是研究文學發展歷史的科學，它屬於涉及歷史範疇、具體研究和闡釋文學的一門具有科學內涵的學科，它是以史的眼光，遵循歷史發展的線索軌跡，對文學發展的過程，作科學的、歷史的鳥瞰、描述、概括和總結，是編寫者（研究者）以宏微觀結合的歷史眼光，審視、概括和闡發文學的產生、發展、演化、傳承、沿革、嬗變，其中包括作家及其作品、文學思潮、文學運動、文學現象、文學流派，以及文學理論、文學批評、文學鑒賞等——以文學作品為主，在此基礎上，科學地總結出文學在其整個歷史發展過

[註1]　特別說明：本文所探討的文學史，主要指中國古代文學史，不涉及外國文學
　　　　史；但理論上，文學史概念中外相通，而筆者撰寫本文的目的，正是針對國內
　　　　學界在文學史概念上的一些模糊認識，故實際所涉，也兼及現代和當代範疇。
　　　　尤其要說明的是，本文不面面俱到，僅就主要傾向性問題和代表性文學史著
　　　　作，作梳理與評點，談個人的認識與看法，供學界人士批評參考。此外，文學
　　　　理論史和文學批評史，雖與文學史有密切關係，但畢竟屬於不同分支，本文不
　　　　擬涉及。特別說明，本文所謂百年，取的是約數，實際涉及的乃一百多年。

程中（或某個歷史階段中）的特點、規律或經驗，同時揭示文學在其發展過程中，與時代、社會及其他民族，以及域外國家之間在多元文化背景下的各種關係。廣義的文學史，還應包括探討文學在世界或民族、地區範圍的發展演變過程，這就牽涉到了空間範疇的世界文學史、地區文學史、民族文學史，時間範疇的通史、斷代史，以及按文體分類的詩歌史、散文史、小說史、戲曲史等。〔註2〕

　　特別重要的，在文學史的研究和編寫過程中，需要研究編寫者具有科學的文學史觀，這是文學史的靈魂所在，也是區別科學的文學史和拼湊組合的「混合體」的關鍵。眼下學界存在的主要問題，是模式化的東西太多，所謂模式化，即不少所謂文學史著作，大多流於三段模式——按歷史朝代順序，時代背景＋作家生平＋代表作品分析評價，整部所謂的文學史，看不到流貫始終的文學史觀的融合體現，缺少或沒有以史的眼光透視、分析文學發展的動力、源流與起落，以及各代文體演變的內在因素與外在動力。筆者由此聯想到有學者對文學史研究提出的鮮明觀點——「科學的文學史觀是文學史教材和著作的靈魂，它有質的規定性，又有多維度的靈活性。它的質，主要體現在歷史性和主體性兩個相互聯繫又相互獨立的、辯證的規定性上，即文學史既有原創的歷史屬性，又有作者個體的主體屬性。」〔註3〕由此，作者形象地提出了兩個「意識」的比喻——「長河意識」與「博物館意識」。所謂「長河意識」，也就是「通史意識」，即文學是一條流動的長河，它有源有流，古今融貫一體，它包括整體觀、源流觀、分期觀；所謂「博物館意識」，也就是「精品意識」，即文學史如同一座博物館，它所陳列和展示的，乃是歷史上能代表各個歷史時期文學成就和文學特色的代表作家及其代表作品（精品），以及與歷史時代相關聯的思潮、運動、流派等，文學史研究者必須具有選擇和揭示的眼光與能力，在考證、鑒別、選擇的基礎上，對這些入選的精品，作出準確的判斷和實事求是的中肯評價。〔註4〕

　　筆者以為，文學史的實質是史，它屬於史的一個分支，是一門以文學為主體內涵的歷史科學，屬於文學與歷史交叉、研究者以歷史眼光和綜合視野洞穿文學發展的學科，它以歷史為縱軸，文學為橫軸，縱橫交織，自然鋪就，而

〔註2〕參見註1。
〔註3〕唐金海、周斌主編《二十世紀中國文學通史》，東方出版中心，2003 年 9 月版，第2頁。
〔註4〕參見《二十世紀中國文學通史》「導論」部分。

作為橫軸的文學，有它自身高低起伏的演變軌跡，並不完全受歷史縱軸諸多時間點的控制和束縛。

梳理與評點

這就牽涉到了中國這塊土地上文學史的起源、引進與演變問題。首先，可以肯定地說，中國在十九世紀末之前，還沒有我們今天所理解的文學史的專門著作，但已有了今天我們所理解的文學史的意識和概念，有了可稱為中國文學史最早的萌芽讀本——或謂「中國文學史之綱」。這話怎講？港臺學者黃維樑在他的論文中理直氣壯地提出，六朝時的劉勰，在其宏著《文心雕龍》的《時序》篇中，大膽涉及了文學史的早期意識，這篇《時序》，堪稱為最早的中國文學史的濃縮讀本（全篇1700多字）。〔註5〕先看黃維樑的闡述。黃文認為，《文心雕龍·時序》闡發了劉勰本人初步的文學史觀，可概括為兩句話——「時文交移，質文代變」、「文變染乎世情，興廢繫乎時序」，文中劉勰以周、漢、魏三代為主，重點闡述了《詩經》、楚辭及漢武帝時期的文學，其論述涉及了十個朝代的90餘位作家及相關作品。為此，黃維樑提出，劉勰的這篇《時序》完全可作為中國最早的文學史讀本來讀，它至少可稱為中國最早的文學史之綱，筆者完全贊同黃維樑的觀點，中國早在六朝時代即已產生了文學史的思想和觀念，並已具有了文學史著述的雛形——儘管它離今天意義上的文學史著作的標準還很遠。

但是，雖然中國在六朝時，已有了文學史意識的萌芽和雛形，然畢竟在其後的歷史發展過程中，並沒有讓其很好地得到繼續和弘揚發展，特別是沒有真正的從史的角度對文學的發展作系統的書寫，作有歷史眼光的審視、觀察和評價，因而實事求是說，真正的中國文學史著作，還沒有誕生。真正書寫文學發展歷史的正規的國別文學史，實事求是說，開始於歐洲，其最早誕生於18世

〔註5〕 參見黃維樑《最早的中國文學史：〈時序〉篇今讀》一文，載《文心雕龍：體系與應用》，香港文思出版社，2016年版，第92～104頁。要說明的是，在黃維樑之前，也有學者提出過類似觀點，如張文勳、岑溢成、祖保泉等（參見同書第104頁注釋第19條），但沒有黃維樑此文觀點鮮明、闡發具體。筆者需要補充說明的是，實際上，在六朝時期，除劉勰《文心雕龍·時序》篇外，《文心雕龍》中涉及文體分述的篇章，自《明詩》至《書記》，以及《才略》篇，其實也涉及了分體文學史的粗略敘述，還有與劉勰幾乎同時的沈約《宋書·謝靈運傳論》，稍後的蕭子顯《南齊書·文學傳論》等，也都涉及了文學史，可謂略具了文學史的意味，只是他們的論述尚顯不夠系統和明確，謂之文學史意識的萌芽較確，對此，筆者有另文專述。

紀末 19 世紀初，主要是英、法、德、意等國。這類文學史著作包含三個方面標準：一，文學史觀念的確立；二，文學進化概念的貫穿；三，實證研究在分析闡釋中的體現。按照這三個標準，國別文學史的正式產生，屬於歐洲文明史的重要成果，它成了史學的一個分支，貫穿了進化論的因子，形成了一個知識體系，且從社會和歷史發展角度，詮釋各個國家和民族文學自身發展的歷程。一般認為，外國人編寫並出版中國文學史，最早問世於十九世紀中葉，是由德國學者蕭特撰寫的《中國文學論綱》（1853），之後，1880 年，俄國學者瓦西里·巴甫洛維奇·瓦西里耶夫出版了《中國文學史綱要》，1901 年，英國翟理斯問世《中國文學史》，1902 年，德國葛祿博的《中國文學史》出版。到十九世紀末，日本受歐洲影響，也開始染指國別文學史，相繼問世了多部中國文學史，如古城貞吉《支那文學史》（1897）、笹川種郎《支那文學史》（1898）、久保天隨《支那文學史》（1901）等。〔註6〕

以下，筆者擬對受歐洲和日本影響後，中國文學史在中國本土走過的歷程，作一番大致的梳理。總體上，擇其要者，作概要性點評，不求面面俱到，但求代表性著作簡要特色的評點到位。應該肯定，從二十世紀初開始，中國本土正式誕生了自己本國的文學史著作，隨著時間的推移，數量逐漸增多，質量不斷提高，呈現了一定的高潮，到二十世紀中葉以後，由於各種原因，文學史著作的數量相應減少，但改革開放以後，整個國家學術趨向繁榮，文學史的著作也隨之湧現，其數量相當可觀，展現出了蓬勃的嶄新局面。

第一階段　二十世紀上半葉（1900～1949）

中國土地上真正開始文學史的編寫和研究，起步應該是在二十世紀初。〔註7〕其時，先後有黃人和林傳甲的兩部文學史（應該稱講義，而非著作）出現。林著原為京師大學堂講義，約七萬餘字，完成於 1904 年，黃著係任教東吳大學所編教材，部分內容始發表於 1908 年，全書長達 170 萬字，但多為引錄原文，作者自己的論述很少。兩書同時正式出版於 1910 年，算是中國最早具有西方文學史胚胎模式的中國文學史。但這兩部文學史，只能說是粗框架型仿傚西方（及日本）中國文學史的雛形，其實際內容與具體文字表述，離我們

〔註6〕參見陳廣宏《中國文學史之成立》，上海古籍出版社，2016 年版。
〔註7〕有關這個時期的中國文學史出版狀況，陳玉堂編《中國文學史舊版書目提要》（上海社會科學院文學研究所，1985 年版）有詳細述及，據作者大略估算，至 1949 年前，國內大約共出版了 300 多部有關中國文學史的各類著作（包括通史、斷代史、各文體分類史等）。

今天理解的文學史標準，差距很大。

這個階段的前期，據陳玉堂編《中國文學史舊版書目提要》，其中很大部分所謂文學史，並不符合文學史的基本定義，正如柳存仁所說：「坊間所流傳之文學史，多僅羅列各時代作家之姓名，而略不敘述其個性、環境、作品內容，有類辭典，直《錄鬼簿》之不若。」在柳存仁看來，真正的「文學史應為歷史之一部分，而以敘述各時代之演變為其原則。」「故文學史之作，不惟對於文學作者之個人生活須有精細之探討，即對於產生某一時期文學之時代精神、社會環境、文化氛圍，亦應有確切之認識，再依據事實認識而考察其所發生之影響。」〔註8〕當然，這一階段的中後期有了不少富開創性、具獨家特色、且對後世產生較大影響的文學史，試擇其代表，略述如下——

首先是王國維的《宋元戲曲史》。這是一部斷代（宋、元）文體分類（戲曲）文學史，原名《宋元戲曲考》，1930年商務印書館出版。它是中國第一部史料詳贍、論證嚴密、見解獨到的戲曲史，也是中國第一部按文體分類撰寫的文學史專著。雖然全書只有七萬餘字，作者卻能以宋元戲曲為考察對象，追溯描述了中國戲曲的起源、形成與發展過程，並對戲曲（尤元雜劇）在中國文學史上的作用與影響作了準確的概括，奠定了戲曲在中國文學史上的地位。特別值得一說的是，王國維在該書中提出了涉及文學史發展的重要理念——「凡一代有一代之文學：楚之騷，漢之賦，六朝之駢語，唐之詩，宋之詞，元之曲，皆所謂一代之文學」，這個論斷，總結概括了文學史的發展階段與歷程，點明了文學進化的歷史觀，對後世產生了重要影響。

魯迅1923年在廈門大學講授中國文學史課程時，編寫了一部講義，當時題為《中國文學史略》，後改題《古代漢文學史綱要》，在魯迅去世後，1938年出版《魯迅全集》時，這部講義正式改名《漢文學史綱要》，收入全集中，後以單本書出版。該書雖寫到西漢兩司馬，篇幅不大，卻無論選材、體例和觀點，均甚富特色，有不少獨到精闢看法，在文學史界影響很大。筆者特別感到，此書的冠名極有道理，改「中國文學史略」為「漢文學史綱要」，這個改動極具意義，因為其所述的文學史，確確實實是漢民族的文學史，而不是包括中華國土上56個民族在內的文學史（關於這個問題，下文還會涉及）。魯迅同時還有《中國小說史略》問世，這是一部分體文學史，單就小說一種文體展開論述，其在中國文學史的研究史上，屬於與王國維《宋元戲曲史》堪稱比肩的雙子星座

〔註8〕均見柳存仁《中國文學史序例》，載《文哲》，1939年第2卷第1期。

——一個戲曲，一個小說，中國文學史上兩個相對出現於稍後階段的文學樣式，在兩位大家的兩部史著內，被系統而又精闢地予以了闡述和梳理。

胡適的《國語文學史》與《白話文學史》幾乎同時問世，但《白話文學史》相比《國語文學史》，顯然影響更大〔註9〕。遺憾的是，《白話文學史》只出版了上卷（如同胡適的《中國哲學史大綱》），下卷再也沒能問世。但雖僅上卷，《白話文學史》畢竟在那個時代喊出了倡導白話文的口號，掀起了當時中國從上到下的白話文運動，對中國的語言、文學乃至社會改良運動，都起到了不可估量的促進和推波助瀾作用。該書共十六章，從漢樂府寫到唐新樂府，書中論述，不乏獨到創見之處，尤其是以現代的眼光分析看待中國古代文學的進化。胡適認為，白話文學史就是中國文學史的中心部分，中國文學史若去掉了白話文學的進化史，就失去了它的固有價值，文言文學毫無價值，屬於「死文學」，中國漢代以後的文學，就是文言文學與白話文學之間的彼此爭鬥，表面上是文言文學為正宗，實際上卻是白話文學不斷戰勝文言文學。胡適的這些論斷，不免片面武斷，言之過激，但從社會和文化進化角度看，他在那個時代，能如此大膽地下這樣的判斷，不能不讓人佩服其膽量和魄力——當然，文學史本身發展的實際，並非完全如胡適所言，這也是歷史的客觀現實。

鄭振鐸早年有《文學大綱》面世（1927），後出版《插圖本中國文學史》（1932）、《中國俗文學史》（1938），相比之下，他的《插圖本中國文學史》影響較大，形式也比較活潑。鄭振鐸是在看到當時文壇文學史的多種缺陷之後，才下決心編寫屬於他個人能體現特色、論述到位的中國文學史——《插圖本中國文學史》，它出版後，成了魯迅所推重的文學史著之一。這部文學史不僅體現了鄭振鐸的文學史觀——包括人文性、審美觀、進化論，且著眼於時代、民眾與外來影響，這是同時期及之前問世的文學史所忽略或未顧及的。該書在體例上也獨創一格，不拘泥於具體的歷史朝代，而是將整部文學史分為三卷——上卷古代文學、中卷中世文學、下卷近代文學，這樣的分卷體例，明顯可見打破傳統、受西方文學史影響的痕跡。全書材料豐富、論述全面，其最大的與眾不同之處，乃是書中有大量配合敘述的精製插圖，這是鄭振鐸多年精心搜求所得，很多是從歷代孤本、珍本中覓得，大大增加了這部文學史的生動性和參考價值。鄭振鐸的《中國俗文學史》在中國俗文學研究上絕對具有開創性

〔註9〕胡適《國語文學史》，北京文化學社，1927年；《白話文學史》，新月書店，1928年。

和奠基性，在鄭著之前，雖有學者或文人涉及俗文學（或謂民間文學、通俗文學），但尚無任何系統整理闡述俗文學產生、發展、演變的正規文學史著。該書上起先秦，下迄清末，對中國歷代民間的歌謠、民歌、變文、雜劇詞、諸宮調、散曲、寶卷、彈詞等，凡屬民間的通俗的文學樣式作品，都作了盡可能系統、全面的梳理與闡述，資料之全而豐富，堪稱前無故人。鄭振鐸這部俗文學史，奠下了中國俗文學（民間文學、通俗文學）學科的基石。

　　林庚的《中國文學史》出版於 1947 年，朱自清專為此書撰寫了序。〔註10〕林庚編寫此書的初意，是為了溝通新舊文學，並將視野拓寬到世界文學範疇，試圖探索中國為何沒有史詩？中國的戲劇為何晚出？中國歷來為何缺少悲劇？並同時解釋中國文學史留下的許多疑點問題。朱自清的序文，給了林庚此著以很高的評價，朱序說，文學史的編著已有了四十多年的歷史，但研究還停留在童年時代，缺少「見」、「識」、「史觀」和「一以貫之」，林著著眼於文學主潮的起伏，將文學的發展看成是有生機的──童年、少年、老年、再生，著者有溝通新舊文學的願望，能用詩人的銳眼看中國文學史，在許多節、目上有新發現，且著者用詩人的筆寫書，發揮的地方很多，此書既是史，也是文學，更是創作──這是朱自清對此書的高度褒揚。我們看此書，它的體例，確有獨具一格處，從上古到清末，分為啟蒙時代、黃金時代、白銀時代、黑夜時代四大階段，每個階段的章節，不拘於一般的書寫表達，而是獨倡一格，如：女性的歌唱、苦悶的覺醒、人物的追求、原野的認識等。〔註11〕

第二階段　「改開」前三十年（1949～1979）

　　所謂「改開」，即中國大陸人都十分熟悉的「改革開放」，前三十年，即1949 年到 1979 年。這個階段，由於各種因素，相對文學史的數量不如第一階

〔註10〕林庚《中國文學史》出版於 1947 年，廈門大學版，書前有朱佩弦（自清）序。1954 年，林庚出版了《中國文學簡史》，但只有上卷，寫到唐代為止。事隔三十多年後，在商偉與葛曉音先後協助下，作者在原書基礎上，重加修訂、補充與增寫，北京大學出版社於 1995 年推出了全本《中國文學簡史》。

〔註11〕必須特別說明，這個時期，還有諸多有一定學術價值和特點的文學史，如吳梅《中國文學史講義》、劉師培《中國中古文學史講義》、謝无量《中國大文學史》，以及胡懷琛、譚正璧、劉永濟、胡小石、胡雲翼、陳子展、陸侃如、馮沅君、譚丕模、趙景深等的文學史著，因篇幅等因素，在此只能點到即止，略而不述。另，本階段必須述及劉大杰《中國文學發展史》，但由於劉大杰的文學史編撰經歷了幾個階段，且一般公認，其六十年代的修訂本最佳，故筆者將其納入「改開前三十年」階段述及。

段，主要為配合高校文科特別是中文專業的教學與研究，同時適應社會一般讀者的需要，出版了一批文學史著作，其中三部著作堪稱代表——中國社會科學院文學研究所主編《中國文學史》（1962）、游國恩等主編《中國文學史》（1963）、劉大杰《中國文學發展史》。

社科院文研所主編本和游國恩等主編本的共同特點，都是集體編著，集眾人智慧之長，每個歷史朝代或代表作家及其作品的編寫者，都是該研究領域的專家，如社科院文研所主編本，總負責是余冠英，具體主持人除余冠英，還有錢鍾書、范甯，游國恩主編本，包括游國恩共五位主編，另四人是王起、蕭滌非、季鎮淮、費振剛。兩部文學史闡述文學發展脈絡線條清晰、重點突出、評價穩妥平實，是當時時代條件下具有權威性的文學史代表著作，出版問世後，在全國範圍影響較大，被教育部列為高校文科教材或重要參考資料。

特別要說明的是劉大杰的《中國文學發展史》，因為它初版並非在這個時間段，該書寫於三十年代，初版於四十年代，五十年代修訂再版，而後，六十年代增訂改寫，1962 年由中華書局上海編輯所（今上海古籍出版社前身）出版修訂本，到七十年代，又問世了迎合當時時代、揚法抑儒色彩十分濃厚的再版本。相較之下，學界一致認為，劉大杰的六十年代版文學史最有特色，較少政治因素干擾，能顯示他個人的學術眼光和水準。筆者以為，劉大杰六十年代版這部文學史，相比這個時期的其他文學史，最鮮明的特色，是獨家撰史，這在很大程度上可以充分發揮和展示個人的獨立見解。雖然二十世紀上半葉的文學史著作基本上都是作者獨立撰寫，但到這個時期（包括之後），已大多是集體編著文學史了。與同時期其他文學史相比，劉著有幾個顯著特點：其一，全書雖按歷史朝代順序編寫，但特別注意突出文學本身的發展、沿革及其主潮，能抓住每個歷史階段的文學思潮、主要文體、藝術趨向、代表作家及其作品等，予以系統闡述、重點開掘；其二，由於是獨家著史，可以獨自發揮的餘地比較大，因而所述觀點，似乎更易為一般讀者理解接受；其三，全書的文筆出於一人之手，避免了集體著作文字風格前後難以協調統一。

第三階段 「改開」後四十年（1979～2019）

相對於「改開」前的三十年，這 1979 年到 2019 年的後四十年，在中國文學史的研究和編寫方面，絕對是呈現了數量多、水準高、部頭大的新標誌。原因很簡單，「改開」實施以後，大大調動了學術界的科研積極性，為適應高校文科改革和學術研究的深入開展，文學史研究和編寫的深度與廣度大幅度提高，

拳頭型的文學史著作隨之問世。在眾多文學史著作中，相比較而言，能在全國範圍產生較大影響，並被很多高校中文系教學採用的文學史著作，首推北京大學袁行霈主編的四卷本《中國文學史》，其次是復旦大學章培恒與駱玉明共同主編的三卷本《中國文學史新著》（以下為敘述便，簡稱袁本、章本）。〔註12〕

先說袁本。這是一部由北京大學袁行霈牽頭主編，全國十多所大學中文系文學史研究領域著名專家共同參與編寫的古代（包括近代）文學史。全書遵循主編提出的「守正創新」四字方針，倡導文學本位，將文學置於文化背景之中，翔實描述中國古代文學發展的歷程，力求對過往文學史作創新性的考證與論述，為中國古代文學從上古到近代走過的歷程，作全方位的深入描述和探索，具有鮮明的開放性和前瞻性。該書編寫上有其不同以往文學史的獨闢創新之處：一，每章都附上詳細的注釋，對歷代重要的多家觀點說法，予以客觀介紹，不侷限於自家一說，以供讀者和研究者參考，這是之前許多文學史所不具備或沒考慮到的；二，為便於大學生和研究生進一步學習，各卷後列了每卷的文學史年表及供參考閱讀的研修書目，可供進一步深入研究參考；三，主編撰寫了全書的「總緒論」，分別從文學本位、史學思維、文化學視角、中國文學的演進，以及中國文學史分期等方面，作了宏微觀結合的系統闡述，很有助於讀者和研究者宏觀理解與把握。特別值得一提的是，該書問世後反響較好，出版社已出三版，每次的修正版，編寫者都做了補缺失、增資料、吸成果、統體例的工作，使全書的質量更上了一層樓。〔註13〕

章本的問世，經歷了一番過程。1996年該書初版《中國文學史》出版後，社會反響較大，在讚譽其「導論」開創新境界、打破舊思維定勢、走出政治干擾、強調張揚人性的同時，一些學者認為全書離人們的期望尚有距離，這引發了主編決意修訂出版新著。〔註14〕多年後，經主編及全體編寫人員共同努力，

〔註12〕袁行霈主編《中國文學史》（四卷），北京高教出版社，2005年版。章培恒、駱玉明主編《中國文學史新著》（三卷），復旦大學出版社，2007年版。

〔註13〕袁行霈主編《中國文學史》係教育部「高等教育面向21世紀教學內容和課程體系改革計劃」之成果，它既是高校教材，也是具探索性的學術研究著作，出版後獲第5屆國家圖書獎等獎項，至今已出第三版。

〔註14〕這部文學史，從1996年開始出版初版本（係國家教委自學考試指導委員會組織的自學考試教材之一），到2007年新著由復旦大學出版社和上海文藝出版總社共同出版，期間過程牽涉多種因素，本文不擬贅述。有關學者對初版本提出看法，請參讀孫明君《追尋遙遠的理想》一文，載《北京大學學報》，1997年第一期。《中國文學史新著》為教育部重點推薦大學文科教材。

《中國文學史新著》終於問世。應該說，新著體現了主編的創新意識和不同於一般文學史的思路：第一，力創文學的發展與人性的發展同步，此為貫穿全書始終的基本線索；第二，文學內容的演進是通過形式的演進體現出來的，不能拘於內容第一、形式第二的模式；第三，盡可能顯示中國文學前現代時期所出現的與現代文學相通的成分及其歷史淵源，這也就是章培恒力主的中國文學古今演變研究的思路，這是對過往長期流行的文學史模式的大膽突破；第四，對文學史的分期，參考結合西方和中國傳統，去除王朝的更替順序，標之以九編：上古一編——先秦，中古三編——發軔、拓展、分化，近世五編——萌生、受挫、復興、徘徊、嬗變。應該說，這部《新著》在創「新」方面，確實下了工夫，闖了一條新路子，建了一種新模式，當然，這樣的創新模式，能否被學界所認可接受，還有待時間的檢驗。

「改開」四十年過程中，文學史研究和編寫領域，應該說較之過往，成果眾多，具有創新意識和成分的著作不少，這裡特別應提到的是，中國社會科學院文學研究所張炯、樊駿、鄧紹基、錢中文等主編的十卷本《中華文學通史》（1997），該著努力體現民族化、科學化、大眾化，全書內容包含了中華各民族文學和港澳臺文學，這是之前文學史所沒有的，它真正屬於涵蓋中華各民族、貫通古代到現代的一部大文學史（上述二十世紀六十年代出版的三卷本古代文學史，基本保持原貌收入），全書力求在文學本位視野下，以開放、更新的文學史觀念貫穿全部文學史，且該著從古代寫到當代，屬於貫穿古今的文學通史，這在中國本土，實屬罕見。又如，由中國社會科學院文學研究所與清華、北大多位學者聯合編撰、劉躍進主編的《簡明中國文學史讀本》（2019），遵循「守正出新」原則，廣泛吸納歷來尤其「改開」近四十年中古代與現代文學的研究成果，不限於漢族文學，包含了多民族文學與民間文學，時間跨度涉及古代與現代，全書內容豐富，撰寫嚴謹，簡明扼要，體現了鮮明的唯物史觀和實踐史觀，是一部有鮮明特色的簡明中國文學史。

歐美版文學史評點

眾所周知，歐洲地區早在 19 世紀末期即已問世中國文學史，美國自 20 世紀以來，也相繼出現了多部中國文學史。相比之下，21 世紀初分別出版於美國和英國的兩部各超百萬字的中國文學史——《哥倫比亞中國文學史》和《劍橋中國文學史》（均已有中譯本），可謂諸多歐美版中國文學史中的代表作。這

裡，擬對這二部由歐美學者編撰的中國文學史，作些簡要的分析評點，以資我們今天中國境內文學史研究者的參考。〔註15〕

今天我們所謂的中國文學史，首先這個「中國」指的是什麼？恐怕一般讀者對此會不以為然，覺得這並非問題。但仔細推敲一下，你會發覺，這確實是個很值得引起我們重視的問題。從今天流傳於市面上的諸多中國文學史著作看，雖然其書名皆稱為「中國文學史」，實際涉及的內涵，卻並不包含中國這塊土地上所有的中國人，和他們創作的文學作品，書中所述及的，都是中國大陸這塊土地上漢族人群的文學及其發展，以及漢族人用漢語書寫和創作的文學史，很少或幾乎不包括用少數民族語言文字書寫和創作的其他 55 個民族的文學，很少或幾乎不涉及港澳臺地區文學，更遑論海外華人或華僑的文學創作了。對此，兩部歐美版文學史——《劍橋中國文學史》和《哥倫比亞中國文學史》，注意到了這個問題，並提出了實際概念上的中國文學史，所蘊含的中國範圍內，文學史本身範疇的定義問題。歐美學者認為，所謂中國文學史，無論在理論上還是實踐上，都應該包含中國所有的民族——既包括漢族群體，也包括少數民族群體，還應顧及港澳臺地區和中國邊界之外（境外）的華人離散群體。這是值得引起我們重視的做法。從理論上說，所謂中國文學史，必須也應該涵蓋今天地理、文化、民族概念上中華民族整體的文學，不能也不應該偏廢其中的任何一部分，否則它就稱不上真正的中國文學史，而只能稱為漢民族文學史。

文學史如何做到古今貫通？這個所謂「貫通」，不是刻意牽強地硬將古代和現代掛起鉤來，而是客觀地、實事求是地在描述或評論近、現代文學時，將其與古代相聯繫，找出其中內在的必然聯繫，說明其間存在的尚不為今天人們所知曉的規律與特徵。這方面，《哥倫比亞中國文學史》作出了努力，該書的編排方式，兼取了年代與主題，全書不嚴格按朝代為序，也不完全棄朝代於不顧，而是以超越時間與文類的全新角度審視中國文學史。《劍橋中國文學史》將傳統習慣劃分的古代、近代、現代、當代四個階段完全打通，使之融會貫通，從而使全書匯成一編，渾然一體，將從古到今的文學發展歷史，在一個整體的文學史卷冊中得到完整的體現，這樣做，既便於對中國文學生生不息、沿襲不

<hr>

〔註15〕《哥倫比亞中國文學史》，英文版，梅維恒主編，美國哥倫比亞大學出版社，2001 年版；中文版，中國北京新星出版社，2016 年版。《劍橋中國文學史》，英文版，孫康宜、宇文所安主編，英國劍橋大學出版社，2010 年版；中文版，中國北京三聯出版社，2013 年版。

斷的特徵，作充分的展示，也便於現時（現代）與過去（傳統）文學之間的相互回應、相互聯繫、前後對照。〔註16〕

對於文學史整體框架的總體設計與編排，《劍橋中國文學史》主編在接受劍橋大學出版社編撰任務時，即有了一個明確的認識——這部文學史，不光適合西方一般讀者作為文學史專書（不是學術著作）的閱讀需要，更要在西方學界原有既成中國文學史體式上有所突破，從而寫出一部既有創新性、又具說服力的令人耳目一新的文學史，力求避免機械地以文類分割的做法，把一部文學史完全寫成文體分類史，以致割裂各類文體之間的內在聯繫，體現不出作家本身能夠從事多種文體創作的綜合能力及其風格特點。為了突破這個框架約束，兩位主編設想出了以整體性文化溶入文學史的做法，努力把這部文學史寫成文學文化史（history of literary culture）：一方面，擬建構起文化史的大框架，在文化史的範疇內容納文學的發展；另一方面，輔之以文學文化的敘述方法，並盡可能不排斥文類出現和演變的歷史語境，而在大多數情況下，更為關注歷史的語境與寫作的方式，使得這部文學史完全不按往常出版的文學史模式出現，由此，《劍橋中國文學史》成為了一部不同於一般文類文學史模式的具有文學文化特色的文學史著作。

對於歷來令文學史研究者都甚頭痛的文學史分期問題，兩部歐美文學史的主編都認識到，關鍵在於能否擺脫歷史朝代的傳統束縛，建立起與歷史朝代既有聯繫又不受拘束的框架結構。他們覺得，作為一部史著，自然不能完全脫離歷史發展演變的軌道，但畢竟文學史有它自己的特點，它是一部圍繞文學展開的歷史書，不是單純的歷史著作，如果完全圍繞歷史朝代轉，看不出文學本身的發展軌跡和線索，那就談不上真正意義上的文學史了。為此，兩書主編力圖改變完全按歷史朝代順序劃分文學史階段的做法，而是循著文學本身起伏演變的過程來確定分期。這方面，《劍橋中國文學史》顯得尤為突出——它將先秦與西漢貫連，把西漢、東漢分隔；將西晉、東晉分離，讓東晉與南北朝、初唐連接；將初唐與盛、中、晚唐分開，而把盛、中、晚三段合併為「文化唐朝」；將明代分為初、中、晚三個階段，讓全書的上下兩卷，以明代的 1375 年作為分界年限；將 1937 年作為分割 1841 年到 1949 年的界年，不按通常的 1919 年劃分界限。這樣，充分顯示了文學史打破歷史朝代拘鬱，別

〔註16〕由於各種因素，《劍橋中國文學史》中文版到 1949 年告段落，之後年代內容沒有翻譯。

創一格的特色。

特別需要指出的是，《哥倫比亞中國文學史》抓住了東方中國與西方世界在語言文字上的差異——西方字母書寫，東方漢字（方塊字）書寫，兩種完全不同的書寫方式，影響決定了東西方兩種不同的文學表現形式，也影響決定了讀者對中西兩種不同文學表現形式的閱讀、理解、欣賞和接受。這充分顯示了梅維恒主編作為西方漢學家的慧眼獨具——該文學史開頭部分的「基礎」一編，首當其衝第一章「語言和文字」，詳細介紹了漢語書寫系統的基本元素和主要特徵，提出，對漢字和漢語主體性質的把握，是準確理解和真正欣賞中國文學的基礎和前提。這抓住了作為漢語方塊字書寫的中國文學的根本特色，從某種角度說，這正是中國文學與西方文學乃至世界範圍內其他語系文學最大的不同。能夠認識和抓住這一點，是梅維恒主編及其同仁們的慧眼獨具，也是這本文學史與其他多種文學史著作的與眾不同之處。《哥倫比亞中國文學史》以文類、文體、文本為核心，建構起了自身的文學史框架，從而體現了文學本位的思想。相比之下，《劍橋中國文學史》強調了文學發展中的文化因素，將文學史看作了對文學傳統不斷建構的歷史文化過程，尤其關注過往的文學是如何被後世所過濾，並加以重建的文化因素。可以說，兩部歐美版中國文學史，都有著可供中國文學史研究學者借鑒的重要價值，值得我們很好參考。

當然，兩部歐美版中國文學史的問題也是客觀存在的，對此我們不必迴避。比如，《哥倫比亞中國文學史》第三、四、五之三章，分別論述：早期中國的哲學與文學、「十三經」、《詩經》和古代中國的說教。單看這三章標題，我們就發現，三章內容顯然有交叉重合：早期中國的哲學和文學，這個所謂早期，自然是指先秦（也包括西漢），這個時代，其實已經問世了「十三經」中的多部經（包括《詩經》），這些「經」，大部分編定時間是在西漢，這就把「十三經」所產生的時間和所包含的內容幾乎都包括了；而古代中國的說教，實際上與早期中國的哲學與文學，以及「十三經」（包括《詩經》），都有著關係，我們不能單說《詩經》與古代中國說教有關，其實「十三經」中的其他不少「經」，與古代中國的說教也有關係。由此，筆者以為，這部文學史中這三章標題所示內容，實際上很難截然分開，無論是歷史年代還是實際內容，現在這樣的三章內容，邏輯有點混亂，條理也不清晰。此外，中國早期的先秦時代，實際上文史哲還沒分家，其時人們習慣上，並沒有哲學、歷史、文學明顯分家

的意識，特別是文學，還遠沒有單獨成為一門獨立的學科，這是文學史編著者應該在「基礎」編中予以特別指出的。還有，該書下卷第六編第四十四章，專闢有「經學」一章，筆者認為，「經學」，實際上不屬於文學的範疇，它本身是個獨立的學科，可劃歸史學類，如果真為了說明中國儒家經典與文學之間的關係，筆者建議，可將這部分「經學」內容安排到「基礎」編，與第三、四、五章內容融合，重新加以組合，分章予以說明，這樣或許會更好些。

因為是集體編著，無論《哥倫比亞中國文學史》還是《劍橋中國文學史》，都明顯暴露了體例上的不統一或不規範，這給兩書各自的完整性和統一性帶來了不該有的遺憾。比如，兩書的目錄部分，這其實很重要，是全書綱目提要的全面展示，也是全書的核心框架，讀者拿到一本書，首先瀏覽的是目錄，以便瞭解概要、心中有數。遺憾的是，兩部書都存在各章標題歷史年代寫法上的不統一和不規範——有按歷史朝代順序的，有標以世紀的，也有書西曆年代的，各行其是，中西混雜。尤其令人驚訝的是，《劍橋中國文學史》上卷第三章，章的標題是——「從東晉到初唐」，而章以下節的標題，居然全部標以「世紀」，真是不中不西、不倫不類。還有如，《劍橋中國文學史》章節標題中所列的作家作品，顯然不符合歷來文學史對其成就與地位的評價，如曹操、建安七子居然未見於章和節的標題，而杜篤和馮衍卻入了標題，而像《文心雕龍》《詩品》這樣重要的文學理論代表著作，居然章和節的標題難覓蹤影，令人大跌眼鏡——這在中國學者編撰的中國文學史著作中，絕對不可能出現。凡此種種，都是瑜中之瑕，有待改進。

中國文學走向世界的梳理與思考
——以日本和歐美為例

　　中國文學走向世界，這是時代的話題，也是歷史的話題，某種意義上，它更是富有歷史使命的話題，是當今中國改革開放歷史條件下，中國文學如何更好地進一步走向世界、傳播全球、讓世界瞭解中國、讓中國文學登上世界文壇的重要命題。這個命題，理論上應該包括：中國文學是否應該走向世界、能否走向世界、如何走向世界、走向世界後如何增進其傳播度和影響度。客觀的歷史事實已經告訴我們，中國文學其實早已走向了世界，不存在是否應該走向和能否走向的問題，我們這裡所要探討和需要思考的問題，乃是在當今的歷史條件下，中國文學如何沿著歷史的軌跡，進一步更好更深廣地走向世界，讓世界更全面深入地瞭解中國文學，並通過中國文學的載體，讓中國與世界彼此增進瞭解、融合與交流。這就需要我們從歷史發展的角度，沿著中國文學走向世界的歷史軌跡，回顧其中的起伏狀貌，探討其中值得總結的經驗，從中尋找更好的途徑與方法，以資今天的參考和借鑒。

中國古代文學早已步出國門

　　追溯中國文學的走向世界，最早的源頭，應該可以發掘到漢代，此前的先秦時期，雖然已有漢民族與少數民族文化的交流往來，但還不能顯示跨越國度的概念。而西漢時期開始的張騫通西域，不僅打通了漢皇朝與西域地區的歷史通道，開始了漢民族文化與西域地區文化的交流，也將漢民族的文學帶到了西域地區，這顯然屬於跨越國度的文化（文學）交流。《史記》中的相關記載，

告訴了我們這方面的史實〔註1〕，只是這個歷史階段的文化交流，文學的成分不明顯，或者說還很淡，中國文學（漢文學）步出國門、走向世界的意識，在當時遠未達到一定程度，還不具有典型意義。

　　比較典型且具有代表性歷史意義的中國文學步出國門，應該是中國古代文學在唐代的被輸往日本〔註2〕，這是十分典型的中國文學開始較大規模走出國門，或者說，是外國（日本）主動將中國文化（古代文化及文學）輸入本國的早期典型個案。我們試對此作些闡述。

　　日本在大和國建立、列島統一後（公元4世紀後），與中國的交往開始增多，兩國之間來往逐漸頻繁，文化交流趨於擴展，中國的漢字、儒學、佛教等相繼輸入日本，促使日本從上到下逐步走向了漢化。日本歷史上佔有重要地位的飛鳥文化，很大程度上是仰賴了中國南北朝文化和佛教的源源不斷輸入，到奈良時代（中國的唐代），中日之間的文化交往達到了高潮，隨著大批遣唐使、留學生和留學僧們來到中國，他們返回日本時帶回大量的中國文化典籍，促使奈良時代和平安時代的日本文化得到了蓬勃發展，其中包括佛教、文學、建築、雕刻、繪畫、音樂、書道、茶道、教育、學術等。之後，到中國宋代的朱熹思想和宋明理學，中國清代的乾嘉學派和考據學風，都先後影響了日本國內的文化和學術，這種狀況一直持續到明治維新前夕。明治維新及其後，由於日本國內整體國策轉向歐美，才使得對中國文化的引進熱度較前大幅度的降低了。

　　在整個中日之間的文化交流過程中，應該說，始於唐代的日本引入中國文化的高潮，是中國古代文學走向世界的一支重要流脈，而其呈現的並非中國文學的主動輸出，乃是客觀上被動輸出的過程——即，中國古代文學的走向日本，並非中國人主動有意識地要將本國文學推向本土之外的國家（日本），而是伴隨古代文化典籍由日本遣唐使和留學生（僧）們帶到日本，使之傳播到了中國本土之外的國家。這些古代文化典籍，包括《論語》、《詩經》、《楚辭》、《史記》、《文選》、唐詩等，它們之中或包含了文學成分，或本身就是文學典籍，輸入日本後，開始以兩種面目在日本本土流傳——直接以漢文流播，即日

〔註1〕　參見《史記》「大宛列傳」。
〔註2〕　嚴格意義上說，中國古代文化（包括文學）的走出國門，漢唐之間，不僅走向西域、日本，也走向朝鮮半島和東南亞地區，本文為論述方便，擬重點闡述日本。中國文化的輸入日本，並不起始於唐代，據《後漢書·東夷傳》記載，中日之間的交往，實際上在東漢及之前已開始，只是到唐代時，達到了高潮。

本文人以漢語創作文學作品,此即所謂漢詩文,或稱漢文學;附加日文訓讀後流播,即以日本假名傳播文學作品,此稱和文學;兩種流播形式,使得日本本國的文學面貌為之一變,同時促使日本本土開始出現漢文學創作與漢學雙軌並舉現象。

從漢文創作看,日本早期問世的《萬葉集》、《懷風藻》、《古今和歌集》等和歌及漢詩集,乃是典型的受中國古詩影響而產生的詩歌創作。《萬葉集》中的許多詩歌作品,顯然存有仿傚中國《詩經》的痕跡——真切表現社會的實際面貌,生動記錄人民對生活、勞動、愛情等的歌唱,體現饑者歌其食、勞者歌其事的社會風貌,反映古代人民的心聲與志趣,還包括詩篇中字詞的引用、比興手法的運用、現實主義表現風格等。《古今和歌集》「序」中談到「夫和歌者,託其根於心地,發其華於詞林者也。」「感生於志,吟形於言。」「逸者其聲樂,怨者其吟悲,可以述懷,可以發憤。動天地,感鬼神,化人倫,和夫婦,莫宜於和歌。和歌有六義,一曰風,二曰賦,三曰比,四曰興,五曰雅,六曰頌。」這些話語,顯可見中國儒家詩教(《詩大序》等)的影響,有些乃直接照搬了《詩大序》的原話(如和歌「六義」說)。到日本鎌倉時代至江戶時代,佛教界的僧人們創作了大批漢詩,它們更是受中國佛教和古詩影響的產物。日本詩歌史上還產生了一種特別的詩體——俳句,堪稱日本文人獨創的詩歌體式,其詩體形式篇幅短小,字數不多,呈長短句形式,一般是七言、七言、五言,言短意豐,此詩體形式顯可見中國五七言詩的痕跡。舉個例子,日本著名俳句專家「句聖」松尾芭蕉,擅長寫俳句,他的俳句風格充滿唯美色彩,如一首遇秋雨而感歎的俳句:「芭蕉葉大卷秋風,零雨落盆自有聲,唯向夜中聽。」典型的七七五句式結構,首二句對自然現象客觀描摹,第三句乃自身情感與想像力的凝聚,全詩簡短而意約,無政治理想類的色彩,留給人的感覺,純為對大自然的描摹和美感。由此,我們可以看到,日本文壇受中國古代文學影響,所呈現的作品風格面貌,並不表明他們沒有自身的獨特特點,相反,由於日本文人在受中國文學影響的同時,沒有全盤照搬中國模式,而是堅持了他們本國文人追求的純美與純情傳統,因而其所創作的作品,一般與政治功利無涉,作品特別講究唯美和享樂,旨在藝術追求與個人唯美享樂,這與中國儒家歷來倡導的「言志」傳統很不一致,松尾芭蕉的俳句即是典型個案之一。

在中國古代文學走進日本的過程中,除日本本土的文學創作受中國影響外,日本的文學研究也出現了新面貌——這就是在日本源遠流長、影響深遠

的漢學（Sinology），即對中國古代文化和文學作研究的一門學科，它在世界範圍，應該是屬於起步最早且一直處於領先地位的學術領域（日本的漢學包括範圍較廣，本文僅述及文學方面）。作為文學門類的漢學分支，相對儒家思想、佛教、中國歷史文化等，時間上應該稍晚些，大致在江戶時代開始，興盛於明治時代前後，二十世紀中後期為成熟期。漢學在日本早期稱支那學，故日本學者撰寫的中國文學史，都稱支那文學史，大約到「二戰」後（二十世紀中期），開始改稱漢學。相比較中國學者的古代文學研究，日本的漢學（文學）研究，有其自身的特點：學者們大多不遺餘力地翻譯、介紹引進中國的古代典籍，不僅有日語譯本，還有「訓讀」本（保持中文原貌的日文本），且有的一部中國典籍，會有多種日譯本；對於西方研究中國的漢學著作，包括工具書引得、通檢類著作，日本學者也予以翻譯引進，且注意選擇精善的本子；他們十分看重實地考察和尋求第一手資料，往往將讀萬卷書與行萬里路並重；學者往往專攻一術，很少旁騖，不似中國近現代一些大家梁啟超、王國維等，兼治文史哲；他們特別關注冷僻選題，深入鑽研，細密考證，能體現嚴謹紮實學風，還特別注重運用工具書，編成各種索引類工具書，甚有助於古代典籍的研究。從時間上看，日本引入中國古代文學後呈現的大致狀況是——早期江戶時代，以對中國文學鑒賞和創作漢詩文為主；明治時代之後，漢詩文創作降溫，文學研究（漢學）得到加強和提高，且漢學研究的名分正式產生；二十世紀中期及其後，漢學走向成熟，但高潮消失，趨於平穩，熱度下降。

由中國古代文學早期的走出國門——被引入日本，我們可以看到，文學的傳播與影響接受，並非取決於輸出國的主觀意志，而是取決於輸入國本身的主觀需求。雖然影響和接受的整個發生過程，有個主動和被動的關係，一般來說，主動輸出，是一種主體主動影響客體的狀況，或者說，乃客體被動接受了主體的影響；但另一方面，也有主體並無主動影響客體的動機，而是客體主動向主體要求或索取，從而達到接受主體文化因子的目的。這兩方面情況，應該說，在影響和接受的展現過程中都會發生。但是，中國文學的輸出日本，確實並非中國主體的主觀意向和有意行為，而是日本客體的主觀需要，也即，是作為客體的日本，主動接受作為主體中國的文化，將其輸送到了日本，並在日本本土扎下了根，甚至產生了由外來輸入文化（文學）基因模式而衍生的具有日本本土特色的文化（文學）樣式與創作模式（如和歌、徘句等）。那麼，導致這種現象發生的原因何在呢？即為何客體會主動輸入主體的文化，而不是由

主體主動輸出自己的文化呢？這是由主體的優越條件所決定的，這個條件，對唐朝時期的中國來說，就是中國在唐朝時期強大的國力條件和文化底蘊的優越與先進——文化傳統悠久，文化資源豐厚，文化典籍豐富，使得作為周邊一衣帶水國家的日本，自然由仰慕而朝拜、由留學而自行攜帶中國的文化典籍往日本本土了，由此，將中國文化與文學作為可供借鑒的範本，傳播到了中國以外的日本國土。從傳播學的角度看，這是一種不以輸出國的主觀意志為導向的輸入國本身的自覺行為，它促使了文化的跨國傳播，客觀上不以文化輸出國的主觀意志為轉移，而實際完成了影響與接受的全過程。

這就給我們一個啟示：中國文學的走向世界，早期並非中國人自己的主觀意向和主動行為，它完全是因為中國文學本身豐厚和優越的魅力，加上強盛的國力因素，自然地由周邊國家人士主動接受並傳播到了中國本土之外的國度。

歐美對中國古代文學的接受與研究

中國古代文學走向歐洲，時間上要晚於走向日本，從現存資料可知，中國古代文學伴隨中國古代文化典籍的走向歐洲，最早應該在中國的元朝時期（公元 13～14 世紀），其時，馬可·波羅跟隨其傳教士父親，從意大利來到中國，在中國呆了四年左右，而後攜帶大批中國古代典籍和文物回到意大利，這些帶到歐洲的文化典籍和文物，引起了歐洲的轟動，自此，中國古代文學伴隨著傳教士們陸續大批地攜帶中國古代文化典籍，開始走進了歐洲。

中國文學進入歐洲後的社會反應，自然是由閱讀中國文學作品引發的，歐洲人藉此看到了一個神秘的東方中國——與西方歐洲迥異的東方世界，他們驚歎東方中國古代文化的燦爛，同時驚訝中國古代文學的奇特。典型個案，德國大文豪，著名思想家、科學家歌德，在與愛克曼的談話中，清楚流露了對中國文學的驚訝與歎服，而他實際評述的乃是在中國至多屬於二流小說的《好逑傳》，從這部小說中，歌德不僅讀出了中國小說與歐洲小說不一樣的描寫特色，還從中發現了與歐洲傳統文化不同的中國傳統文化與人性的獨特之處，並由此上升到要跳出德國的圈子，看到德國以外國家和民族的文學和文化，並以之與德國相比較，進而提出了驚世論斷——在國別（民族）文學之上，還有個世界文學，如今，世界文學的時代到來了，我們要打破國別（民族）文學的界限，迎接世界文學的降臨——

「在沒有見到你的這幾天裏，我讀了許多東西，特別是一部中國傳奇（《好逑傳》），現在還在讀它。我覺得它很值得注意。」

「中國人在思想、行為和情感方面幾乎和我們一樣，使我們很快就感到他們是我們的同類人，只是在他們那裡一切都比我們這裡更明朗，更純潔，也更合乎道德。」

「中國人有成千上萬這類作品，而且在我們的遠祖還生活在野森林的時代就有這類作品了。」

「說句實在話，我們德國人如果不跳開周圍環境的小圈子朝外面看一看，我們就會陷入上面說的那種學究氣的昏頭昏腦。所以我喜歡環視四周的外國民族情況，我也勸每個人都這麼辦。民族文學在現代算不了很大的一回事，世界文學的時代已快來臨了。現在每個人都應該出力促使它早日來臨。」〔註3〕

這是何等的氣派與眼光！而這個氣派與眼光，乃是來自於歌德讀了中國文學作品後的深刻啟發，他由此在國別（民族）文學的基礎上，提出了世界文學的口號，為國別（民族）文學走向世界文學，做出了開創性的貢獻——歌德所提出的世界文學，比馬克思、恩格斯在《共產黨宣言》中所說的世界文學，時間還要早。

又如法國大文豪，啟蒙思想家、哲學家、文學家伏爾泰，在讀了中國元朝紀君祥的劇本《趙氏孤兒》後，大受啟發，不僅向朋友介紹和推薦這部劇作，而且親自動筆，寫下了以《趙氏孤兒》為藍本的改變劇本《中國孤兒》，劇本中的主要人物和情節，在《趙氏孤兒》原劇基礎上作了較大幅度的變動和改換，主題由家族矛盾的復仇，上升到了民族矛盾的衝突與融合，達到了跨國度跨民族的更寬視野與更高高度，從而使劇本更具有了深刻的內涵和觀賞性，更能迎合法國和歐洲觀眾的審美需要（該劇在巴黎上演後，引起轟動，久演不衰）。〔註4〕一部中國傳統題材的復仇戲劇，到了伏爾泰筆下，轉換成了歐洲讀者和觀眾喜愛的戲劇，並被賦予了更符合世界範圍民族審美需要的藝術作品，這個意義，無疑是中國文學走向世界極有說服力的典型個案，也是原劇作者紀君祥本人無論如何始料未及的——由此而及的中國文學魅力的話題，以及其走向世界的意向，和在世界彼岸產生藝術轉換的創造力，都很值得我們從理論層面作思考和品鑒。

〔註3〕 參見《歌德談話錄》，人民文學出版社，1985年版，第111～113頁。
〔註4〕 參見《〈趙氏孤兒〉與〈中國孤兒〉》，范希衡著，上海古籍出版社，2010年版。

中國文學走向歐洲後，在文學創作領域產生的影響，確實十分可觀，上述歌德和伏爾泰，只是其中的典型個案，類似的例子，在英國、法國、德國、意大利等國，都可以舉出不少。很顯然，從中國文學角度來看，這是文學作品本身的內涵與藝術魅力打動了歐洲讀者，使得傳播到歐洲的中國古代文學，能在歐洲大地上產生良好效應，從而使歐洲人藉此充分認識了東方中國——她的傳統、文化、道德、儒家精神、道家思想，等等，而這當中，文學作品作為載體，起了很好的傳遞作用。這就使我們可以悟到，文化和文學的傳播，關鍵在於其本身所蘊含的豐厚的內在魅力，它不需要人為的外在其他任何因素的強迫，只要文學作品本身所具備的豐厚的主題內涵、精湛的藝術魅力，就可能跨越國界和民族語言界域，引得它國和它民族讀者的認可和讚賞，他們甚至可以從中窺見超越國度的共通規律，並產生跨時空的卓越作品或超凡的識見，比如伏爾泰，比如歌德。可見，這一切，與文學作品本身的內涵及其藝術魅力有關，與中國人主觀有意識要將自己的文化或文學推向歐洲、推向世界，沒有關係，其時中國的皇帝、朝臣乃至作者本人，恐怕還遠沒有這方面的明顯意識。

中國古代文學走向歐洲，以及進一步走向北美，另一個重要層面，是歐美學者對中國古代文學的接受與研究，這涉及到了歐美的漢學。

與日本相比，歐美的漢學，無論起步時間、學者隊伍、學術成果，在二十世紀之前，應該是不如日本的，日本憑著一衣帶水的地理條件和同為東亞漢文化背景，以及日本民族本身強烈的進取和兼容精神，在漢學方面，確實堪稱世界範圍的翹楚。歐美的漢學，相對來說，歐洲起步較早，法國、俄國、英國、瑞典、德國、荷蘭、意大利等國，自十九世紀初已不同程度的露出端倪。〔註5〕首先是在法國起步，法蘭西學院舉辦了第一個西方漢學講座，之後，法國學者發表研究報告，出版漢學刊物，開始了歐洲漢學的歷史。美國的漢學相對要晚得多，不過，應該看到，到二十世紀中晚期，美國的漢學由於多種因素，已具備了相當的實力，無論學者隊伍還是學術成果，都有超越歐洲的趨勢。需要特別說明的是，漢學本身的含義很廣泛，它包括對中國古代各個方面做研究——政治、經濟、文化、哲學、歷史、文學、藝術、建築、宗教、教育等，筆者這裡只就文學作闡述，因而相比其他分支學科，歐美學者對中國古代文學的

〔註 5〕嚴格地說，歐洲漢學最早開始於十七世紀前後，有關講述中國歷史的書籍，即問世於其時，而俄羅斯在十八世紀，聖彼得堡科學院的漢學教師曾以傳教士身份，在中國從事漢學。但從實際在歐洲的影響看，還是法蘭西學院的漢學更有影響，更成氣候。

研究，作為漢學中的一個分支，相對產生的時間要晚些，成果也主要集中於對中國古代文學的介紹、評論和研究（包括中國文學史的編撰）。

從歐美漢學發展，可以清楚看出中國古代文學走向世界的軌跡。這是因為中國古代文學傳播到歐美，引發歐美學者對中國古代文學的研究興趣，他們自覺地以中國古代文學作為研究對象，介紹中國古代作家及其作品，解析、鑒賞、評論中國古代文學作品，撰寫研究中國古代文學論文，編撰中國古代文學史，將中國文學走向世界推向了一個新的歷史階段。〔註6〕此僅以美國為例，二十世紀中期至今，據不完全統計，已問世的涉及中國古代文學史和中國古代詩學的編著就有——柳無忌著《中國文學概論》（Introduction to Chinese Literature）、劉若愚編撰《中國文學藝術精華》（Essentials of Chinese Literature Art）、伊維德、漢樂逸合編《中國文學指南》（A Guide to Chinese Literature）、傅漢思編撰《梅花與宮妃》（The Flowering Plum and Palace Lady）、梅維恒主編《哥倫比亞中國文學史》（The Columbia History of Chinese Literature）、《新編普林斯頓詩歌與詩學百科全書》（The New Princeton Encyclopedia of Poetry and Poetics）、孫康宜、斯蒂芬·歐文主編《劍橋中國文學史》（The Cambridge History of Chinese Literature）等。〔註7〕綜合這些編著，筆者以為，大體上呈現以下幾個特點：一，比較多的編著，是翻譯、介紹中國古代文學，包括歸類、概括與評述，其次是深層次的研究和探討，主要是論文和文學史；二，特別重視對中國漢字的方塊字與西方字母的剖析區別，並由漢字結構建立理論詮釋的基礎；三，研究視角獨特，常以西方的理論和方法，詮解、分析中國古代文學作家及其作品；四，頗有中西比較的眼光，喜好同中求異，異中求同，在比較中得出相對合理的解釋和結論。

以下試以歐洲出版、以美國學者為主編撰的代表性中國文學史《劍橋中國文學史》為例，略作展開性闡述，以進一步說明中國文學走向歐美的相關問題。

〔註6〕 特別要說明的是，歐美漢學其實還應包括研究現代中國，此即學界普遍稱謂的中國學，其現代中國文學部分，屬於中國學的一部分。但本文不擬涉及這方面內容，即本文所述內容不包括中國學範疇。

〔註7〕 此處僅列美國學者從二十世紀中期以後出版的有關中國古代文學方面的代表性編著，不包括歐洲地區（個別例外，如《劍橋中國文學史》，英國劍橋大學出版，但編撰人員主體系美國學者）。據悉，歐洲地區荷蘭布瑞爾（Brill）公司，擬出版一部規模更龐大的多卷本中國文學史。

　　首先需要指出的是，在《劍橋中國文學史》問世之前，劍橋大學已經出版了「劍橋世界文學史」系列的其他國別文學史，如俄國、意大利、德國等，它們均為一卷，而唯獨中國文學史，應兩位主編要求，破例為二卷。主編孫康宜教授在「中文版序言」中特別說明，這是因為中國的歷史文化特別悠久，一卷的容量遠不能滿足——也就是說，中國的古代文學，歷史源遠流長，內容豐富多彩，向世界介紹中國古代文學，其篇幅和字數必須打破常規——超越俄、意、德等國。這就顯然清楚地告訴我們，中國的古代文學有著獨特的優勢，它無論量還是質，都有著迷人的色彩和很高的價值。這讓筆者想到了法國一位漢學家曾親口對筆者說的話——紫禁城與盧浮宮，有著同樣的輝煌，它們之間難分高下。這恐怕也是歐美學者對中國文學史——中國古代文學，有著濃厚興趣並涉足深入研究的緣故吧。〔註8〕

　　《劍橋中國文學史》有一個很顯著的特點，全書並非按文類撰寫，而是努力將其寫成了一部文學文化史（history of literary culture），即以整體性的文化史方法和視角，撰寫出文學的發展歷史，使文學不脫離文化，文學始終與文化相伴。這不光體現了主編的獨家創意，更反映了中國古代文學無法脫離古代文化，正是由於中國古代擁有燦爛的文化，才造就並促成了輝煌的文學成果，中國古代文學完全是與中國古代文化共同伴生的產物，兩者須臾不可分離——這是促成中國文學能走向世界的重要元素。需要指出的是，《劍橋中國文學史》還特別注意詮釋，為何中國文學會有一種綿延不絕的豐厚性與連續性，造成前代文學被後世過濾並重建的原因究竟何在。這使我們想到，從先秦兩漢時代開創的中國文學傳統，在中國歷史上幾乎沒有出現大的波折，二千年中各個朝代之間，雖有作家作品數量和文體風格的差別，但相對來說，總體成就與面貌，是比較平穩地在歷史發展的軸線上行進，其間雖有起伏，但總體還是呈現平穩的小波浪型，其中唐代堪稱高峰，但這個高峰與之前的魏晉和之後的宋代，並無懸殊落差，不像歐洲文學，其發展的線條軌跡，明顯呈現大起大落狀，古希臘羅馬時代成果輝煌，群雄並峙，傲視全球，顯然是高峰，而到中世紀，一下子跌到了波谷，直至文藝復興後才重新崛起，呈波峰狀，這顯示了歐洲文學的發展歷史，總體線條乃是馬鞍型的曲線，中間有很大落差。

〔註 8〕　需要特別說明的是，《劍橋中國文學史》英文原本包含了中國古代文學和現當代文學的內容，由於客觀原因，1949 年以後部分中譯本省略了，沒有翻譯。故此處所述，不涉及中國現當代文學內容，僅就古代文學發議論。

中國古代文學為何會走向歐美，並引得歐美學者對其做客觀、深入、細膩的解析？——關鍵在於它本身內在的藝術魅力。《劍橋中國文學史》的編撰者特別作了剖析，試舉二例。

其一，「對東晉士人來說，山水本身即是一個宏大的『像』，對此『像』的感受認知、闡釋和建構則有賴於個人的心智運作。因此，想像（imagination）一詞是一個完全意義上的動詞，意味著『造像』（image-making）。一方面地理著作開始在這個時期以及接下來的五、六世紀大量湧現，但在另一方面，四世紀山水寫作的興起，在很多層面看來，都既是一個內向的也是一個外向的運動。也就是說，對外部自然界日漸強烈的興趣不過是個人對其內心世界進行深度參與的引申而已。正因為如此，想像的山水是東晉文學中一個極為突出的主題。」〔註9〕

編撰者的這一客觀分析，點到了魏晉南北朝時期（由東晉開始）山水文學興盛的根本緣由，說清了文學史現象的實質。

其二，「謝靈運最大的創新之處有二：第一是創作了一種高度個人化與私人化、感情強烈而複雜的山水詩；第二在於他的詩作表現了一個在山水中行進的身體。」「謝靈運筆下的山水，是由一個非常具體的汲汲行進中的旅行者所觀察到的山水；謝靈運描寫的是一個人非常實際的身體的旅行，而這種身體旅行被具體實現在仔細觀察到的大自然的細節之中。而且，他詩作的題目都敘事詳盡，這使他觀景的時間和地點格外明確清晰。我們可以想像當代讀者在閱讀謝靈運的詩作時必然有『如臨其境、如在目前』的感受。」〔註10〕

可見，正由於中國古代文學作品本身的藝術魅力，以及它與中國歷史和時代文化的高度滲透、融合的表現，引發了歐美學者對其藝術魅力內在機制及其來源的深入探討，這種探討，讓我們更透徹地瞭解了中國古代文學會走向世界的原因所在。歐美的漢學研究，之所以會一步步擴大影響，並一步步深入，與中國古代文化（文學）的深厚內蘊與獨特魅力極有關係。這也就使我們可以體會，文學傳播的影響與接受研究，很大程度上取決於傳播對象本身，歐美學者之所以對中國古代文學感興趣，從接受美學的角度分析，完全是因為研究對象本身的內在豐富蘊含，它導致了研究者能對其從各個角度、各個層面，作歷史的、全方位的探討和深入剖析。

〔註9〕 《劍橋中國文學史》（上卷），北京三聯書店，2013年版，第247頁。
〔註10〕 《劍橋中國文學史》，第271頁。

中國當代文學如何走向世界

由以上對中國古代文學走向世界歷史軌跡的簡要梳理與探討，我們可以面對一個比較現實的問題了，即，中國當代文學如何走向世界？有之前的歷史經驗與借鑒，我們可以看到，問題應該是比較容易認識與解決的，但現實有些情況，不得不使我們要將話題稍作引申，作些展開性闡述。

可以說，這些年，作為中國當代文學走向世界影響較大的例子，或者說，比較有影響力的走向世界的個案，應該是莫言獲諾貝爾文學獎。之前，高行健曾獲諾獎，但其對國內的影響和衝擊都不大，因為高行健不是以中國人的身份獲獎的，他已加入了法國籍，成了一名法國人，與中國沒有關係了。而莫言不同，莫言是中國籍，他在中國本土獲得諾獎，其在中國的影響波及面就大了。由此，人們很自然地會聯想到，莫言之後，誰還能獲諾貝爾文學獎？如何才能使中國有更多的作家獲世界性大獎？再進一步，如何才能真正讓中國當代文學、以及當代中國文化，更大踏步地走向世界？這些問題，應該說，伴隨著莫言的獲諾獎，很自然也很現實地擺在了中國人面前（當然，我們並不以獲諾獎本身，作為中國當代文學呈現高水準的衡量標準，不必也不應該，以獲諾獎作為中國當代文學追求的主要目標——這是筆者特別要說明的）。

在探尋莫言獲諾獎的種種原因時，人們或許比較多的以為，莫言之所以會獲諾獎，原因在於翻譯起了重要作用——因為國內像莫言這樣水準的作家，不下十來個，為何莫言會捷足先登？究其原因，大約是葛浩文的翻譯起了重要作用，由此而使莫言作品得到了包括馬悅然在內的瑞典皇家科學院評委們的青睞。於是，人們從中似乎找到了「機巧」——翻譯太重要了。

應該承認，葛浩文的翻譯確實在莫言獲獎的過程中起了舉足輕重的作用，沒有葛浩文能迎合外國讀者欣賞口味和審美情趣的翻譯，莫言的作品能獲諾獎嗎？——估計很難！這應該是事實。翻譯是什麼？翻譯是語言與語言之間的轉換——將它國語言轉換成本國語言，或將本國語言轉換成它國語言，在這個轉換過程中，要將轉換成的語言，使接受國的讀者能讀懂、理解，並達到欣賞的地步，必須要求做語言轉換工作的翻譯者，不僅能熟練駕馭被轉換國家的語言，還要精通本國（接受國）的語言，使其譯成的本國語言，不光接近原文之意——即所謂「信」，還要讓本國讀者能理解——即所謂「達」，更要讓本國讀者能達到欣賞的地步——即所謂「雅」。這可不是一般懂某國外語而本國語言功力不夠者所能做到的。要能把它國的文學作品，在轉換成本國文字的時

候，極大程度地調動起翻譯者深厚的文字功底和嫻熟的語言運用能力，將原作內容作大致不違其基本旨意的創造性發揮，從而大大提高文字的可讀性，使得被翻譯的作品能深深吸引本國讀者，這本身已經要求很高了，但這還只是問題的一個方面。讀者是否想到，問題還有另一方面，即莫言作品本身的文學魅力，這裡我們暫且撇開莫言小說創作的思想內容問題，對這個問題，國內評論界和讀者有兩種不同看法。〔註11〕單就藝術表現方面說，莫言小說確實達到了相當的高度，在獲諾獎之前，他的小說已數十次獲得國內和國際的各種獎項，其中有些是屬於高層次的大獎，這說明國內外的文學界，對他的小說創作成就有了定評，他的獲諾獎並非完全意外和偶然。從這點上看，實事求是說，中國當代文學要走向世界，藝術水準是非常重要的，沒有或缺乏高超的藝術性，遑論走向世界。這也說明，影響與接受，有其客觀的標準，達不到這個標準，不可能產生人們想像的所謂影響，更談不上接受，這是任何人主觀意向難以左右的。

這讓筆者同時想到了獲得國際高度認可的中國作家麥家的小說。〔註12〕據知，麥家小說在歐美國家獲得殊榮，完全是一個偶然因素所導致，並非麥家本人或國內某個機構採用了某些特殊的手段做了有目的的推銷工作。一位教中文的外國教師，偶然在機場候機廳，因飛機起飛時間延誤，不得不在機場書店隨意瀏覽，以消磨時間，而正是這個隨意的消磨，讓她看到了書架上麥家的小說《解密》，上手一讀，難以作罷，於是毅然買下此書，打算繼續在飛機上閱讀，沒想到，讀完後，這位擅長中英雙語的教授，居然萌生了翻譯全書的念頭，並真的動筆翻譯了。這以後的故事就是——出版社有濃厚興趣，英譯本順利出版，銷量出乎意料的好，於是，外國出版社找到了麥家本人，之後，還有

〔註11〕對莫言小說的內容，國內讀者有不同反響，莫言小說中確有過分暴露中國黑暗、是非不清的成分，對這個問題，本文不擬作具體評述，但必須在此特別注明。

〔註12〕麥家的諜戰小說英文版，在國外的風靡程度，可謂驚人——2014年，《解密》英文版被收入英國「企鵝經典文庫」，這是繼魯迅、錢鍾書、張愛玲之後第四位入選該文庫的中國作家，也是中國當代至今唯一入選的作家。《解密》上市24小時，即創造中國文學作品最好的排名——列世界文學圖書榜22位；之後，排名一度衝進美國亞馬遜圖書榜第20名、世界文學圖書榜第1名，而這之前，中國文學作品的國際銷量排名，極少有進入前1萬名的。《解密》被33種語言翻譯出版，是世界圖書館收藏量第一的中文作品。《紐約時報》《泰晤士報》《華爾街日報》等40多家世界主流媒體，均對麥家的小說予以關注和好評，麥家從此躋身國際暢銷書作家行列。參見【百度】「麥家」條。

了第二部、第三部的英譯本──麥家的小說在國外風生水起了。麥家小說在國際上的一炮走紅,沒有任何中國人主動的操作行為,更沒有幕後的任何其他特殊背景,完全是因小說本身的諜戰題材、獨特編造、奇異想像、生動的人物刻畫、曲折而又充滿懸念的故事情節,打動了翻譯者、打動了歐美讀者。這說明,中國麥家小說的走向世界,完全是靠著其作品本身的魅力,沒有依靠任何的精美「外包裝」,沒有任何作品以外的動作。這就可以說明,中國當代文學走向世界,並非憑文學以外的其他工夫和其他原因,根本的因素,還是靠作品本身的水準和魅力,打動歐美讀者。當然,翻譯在這當中是起了一定作用,但恐怕不是主要因素──因為即便有好的翻譯,前提也要作品本身能打動翻譯者本人,使翻譯者自己被感動,下決心,動手翻譯──這當中應該沒有任何外在功利的誘惑。有人從莫言的成功獲諾獎中,看到了翻譯的重要作用,以為翻譯在其中起了重要作用,便設想實施啟用中外翻譯力量,來做這件事,從而達到將更多的中國文學作品(甚至包括文學研究著作),通過中譯外,使之推向世界。筆者認為,這樣的行動,能否達到效果,恐怕要存疑。從理論層面說,本國的文學作品要輸入他國,首先必須獲得他國讀者的認可和接受,他國的讀者是否對這部作品感興趣,這部作品的內容、藝術表現手法、語言等,能否契合該國讀者的審美習慣,是否會激發該國讀者的審美情趣,是否會引發該國讀者的審美共鳴?實在需要客觀冷靜的對待。也即,輸出國應首先考慮接受國的需要和認可度,作為輸出國,其輸出的文學作品,要盡可能符合作為接受國的主觀需要與主動選擇,而該接受國在接受過程中,還有個辨別、認同、分析、接受、欣賞的過程,這絕非輸出國可以主觀任意想像而予以強加的。翻譯在這個傳遞轉送過程中,確實起了相當重要的作用,問題是充當翻譯的人士,是否對這些作品引起感動?這些要翻譯的作品,不應由輸出國自己來選擇確定,而必須由接受國作選擇,特別是應由翻譯者本人的感動程度來抉擇,選擇他(她)讀過的作品中哪一部作品值得花工夫動手翻譯。

　　中國文學走向世界,這是個很大也很具有重要價值意義的話題。從傳播學的角度看,它無疑是屬於跨國度、跨民族、跨語言、跨文化的傳播,而這與比較文學理論所闡釋的所謂「四跨」乃是完全相吻合的。一國的文化與文學傳播到另一國,其間所借助的渠道和途徑,並非由輸出國(傳者)的主觀意向和依託外在的努力所決定,而是完全取決於輸入國(受者)的本身需求與主觀願望,這應該是傳播過程中一種比較普遍的單向主動吸收流程的形式,這種流程

形式，符合跨文化傳播的基本內涵與框架，也符合跨文化接受的主客觀條件。從比較文學角度說，文學的傳播與接受，必須首先滿足接受者的認同，這個所謂認同，是從接受者民族和文化的審美欣賞角度而言，它實際上首先是對傳播對象的基本認可，在這個基礎上，才能談得上理解、欣賞與接受。沒有這個前提，談不上傳播，更談不上接受。也就是說，一部傳者的文學作品，要讓受者主動積極而不是被動消極地認可與接受，其根本的前提條件，是受者必須主觀上產生興趣，並能激發他（她）產生審美感受，而後才可能談得上對這個傳播對象（文學作品）予以翻譯和加以傳播。

從歷史發展的角度看，中國文學走向世界，經過了漫長的歷史階段，譜下了不少歷史的輝煌篇章，如今，歷史進入到了二十一世紀的今天，我們更需要繼續探討這個充滿誘惑力的話題，以適應並配合今天時代前進的步伐和國力增強的文化傳播和交流需求。問題的關鍵是，我們企望的是要努力做到事半功倍，而不是事倍功半，甚至勞而無功，也即不能一廂情願地做一些勞而無功的事，要真正在打磨文學作品本身藝術魅力方面下大工夫，讓中國以外的世界各國，由對中國文學作品本身濃烈的文學魅力，而產生強烈的輸入願望，由此生發一系列輸入性的傳播效應，才是中國文學真正成功走向世界的標誌。

可見，結論是顯而易明的——唯有作家們大力提高文學作品本身的藝術水準和藝術魅力，才是使中國文學走向世界的最佳途徑，別無它擇。

昨天，中國文學已經走向世界；今天，中國文學要繼續走向世界；明天，中國文學應更高效、全方位地走向世界。中國文學應該也必須，在走向世界的過程中，高度融入世界，讓世界瞭解中國，為世界增光添彩，努力成為中國與世界文學及文化交流與融合的堅實橋樑！

關於漢學研究的思考

　　《國際漢學》編輯部年前開了一個很好的編委會，出發點當然主要是針對如何辦好刊物，提高刊物的辦刊質量，使其在現今的基礎上，更上一層樓。但實際上，大家圍繞的話題，還是如何進一步深入開展漢學研究，讓漢學研究這門學問，無論在國內還是國際，都能再上一個臺階，進一步提高學術的層次和高度。實事求是說，《國際漢學》編輯部在北外校領導的大力支持下，在主編和各位同仁的共同努力下，已經辦出了水平，辦出了風格，從由書代刊進而成為國內一家核心刊物，二十多年的辛勤耕耘努力，已經很不容易了。如今，面對學術研究深入拓展和繼續推進的需要，作為一本學術刊物，自然需要讀者、作者和編者共同努力，進一步提高刊物的辦刊質量。由此，聯繫到漢學研究本身深度與廣度的深入開掘，筆者想到了幾個問題。

　　首先，是如何看待國外的漢學家與漢學成果問題。一般來說，所謂漢學家，應該是在漢學方面卓有成就者，也即，不光是長期從事漢學領域的教學與研究工作，且有著這個學術領域的出色成果。這裡所謂成果，往往包含兩個方面，一是翻譯，二是研究。對海外來說，不管是歐美還是東亞，從事中國古代文化和文學作品的翻譯者，往往居於多數，進一步，則是在翻譯基礎上作深層次的研究，而能提出一些屬於個人獨立見解的，相對比較少，這比較少的學者及其成果，往往正是值得我們重視的漢學家及其漢學成果。但是如果我們不深入瞭解，大多會被一些翻譯作品所迷惑，以為翻譯作品多的就是有成就的漢學家。其實並非如此，筆者在系統研究日本楚辭研究的過程中就發現這個問題。對日本來說，它毫無疑問是世界範圍內的漢學大國，無論歷史還是現狀，憑藉著地理位置的優越和中日交往歷史年代的久遠，日本對中國古代文化和文學

的研究，絕對是全世界範圍最突出的。但是這樣說，並不說明其屬於純學術研究的成果特別多，倘認真地梳理一下，從楚辭研究角度來看，其實占絕大部分的還是作品翻譯，當然，這當中的具體表現形式有多種，有作品的直接翻譯，有翻譯同時加注釋、解說的，還有附加詩人屈原傳記、楚國歷史資料的作品翻譯選本等。而對真正在漢學方面有成就的傑出學者，也要有個客觀的歷史甄別。例如從事楚辭研究的漢學家，日本早期的西村碩園（1865～1924），其學術成果確實不少，既有《屈原賦說》《楚辭王注考異》《楚辭纂說》《楚辭集釋》，其中《屈原賦說》一書考證的精密與規模的宏大，幾乎後代無出其右者，《楚辭集釋》的「私案」部分甚具創新意義，乃畢生心血之凝聚，此外，他還有楚辭文獻的大量收藏，其數量之巨大、價值之珍貴，不光在日本，即便中國本土也罕有其匹。但是，如從日本整個楚辭研究史來衡量，我們不得不看到，西村碩園畢竟所處時代較早，論其學術成就的廣度與深度，似乎還不能稱其為日本楚辭研究史上最高成就者——但有學者卻曾這樣認為。日本楚辭研究的第一人，在筆者看來，迄今為止，應該屬於時間比西村碩園晚幾十年的現代楚辭學者竹治貞夫（1911～1999），他無論學術成果的數量與質量，都要高於西村碩園，具體情況這裡限於篇幅，不便予以展開。應該說，這當中的時間因素，佔了不小比例，因為對竹治貞夫而言，他之前有不少學者的成果可以讓他借鑒參考，這是他能超越西村碩園的有利之處，當然也不能排除他個人在這方面下的巨大工夫。這就告訴我們，當我們在涉足漢學研究時，有時不光要看到第一手資料，發現這個資料本身的實際價值，還要從縱向角度考慮，摸清該國漢學歷史的實際狀況，才可下接近歷史與學術事實的判斷和結論，不可就事論事，從而得出不符合客觀實際的結論。

其次，對漢學成果本身特色或價值的判斷，需要有相當的判斷力，特別是它對我們中國學術研究的參考利用價值究竟如何，不宜匆忙妄下判斷，往往這種匆邃的結論，與客觀事實會相距較遠。當然，這種判斷的成立與否，直接取決於我們對漢學資料熟悉瞭解的程度。舉例來說，美國漢學界整理彙編的中國古代文學作品集子，不止一二部，其價值特色如何，不做些摸索瞭解，恐怕容易產生偏見。例如，美國耶魯大學傅漢思（Hans H. Frankel，1916～2003）編有一部中國古詩選集，書名為《梅花與宮妃》（The Flowering Plum and Palace Lady，1976）。這部集子所選的中國古代詩歌作品，並非一般被中國今天的讀者公認的歷代代表作品，甚至不少遠算不上優秀作品，它們只是由傅漢思本人

按其個人所好而選定,而後加上評點與說解的文字。作為古詩漫談性的古詩選集,可以說,這部集子帶有很濃厚的個人色彩,不光是所選作品,還包括詮釋與評價文字。但在美國漢學界,這部集子卻很獲首肯,認為它對中國古詩的形成及其特色,分析到位、見解獨特,很有閱讀欣賞價值。如果我們僅從中國人的傳統欣賞角度出發,一定會因為它選的不少作品不入流,或不具有代表性,還遺漏了很多我們歷來認為的佳作,而非議甚至輕視它,這就錯了。其實集子中的不少特色表現,很值得我們借鑒:如,以獨特的選家個性化眼光,對所選古詩作了主題類型的各種分類,它完全迥異於傳統的分類法,給今人以耳目一新之感,且很符合詩歌本身內容的實際分類;又如,選家傅漢思以現代西方詩學觀念立論解析,全不受中國傳統注解的束縛,這又別開了生面,頗受西方讀者歡迎和好評;再如,英語翻譯採用直譯與意譯相結合的方式,不改變原詩的語序,盡可能地傳遞了原詩的意蘊與韻味。可見,如果單純從所選作品是否與我們中國傳統認為的佳作標準符合,那我們一定會輕視這部古詩選本,認為它並非一部值得介紹或研究的中國古詩選本。再比如,美國漢學界多年來,問世了諸多中國文學史一類的著作,這些著作應該說各有其特點,也各難免其不足,如果不認真瞭解梳理,很可能會步入誤區,甚至人云亦云,無以擇善,更難以對其作出客觀公允的評價。這些文學史著作包括:柳無忌(1907~2002)《中國文學概論》(An Introduction to Chinese Literature,1966)、劉若愚(1926~1986)《中國文學藝術精華》(Essentials of Chinese Literary Art,1979)、伊維德(Wilt Idema,1944~)與漢樂逸(Lioyd Haft,1946~)合著《中國文學指南》(A Guide to Literature,1985)、梅維恒(Victor H. Mair,1943~)主編《哥倫比亞中國文學史》(The Columbia History of Chinese Literature,2001),以及《新編普林斯頓詩歌與詩學百科全書》(The New Princedon Encyclopedia of Poetry and Poetics,1993)。而在筆者看來,諸多文學史中,要數孫康宜(1944~)和斯蒂芬·歐文(Stephen Owen,1946~)主編的兩卷本《劍橋中國文學史》(Cambridge History of Chinese Literature,2010),更有特色,學術性更強,論述中國古代文學發展的觀點和見解,更顯新穎獨創,自然,其中存在的可以商榷的問題也不少,但相對來說,它較之其他幾部文學史,似乎影響更大些。可見對海外漢學著作,唯有做過一番比較全面的考察和瞭解,方可明曉每部著作的特色與不足,從而作出接近客觀公允的判斷與結論。

由此,筆者想到,對待漢學,包括漢學家與漢學成果,我們務必採取審慎

的態度，要盡可能客觀地看問題，同時需要更多地搜尋第一手資料，並同時全面考察瞭解盡可能詳盡的具體狀況——這才是我們對待漢學研究應取的實事求是態度。

評《哥倫比亞中國文學史》

　　梅維恒（Victor H. Mair）主編的《哥倫比亞中國文學史》（The Columbia History of Chinese Literature），是一部在美國漢學界有相當影響的中國文學史著作〔註1〕，在其正式出版前，雖然已有類似的文學史著作問世〔註2〕，但相較之下，顯然這部哥本文學史（以下均此簡稱），更有特色。它體現在：不同於此前問世的多本類似著作，內容雖與文學史相類，書名卻或為「文學概論」、或為「文學藝術精華」、或為「文學指南」，它則明確標示為——「中國文學史」；該著參與撰寫的人員多達四十多位，且篇幅大、字數多（中文版達101 萬字）；全書涉及的時間跨度大、內容廣泛（自先秦迄二十世紀；廣涉各

〔註1〕 《哥倫比亞中國文學史》，美國哥倫比亞大學出版社，2001 年英語版；中國新星出版社，2016 年中文版。需要特別說明的是，美國《哥倫比亞中國文學史》的英文版出版於 2001 年，英國《劍橋中國文學史》的英文版出版於 2010 年，也即，英文版，《哥倫比亞中國文學史》要比《劍橋中國文學史》早問世近十年，但中文版，《哥倫比亞中國文學史》卻要比《劍橋中國文學史》晚 3 年，三聯書店的中文版《劍橋中國文學史》，問世於 2013 年，而新星出版社的中文版《哥倫比亞中國文學史》，到 2016 年才問世。在筆者看來，如論中國本土（包括臺港澳）以外中國文學史著作的水準與影響，《哥倫比亞中國文學史》與《劍橋中國文學史》這兩部均堪稱代表作，都代表了歐美漢學的高水平，其中，《劍橋中國文學史》雖出版於英國，但該書的兩位主編，以及參與編撰的大部分作者，都是美國學者，英國學者只占少數。有關《劍橋中國文學史》，筆者有專門書評，載《文學評論》，2015 年第 1 期，題為：《文學史研究的啟示與思考》。

〔註2〕 如柳無忌《中國文學概論》（An Introduction to Chinese Literature）、劉若愚《中國文學藝術精華》（Essentials of Chinese Literary Art）、伊維德（Wilt Idema）和漢樂逸（LIoyd Haft）合著《中國文學指南》（A Guide to Chinese Literature）等。

種文學體裁），且打破以朝代為序的傳統文學史格局，改為以不同文學體裁的沿革發展為中心的編撰方式；該著出版後，在美國漢學界乃至國際漢學界都有相當影響。在該著「中文版序」中，主編梅維恒對他主編的這部文學史寫了這樣一段話：「在所有單卷本中國文學史中，最全面完整的當屬這部作品，本書還對散文、詩歌和戲劇等文學體裁的發展提出了不少全新的詮釋。每一章的執筆者都是目前各領域中最權威的學者。——本書都稱得上是可信賴的有用的研究工具。」〔註3〕可見，對自己主編的這部文學史著作，作為專長敦煌學研究的著名漢學家梅維恒，很感自信和自豪。

綜觀這部宏大的文學史（中文版精裝上、下兩大卷），筆者感到，書中確有不少值得引起學界重視的獨特之處和可資借鑒參考的地方，但也有可進一步斟酌、修正之處，本文擬對此談些不成熟的看法，以求教於學界同仁。

一

作為身處西半球美國的漢學家梅維恒，他認識和判斷漢學（中國文學）的最基本點，或謂最顯獨到之處，乃是首先抓住了東方中國與西方世界在語言文字上的根本差異——西方是字母書寫，東方是漢字（方塊字）書寫，兩種完全不同的書寫方式，影響決定了兩種不同的文學表現形式，也進而影響決定了讀者對中西兩種不同文學表現形式的閱讀、理解和欣賞、接受。這充分顯示了梅維恒（及其同仁們）作為西方漢學家的慧眼獨具——正因此，哥本文學史開頭部分的「基礎」一編中，首當其衝的第一章，就是「語言和文字」，梅維恒寫道：本書將「專心細緻地介紹漢語書寫系統的基本元素和特徵，對漢字和漢語根本性質的牢固把握，是準確理解和真正欣賞中國文學的一道堅實基礎。」〔註4〕很顯然，梅維恒的這句話擊中了作為漢語書寫的中國文學的最根本特色，從某種角度說，這也正是中國文學與西方文學乃至世界範圍內其他語系文學的最大不同之處。能夠認識和抓住這一點，正是哥本文學史的重要價值和特色所在，是主編及其同仁們的銳眼所具，也是哥本文學史與其他多種文學史著作的與眾不同之處。

「對漢字和漢語根本性質的牢固把握，是準確理解和真正欣賞中國文學的一道堅實基礎」——圍繞這句話，第一編「基礎」中「語言和文字」一章，

〔註3〕《哥倫比亞中國文學史》「中文版序」，總第1頁，新星出版社，2016年版。以下凡本書中文版引文出處，均只注書名和頁次。

〔註4〕《哥倫比亞中國文學史》，第19頁。

為此作了展開性闡述，其內容，按前後順序，包括：起源和親緣關係——分類——白話與文言——地區性書面白話文的停滯發展——漢字簡史——漢字的特性——中國傳統的語言研究——漢字的審美特性——漢字對文學的意蘊——現狀及其展望——總結。應該說，作為一部專述中國文學及其發展史的史著，開篇即對漢語文字的起源、發展、特性及其研究，作專門的闡述與概括，至少在我們中國國內的文學史著作中罕見——因為就讀者群而言，中國學者編撰的中國文學史，面對的是漢語讀者，一般不大會考慮特別強調突出漢字書寫的特點——即便考慮，也往往是在作中外語言與文學比較的時候，才會予以涉及。而哥本文學史則不然，它面對的是西方讀者，是閱讀用西方字母書寫的文學作品的讀者，他們已完全適應了用字母書寫的文學作品的欣賞習慣，編撰者首先說明並點出漢字（方塊字）這種語言文字的特點和差異，甚有助於西方讀者對東方中國文學的整體認識和把握，這充分體現了梅維恒（及其同仁們）作為西方漢學家的獨特眼光，以及其所編撰的中國文學史的獨家特色。作為一部西方學者集體編撰的中國文學史，其間融合了中西文學的比較與鑒別——即在闡述漢語語言文字的過程中，讓讀者體會到中國文學與西方文學的基本差異和特質，這是這部哥本文學史首先值得高度首肯的與眾不同長處。

　　梅維恒在哥本文學史一書的「引言」中，特別強調了此書的編寫體例與原則，從中可以透出這部哥本文學史特別值得引人注意的特色。首先是，該書將最新的學術成果聚攏在一個大框架中，集眾家之所長——這是因為這部中國文學史，按主編的說法，集中了美國數十所大學從事漢學研究的眾教授，他們各自負責撰寫其所最擅長部分的內容，這無疑是保證全書編寫質量很關鍵的前提。其次，全書的編排方式，兼取了年代與主題，不嚴格按照朝代為序，也不完全棄朝代於不顧，而是以超越時間與文類的全新棱鏡來審視中國文學史，這體現了鮮明的獨家特色，打破了歷來以朝代為序的文學史撰寫傳統。再次，全書的主要目的是揭示中國文學史的核心特徵，其視野，從中國文學的發軔期一直貫穿到二十世紀，力圖作全景式宏微觀結合的觀照——如此，在全景式的年代框架下，進行主題式的探索，應該說，這個編寫原則，確實打破了美國其他文學史著作（包括中國國內文學史）基本按歷史朝代編寫的體例。又次，全書貫穿了主編不少特意關注的主題和議題，如廣義上的思想和宗教（包括儒、釋、道與民間宗教），如何影響中國文學的發展，並在中國文學演變過

程中扮演了何等決定性的角色（如所謂的神鬼現象，乃是中國文學靈感的重要來源之一）。全書中每一章，都盡可能地揭示文學與社會的交織互動關係，以說明文學與社會的緊密聯繫，以及文學是社會政治力量與文學事實之無盡序列的產物，同時，也重視民間文學和地方文學的文體與文類，尤其是漢族與少數民族文學之間的互動。更有，寫中國文學史，將二十世紀的文學也一併予以歸入，目的是為了顯示文學傳統的持續性，以及此傳統在二十世紀的嬗變，而不是將它們有意識地割裂，人為地將文學分割為古代與現代（甚至所謂當代）。〔註5〕

值得注意的是，本書將臺灣、香港、澳門等地區和海外華文文學，也納入了視野之內，並在涉及二十世紀文學的章節中，專門予以專章或專節的述及，如第二十四章「現代詩」，談到了港澳臺的現代詩歌創作及其評價，第四十章，專門論述了二十世紀八十至九十年代海峽兩岸的小說，這些都是本書很不同於其他諸多文學史著作的突出之處。

哥本文學史整體的編撰體系，主要按文體分類，兼顧注疏和批評等。全書正文部分，除「導論」和第一編「基礎」外，上、下卷共六編，分別是：詩歌，散文，小說，戲劇，注疏、批評和解釋，民間及周邊文學。這樣的分類編寫，在筆者看來，有兩個特點：其一是第六編，專述注疏、批評和解釋，第七編，專談民間文學及周邊文學，這在一般國內的文學史中比較罕見，可見編著者對這二個方面的重視。其中第二十五章，專述詩與畫，特別顯得別具一格，文學史著作中專門述及詩與畫的關係，比較少見，雖然從藝術的共通規律來看，這很正常，但畢竟是文學史著作，觸類旁通的內容一般並不在專門闡述的範疇之內。當然，編寫者在這部分內容中主要是就「題畫文學」——題畫詩、畫贊、畫記、題跋等作闡述，其中尤以題畫詩為主，著重說明中國文學與視覺藝術的關係，應該說還是頗顯特色的。此外，文體的各種細分類，在書中各章的分節中可以明顯看到，幾乎中國傳統文學的歷代各類文體樣式，書中都顧及了，讀者都可按章節索驥，找到相關內容的文字闡述。

特別值得一說的是，全書在「導論」後、正文前，特意安排了第一編「基礎」，筆者以為，這一編的安排，應該是體現主編的慧眼之處，這實際上是重點突出了中國文學史中特別需要西方讀者重視，及與西方文學史不同或應引發西方讀者注意的特點，它們包括——語言和文字、神話、早期中國的哲學和

〔註5〕參見《哥倫比亞中國文學史》「引言」和「序」兩部分內容。

文學、十三經、《詩經》和古代中國文學中的說教、超自然文學、幽默、諺語、佛教文學、道教作品、文學中的女性。筆者以為，這部分「基礎」所述，大多點到了中國文學（主要是中國傳統文學）不同於西方文學而顯特別獨特的地方，包括思想內容和藝術表現形式，其中尤其是語言和文字（上文已述及）、神話、儒家經典與說教、佛教與道教的文學作品等。顯然，主編的考慮很周到，他著眼於西方讀者的需求，雖然還不夠全面，但已經夠具特色了。如第六章「超自然的文學」，專述奇異生靈文學和志怪文學，這部分內容雖然在文學史的其他部分都有涉獵，例如先秦的楚辭、六朝的志怪、唐傳奇和變文、元明戲曲、以及明清白話小說等，但主編有意在此專列一章，應該說對突出中國文學的特點，讓西方讀者清晰瞭解甚有益處，書中說道：「縱觀中國文學史，超自然元素在各種文學體裁中四處可見。在不同文學體裁中，它具有不同的重要性。它是古典古詩中的突出主題，也是白話小說戲曲中的重要主題，詩歌中的一種特種模式。每種文學體裁都探索了超自然的不同疆域。」〔註6〕

「基礎」編的「文學中的女性」一章也很顯特色，書中寫道：「囊括性別因素作為一種文學分析範疇，應用女性觀念來創造一種探索所有文學形式中的語言和邏輯的新修辭模式，都已成為現代文學批評中最具活力也最具啟發性的概念性路徑。」〔註7〕這一章著重闡述中國文學中男性筆下的女性和女性筆下的男性雙重主題，集中討論四個核心問題——1. 上古時代男性作家筆下的女性；2. 中古時代男性筆下的女性；3. 從古典時代到現代，女性作品中對女性的自我呈現；4. 戲劇和小說中的女性形象。除此之外，還對男性作家在促進女性文學中的作用，以及男女作家作品中可見的性別平等問題作客觀評價。應該說，這樣的集中探討、闡述中國歷代文學中的女性問題及其創作現象，很富有特色和個性，值得肯定。更值得重視的是，本書的編寫者，視野十分開拓，不僅僅停留於中國一域，在闡述中國文學的過程中，還有機地引入了中西比較的眼光和內容，在闡述中國文學特點及發展中，將話題引到與西方的同類文學作比較和對照。這裡，我們不妨引些例證，例如，談散文修辭的一章——第六編第四十三章「前現代散文文體的修辭」，這是全書最典型體現中西比較特色風格的一章。作者很擅長運用現代化的語彙，在中西比照的語態下，闡發中國散文的修辭特色，書中寫道：「相對於拉丁文和希臘文文體中的直接而主動的

〔註6〕《哥倫比亞中國文學史》，第119頁。
〔註7〕《哥倫比亞中國文學史》，第209頁。

自我判斷，中國散文文體風格具有禮貌柔和的試探性。這一有用的概念，可以幫助我們捕捉到中國散文文體風格的特質。古希臘喜劇中因剛愎自用而鑄成的大錯與中國文學文化中的主流格格不入，雖然並非完全缺席。古希臘悲劇中那種令人動容的追尋式情感的清晰流露，也同樣如此。柏拉圖筆下的蘇格拉底那種永不疲倦的探索、咄咄逼人的說辭，以及亞里士多德或塞克斯都・恩披里克（Sextus Empiricus）筆下無所不在的盛氣凌人的權威語氣，在中國文學文化中也很難找到。」〔註8〕「如果考察古典希臘和拉丁文學以及被這一古典遺產所塑造的基督教文學傳統，從中國傳統的眼光來看，無疑它們都失之於不可自拔的過度直白，因此最終在審美和修辭上是很粗糙的。這並不是因為西方傳統中做不到精微和謹言，而是哪怕是一位博學通識的傳統中國學者，在大量研習希臘拉丁原著之後，以中國的標準來看，他也會感覺到由於理論浮誇以及理論定位上的教條主義，西方文學中的精微感具有災難性的趨勢。中國傳統修辭美學的核心在於飄逸輕盈的思想碰撞，一種作為文化調味品的審美和反思感，一種留下言外之意的敏銳感。」〔註9〕讀這部分關於前現代散文修辭的論述，讀者是否感到此章編寫者的文筆特別飄逸瀟灑，中西散文特色比照的文字，在他的筆下揮灑自如，語言輕靈而意蘊不淺，與其他篇章的文筆似有不一而獨具異彩。他通過精細比較而下的結論，無疑也是令人信服的：「古希臘的散文文體風格具有一種外向、喜交流的爭辯性和個體的表達性，這二者在中文裏是被減弱和隱藏的。現存的中文古典文獻以及它們試圖達到的各種散文文體風格理念都有一個共同的重要趨勢：它們趨向於在根本上個人層面的節制，以及無處不在的精緻。」「中國傳統的散文文體風格，因此以微言大義的方式，以在哲學和人類學上深邃的方式，與古希臘和羅馬的散文文體風格區別開來。這些區別有助於我們確定中國傳統文學文化的特徵。」〔註10〕筆者以為，如此有意識地作中西比較，並輔之以優雅的文筆，得出可以令人信服的觀點，在全書中似不多見。

　　書中不少章節中一些精闢的觀點和看法，也很值得肯定，不乏西方漢學家的慧眼卓識。如，對中國古代作家創作動機的闡發，編寫者認為，在中國文學史上，文章與官吏的緊密關係可謂貫穿文學史的始終，作家的創作往往或

〔註8〕　《哥倫比亞中國文學史》，第 976 頁。
〔註9〕　《哥倫比亞中國文學史》，第 977～978 頁。
〔註10〕　《哥倫比亞中國文學史》，第 1001 頁。

幾乎都在直接或間接地為國家的道德和政治需要服務，真正的所謂「純文學」
或「為文學而文學」觀念的形成，大約要在佛教美學來臨之際，也即，魏晉及
其後時期，文學的非實用主義才開始得到系統的欣賞、審視和提倡，文學才
真正進入了自覺意識時代。又如，編寫者認為，一直到賦的實際演變過程中，
中國文人文學的公共實用主義使命和追求創造性表達的個人願望之間，才達
成了微妙的平衡。再如，主編特別看到並點出了，中國文學發展具有動態的發
展過程——這裡所謂動態，指非靜止的單向的文學書寫，而是在文學的描述
中，涉及了白話和文言、漢族與少數民族、各種宗教如佛教、道教等的融合
與碰撞、男性與女性的多種聲音的糅合和張力等，從而使得中國文學的發展，
具有了與世界其他國度文學不同的發展脈絡和軌跡，形成了自身獨特的風格
特色。〔註11〕

　　鑒於上述，我們可以認為，這部哥本文學史，總體上確是一部值得高度首
肯、具有獨特風格特色的西方漢學著作。

二

　　當然，作為一部完成於眾人之手的集體編著，儘管主編花費了不少心力，
各位撰寫者也付出了辛勤的勞動，但畢竟這是一部數量龐大、涉及面廣的漢學
著作，總會有力所不逮之處，為此，我們中國學者不能苛求。在充分肯定此著
特色與成就的同時，筆者感到，也應實事求是指出一些書中存在的比較明顯的
問題與不足，以資引起編寫者和學界的重視。

　　由於中國文學的歷史發展本身，時間漫長、作家作品眾多、涉及的各種問
題和現象太多，因而即便像哥本文學史這樣集體精心編寫的鴻篇巨製，也還有
難以周到顧及的遺憾——何況本書還容納了二十世紀的文學內容，用中國學
者的眼光來看，這是將中國古代文學史和中國現當代文學史合二為一了，難度
和篇幅都大大增加。這就帶來了比較明顯的問題，即書中一些述及文體的具體
章節，有些部分給人感覺似言猶未盡，顯得敘述較為簡單了些，這些篇章在評
述的深度和廣度上，似還可再用力。如，談「騷、賦、駢文和相關體裁」的第
十二章，涉及了三種以上文類體裁，包括了楚辭、漢賦和六朝駢文，以及相關
的文體，感覺全章闡述的文字，份量上稍弱了些，相對比較簡單。此外，作為
一部專談中國文學史的著作，雖然意在打破朝代的約束，但整體上還是顯得有

<hr>

〔註11〕本段引述參見《哥倫比亞中國文學史》「導論」部分。

些不規範——書中既有朝代系列，又有公元世紀，中西紀年混雜，顯得不倫不類，如，第二編「詩歌」中，有唐詩、宋詩、元詩，也有十四世紀的詩、十五至十六世紀的詩、十七世紀的詩、十八至二十世紀早期的詩，這些同時出現在同一部著作的同一編中，似欠規範。

第一編的「基礎」部分，確實是全書的一個亮點，用醒目的安排，專門予以突出，以引發西方讀者瞭解和把握中國文學史的核心內容及其與西方文學的不同之處——這是主編的精心設計。但這當中也有欠成熟的考慮和安排，例如，第三、四、五這三章，分別述及早期中國的哲學與文學、「十三經」、《詩經》和古代中國的說教——單看標題，就能看出，這三部分內容明顯有交叉重合處：早期中國的哲學和文學，這個早期，應該主要是指先秦時代，其中其實已包含了十三經的不少經，自然也包括了《詩經》——而這個早期的含義，延伸到兩漢——書中實際敘述如此，這些「經」大部分的編定時間是在西漢，那就把「十三經」的時間和內容全部都包括了；而古代中國的說教，實際與早期中國的哲學與文學及「十三經」（包括《詩經》），都有關係，不能單說《詩經》與古代中國說教有關，「十三經」中的其他不少「經」，其實與古代中國的說教也有關係，但遺憾的是，書中實際談到的內容，似乎對古代中國的說教這個話題，涉及甚少。筆者以為，書中這三章的標題內容，實際上難以截然分割，無論時間順序上，還是內容聯繫方面，現在這樣的分為三章，顯得邏輯上有些混亂，內容條理劃分不清晰。此外，特別要指出的是，中國的早期，即先秦時期，文史哲並不分家，其時人們的習慣意識，並無哲學、歷史、文學的明顯分家，特別是文學，還遠沒有單獨成為一門學科的意識，這是應該在「基礎」中予以特別指出的。還有，本書下卷的第六編第四十四章，專闢了「經學」一章，筆者以為可以將此章與上述「基礎」部分的第三、四、五章融合，聯繫統合，分清條理，清晰闡述，從而將問題說得更清楚些。現單看目前書中所寫的「經學」部分，似乎量上顯得單薄了些，僅占 7 頁篇幅，而「經學」實際上並不屬於文學的範疇，它是一個獨立的學科，或可劃歸史學，如為了說明中國儒家經典與文學的關係，建議可將這部分「經學」的內容安排在「基礎」編，與第三、四、五章打通，重新組合，分章協調，統合說明，感覺可能會更好些。

全書在下卷第七編的最後三章，安排了中國文學與周邊國家關係的內容——分別是朝鮮、日本、越南對於中國文學的接受。作為一部國別文學史，應單述該國文學的發展歷史，不必引入與外國（周邊國家）的關係。如從開拓讀

者視野、擴大論述範疇，特意引入其與周邊國家文學關係的內容，理論上應該不失為一種獨創，既可以拓展讀者的閱讀視野和歷史眼光，讓人們認識該國文學與周邊國家文學的關係，也可以豐富全書的內涵。但如從中國文學史這個專題本身來看，筆者以為，這部分內容的加入，其實是有些多餘的：一方面，從中國文學本身來說，它對周邊國家文學的影響，實際上不止這三個國家，還可包括東南亞地區（如泰國、馬來西亞等國），甚至還可包括中亞地區和印度等，它們之間歷史上確有文化與文學的交流與影響；另一方面，此書撰寫的對象是中國文學史，實際內容應該主要限於中國文學史的範疇，真要涵蓋中國文學史之外，包含與周邊國家的中外文學關係內容，是否可另外專列一編，或作為全書的附錄，與正文分列，這樣是否更妥當？因為畢竟周邊國家對中國文學的接受，屬於另外一個主題，它並不在中國文學史的範疇之內，將其與中國的民間文學合為一編予以專述，是否欠妥？

比較兩部歐美版中國文學史

　　世界範圍的漢學研究，三個國家和地區堪稱重鎮——日本、歐洲、美國。從時間上來說，日本毫無疑問是領先者，歐洲則屬於後繼者，包括法國、英國、德國等，美國自然崛起得最晚；但從整體研究隊伍和研究成果來看，三個重鎮在不同歷史階段各具不同特點，可謂各有千秋、難分軒輊。作為漢學研究分支之一的中國文學史研究，日本早在二十世紀初葉即已問世多部《支那文學史》類著作，歐美雖然時間上後於日本，卻也後來居上，二十一世紀初的歐美，推出了頗具影響力的超百萬字的中國文學史著作，這就是本文擬作粗略比較的《哥倫比亞中國文學史》和《劍橋中國文學史》。

　　這兩部文學史的英文版和中文版問世時間略有交叉——《哥》本英語版出版於 2001 年的美國，《劍》本英語版出版於 2010 年的英國，兩者相距近十年（以下均以《哥》本《劍》本簡稱）；但中文譯本《劍》本卻比《哥》本早了三年，分別是 2013 年和 2016 年。

　　兩部文學史編撰者的主體基本是美國學者：《哥》本主編，賓夕法尼亞大學教授梅維恒，參與編撰者清一色的美國學者；《劍》本，上卷主編，哈佛大學教授斯蒂芬·歐文（宇文所安），下卷主編，耶魯大學教授孫康宜，參與編撰者大多是美國學者，少數英國學者。

同中有異

　　兩部歐美版中國文學史，都系統敘述中國文學的發展歷史，同中也有異。

　　首先是整體框架的設計與編排。《劍》本主編在接受劍橋大學出版社的編撰任務時，有一個明確的意念，反對將文學史寫成以文體分類的史著，而偏偏

《哥》本正是一部以文體分類的文學史——整部書按詩歌、散文、小說、戲劇等文體分類。在這一點上，似乎《劍》本就是衝著《哥》本來的。《劍》本主編認為，按文體分類撰寫，會割裂各類文體之間的內在聯繫，體現不出作家能從事多種文體創作的綜合風格特點。為此，《劍》本主編採取整體性文化溶入文學史的方法，即努力寫成文化文學史，不按往常文學史的模式圍繞作家個體展開敘述，從而成為一部非同一般文體類的文學史。

其次是令文學史研究者歷來頭痛的分期問題，這個問題，關鍵在於能否擺脫歷史朝代的傳統束縛。作為一部文學史著，固然不能脫離歷史發展演變的軌跡，但畢竟文學史是圍繞文學展開的歷史，不是純歷史著作，如果完全圍著歷史朝代轉，沒有或看不出文學本身的發展線索，那就談不上真正的文學史了。為此，兩書主編都力圖改變完全按歷史朝代順序敘述的方式。但實際做法上，《哥》本兼取年代與主題，不嚴格按歷史朝代為序，也不完全棄朝代於不顧，在全景式的年代框架下，作主題式的探索。而《劍》本則打破傳統慣例，努力按文學自身發展的固有線索闡發，於是，先秦與西漢緊連，西漢與東漢分離，西晉與東晉分隔，東晉與南北朝、初唐相連，晚唐與北宋前期掛鉤，明代的 1375 年作為上、下兩卷的分隔年，等等，打破了傳統文學史的歷史朝代一統格局。

在中國文學史的研究中，有一個很重要而往往被中國學者忽略的問題，即，我們的文學史研究對象和所涵蓋的實際範圍，究竟是哪些地域和人群？也即，今天所謂的「中國」文學史，這個「中國」指的範圍是什麼？是否包括漢族以外的 55 個少數民族？是否包括港澳臺地區？是否包括海外的華人華僑？這是個很值得引起重視的問題。以今天流傳於市面上的諸多中國文學史著作看，雖然書名皆稱為「中國文學史」，實際內涵卻並不包含所有的中國人，書中述及的多是漢族人用漢語書寫和創作的文學史，很少或幾乎不包括用少數民族語言文字書寫和創作的其他 55 個民族的文學，也很少或幾乎不涉及港澳臺地區文學，更遑論海外華人或華僑的文學創作了（後者主要指現當代文學）。《哥》本和《劍》本兩部中國文學史，都注意到了這個問題，他們認為，中國文學史無論在理論上還是實踐上，都應該包含漢族群體和少數民族群體，以及香港、澳門、臺灣，乃至境外的華人群體，這樣做，才符合「中國文學史」的本質定義。

對漢字和漢語根本性質的牢固把握，是準確理解和欣賞中國文學的一道

堅實基礎，這是兩部歐美文學史都十分重視的一環。兩書都在全書的開頭，開宗明義地闡述了這個問題。比較起來，《哥》本在這方面似乎用力更多，花費的文字也多，闡述的面也廣，該書第一編「基礎」中，專設了「語言和文字」一章，從多角度予以詳盡闡述，內容包括漢字簡史、漢字的特性、白話與文言、漢字的審美特徵、漢字對文學的意蘊等。作為專述中國文學及其發展史的史著，開篇即對漢語文字的起源、發展、特性，作專門闡述與概括，至少在我們中國國內的文學史著作中罕見，編撰者特別說明並點出了漢字（方塊字）的特點，以及它與西方字母文字的差異，這甚有助於西方讀者對東方中國用漢字書寫文學的整體認識和切實把握，從而真正體會中國文學與西方文學的差異與特質。

異中有同

兩部文學史的立足點和視野確有差異，寫法上也不盡一致，但在這些不同中，我們仍可清晰看到它們的異中之同——這同，即兩書的編撰者都有自己獨到發揮的地方，或謂獨創見解，其所論所見不乏精彩之處，這些精彩論斷，體現了兩書編撰者的潛心研究成果，值得中國學者借鑒參考。

例如，將中國文學發展史歷來的劃分——古代、近代、現代、當代，完全打通，使之融會貫通，匯成一統，渾然一體，這是兩部文學史共同的特色，這甚便於對中國文學生生不息、沿襲不斷特徵的充分展示，也有利於傳統與古代文學的互為回應、互相聯繫、前後對照，俾助於認識古今演變的內在聯繫及其規律。

《劍》本特別提出了文學作品的傳播與保存問題，這很大程度上會影響到文學作品在文壇上的知名度，從而波及其在文學史上的受眾面和影響力。這當中，早期階段是後世的評判與價值取向起主要作用，而後期階段則大多借助於印刷文化的傳播手段，這是非常重要的傳播工具，在宋元及其後尤顯突出，甚至直接決定了作品與文學家在文學史上的影響力與知名度。

如何看待中國古代作家的創作動機，《哥》本認為，在中國文學史上，文章與官吏的緊密關係可謂貫穿文學史的始終，作家的創作往往或幾乎都在直接間接地為國家的道德和政治需要服務，真正的所謂「純文學」或「為文學而文學」觀念的形成，大約要在佛教美學來臨之際，也即，魏晉及其後時期，文學的非實用主義才開始得到系統的欣賞、審視和提倡，文學才真正進入了自覺

意識時代。這個看法，應該說比較符合中國的歷史和時代的客觀現實。

《劍》本有「文化唐朝」一章，不僅別出心裁地將初唐剔出（劃歸南朝），將中、盛、晚唐合為一體，還將北宋的開朝六十年也劃進唐朝，這在中國學者撰寫的文學史中是不可思議的。對此，編撰者作了如此解釋：「北宋文學特有的『宋代』風格，其形成階段並沒有出現在王朝建立的 960 年，或是接近於這個時間的任何時段。換言之，北宋，是王朝更迭與文學發展時間上明顯不同步的一例，推翻了時代與文學二者在中國文學史上攜手並進的這一普遍假設。新王朝的確最終形成了自己獨特的文學風格，但直到 1020 至 1030 年代，這一新風格才開始出現，此時距北宋建立幾乎已有兩代人的時間之久。」這是非常有說服力的論斷，點及了該書主編所主張的意圖——文學史應打破歷史朝代的傳統框架，按文學本身發展的軌跡劃分階段，而北宋正是最有代表性的個案。

兩書都可見到有意識作中西文學比較的案例，雖然只點到即止，沒作展開性論述，但這做法本身，對於讀者，尤其是西方讀者，無疑是非常有啟發作用的，因為西方讀者由此可展開自然的聯想，有助於他們對中國文學的理解和把握。如，談到《詩經》「大雅」時，與古希臘荷馬史詩作比較；認為明代中葉的文學不比歐洲文藝復興遜色；將《金瓶梅》手抄本流傳與定稿過程和《聖經》及莎士比亞作品的定本類比；將中國古代傳統的散文文體風格與古希臘羅馬的散文文體風格作對比；等等。

瑜中有瑕

兩部歐美版中國文學史雖說在海外漢學領域具有相當影響力，但認真閱讀，發現遺憾之處也難以避免，這是作為中國讀者必須正視的。

《劍》本由於淡化了文類，一些在文學史上出現的特別具有特色的文類，有的便相應地難以覓得其在文學史上應有的蹤影。比如在中國文學史上曾經出現，且在後世仍有相當影響，但歷來被文學史界所重視不夠的文類——賦，《劍》本對它的描述和評價，出現了前後敘述矛盾、文體特徵判斷失誤的現象。該書第一章在談到賦時說，漢代盛行的詩歌類型是賦，西漢的賦涵蓋了詩歌的所有形式和主題，而第三、第四兩章的說法卻不一樣，認為賦屬於散文，或屬於特別文體類。很顯然，三章的三位編撰者對賦文體的看法和認識判斷不一致，導致了同一部文學史中出現對某一特定文類文體特性及其歸類的分

歧。究實說,賦這個文體,雖然源之於詩,但畢竟與詩和辭有區別,它的文體特徵是非詩非文、亦詩亦文、半詩半文,講究文字的整齊句式和節奏,但不押韻,大類上應歸於散文,但又不完全同於散文,按今天的文體分類標準看,有點類似現代的散文詩。

《哥》本第三、四、五章,分別述及:早期中國的哲學與文學、「十三經」、《詩經》和古代中國的說教。這三部分內容,明顯有交叉重合處:早期中國的哲學和文學,其實已包含了「十三經」的部分「經」,自然包括了《詩經》;而古代中國的說教,實際與早期中國的哲學與文學,以及「十三經」,都有關係,不能單說《詩經》與古代中國說教有關;而「十三經」中除《詩經》以外的其他不少「經」,其實與古代中國的說教都有關係。這三章內容,實際上很難截然分割,無論時間順序上,還是內容聯繫方面,現在這樣將其分為割裂的三章,邏輯上明顯混亂,內容條理劃分也不清晰。還有,《哥》本下卷第六編第四十四章,專闢了「經學」一章,其實「經學」並不屬於文學的範疇,它是一個獨立的學科,或可劃歸史學,如為了說明中國儒家經典與文學的關係,可將這部分內容與第三、四、五章融合打通,重新組合,分章闡述,統合說明,或許會更好些。

因為是集體的編著,無論《哥》本還是《劍》本,都比較明顯地暴露了體例上的不統一和不規範,這無疑給兩書各自的完整性和統一性帶來了遺憾。比如兩書的目錄部分,各章的標題寫法不統一,大多循著歷史朝代順序,有些卻標上了世紀,有的還按年代標題。尤為甚者,《劍》本上卷第三章,章標題是「從東晉到初唐」,而章以下的節標題,居然全部是「世紀」,完全不中不西、不倫不類。《劍》本章節標題列出的作家和作品,也多有失誤,如曹操、建安七子居然未入章節標題,杜篤和馮衍卻入了,而《文心雕龍》《詩品》這樣重要的文學理論代表著作,竟然章節的標題中未見,這在中國學者編撰的中國文學史著作中絕對不可能出現。

話再回到開頭部分。對於海外漢學,實事求是說,確實對於我們今天研究中國傳統文化與中國文學史,有很大的啟發意義與借鑒作用,應該引起學界的重視。但問題還有它的另一方面,這些年來,在學界,不免有些西化的傾向,過分地渲染西方,漢學研究領域也有存在。筆者讚賞耶魯大學孫康宜教授的態度,她曾說,不能只注意西方理論會給中國文學帶來新視角,而很少想到中國的文學研究成果,也能為西方批評界帶來新的展望;東西方文化的影響是雙向

的，不是單向的，在西方人眼中，這種影響往往是由西向東的單向，中國文化常常被忽略為「他者」──這是必須改變的不正常現象。這話說的非常好。我們在閱讀和比較《哥倫比亞中國文學史》和《劍橋中國文學史》兩書時，也應取這種實事求是的態度。

葉嘉瑩的詩詞創作與鑒賞

  現年 96 歲的葉嘉瑩，至今還活躍在她自幼喜愛的古體詩詞創作和鑒賞的領域，她以自己靈動的健筆和得天獨厚的天賦口才，為傳播中國優秀傳統文化，為弘揚中國民族文化遺產，奉獻了自己的大半生心血與傑出才華。

  葉嘉瑩畢生喜好中國古代詩詞，自幼及長，直到老年，她始終不離古體詩詞——從閱讀創作，到鑒賞研究，近一個世紀的人生道路，幾乎都走在這條令人驚羨的詩詞之路上——讀詩詞，寫詩詞，誦詩詞，講詩詞，研究詩詞——成果豐碩，著作等身，業績驚人，譽滿全球。

早年創作起步

  葉嘉瑩與古代詩詞的正式結緣，起步於她早年的古體詩詞創作，這是她的天性使然，也是她的興趣所致，她一接觸中國古代詩詞，即在濃烈喜好的同時，萌生了強烈的創作欲望，並將這種欲望迅即付諸於了筆下——古代詩詞的豐厚蘊含、美妙感發和廣博世界，不僅使她深深著了迷，且同時產生了試圖通過自己的筆，來抒發內心深切的感慨、澎湃的激情和強烈的衝動，這就湧現了大量的古體詩詞創作作品，從而奠定了她詩詞人生第一階段的基石。

  據粗略統計，葉嘉瑩在她詩詞人生的第一階段——從 15 歲開始，到 30 歲出頭，十六、七年間，共創作了近 200 首詩、詞、曲作品，包括詩 104 首（63題）、詞 52 首（43 題）、曲 13 首（小令）、套曲 8 組，這些作品包括了五、七言絕句、五、七言律詩、排律、詞、小令、套曲等多種藝術形式，內容上則涵蓋了寫景抒情、詠物感時、歎今懷古、喪母悲悼、師友唱和等多層面和多角

度，這個時期的作品幾乎佔了她迄今為止整個創作的三分之一。〔註1〕

　　1939年，正值15歲豆蔻年華的葉嘉瑩，寫下了她人生堪稱第一首的七言絕句——《秋蝶》：

　　　　幾度驚飛欲起難，晚風翻怯舞衣單。

　　　　三秋一覺莊生夢，滿地新霜月乍寒。〔註2〕

這起步的第一首絕句，就顯示了不凡的才氣，讀者初次讀之，絲毫不會感覺到這是出自一個15歲少女之手的詩篇。同年，她還創作了七絕《對窗前秋燈有感》和《小紫菊》，充分顯示了其早歲超人天賦和對詩詞獨特的感悟與創作能力。

　　此後，高中畢業時寫下的《高中畢業聚餐會後口占三絕》，已顯示了她能自如地駕馭詩詞的格律規則，並同時盡情表露個人的意趣、閱歷和對生活的觀察力。試讀《口占三絕》之三——

　　　　握別燈闌夜已分，一彎斜月送歸人。

　　　　他年若作兒時憶，回夢春風此最真。

很顯然，詩篇抒發了她高中畢業其時其地的真情實感，語言真切，描畫形象，特別「一彎斜月送歸人」句，猶如一幅寫真畫圖，寄寓了同學之間真切的深情厚誼，須知，此時的葉嘉瑩，只是16歲的少女啊！

　　這位豆蔻少女，還同時寫下了令人激賞的詞作《如夢令》——

　　　　山似眉峰愁聚，水送春隨人去。一棹剪江行，多少綠楊迷路。

　　　　何處。何處。不見桃源前渡。

　　這樣的詞作，竟然出自16歲少女之手，實在令人擊節歎服！此詞即便放在古人詞作中，恐怕也難辨真偽——沒有相當的詞學功底，沒讀過相當數量的古人詞作，絕寫不出如此佳作！

　　不僅如此，她17歲時寫下的《晚秋偶占》，幾乎會令人懷疑作品乃出自老年詞人之手——

　　　　少年何苦學忘機，不待人非己自非。

　　　　老盡秋光無一事，坐看黃葉下階飛。

類似的詩句還有，如「萬里征帆孤枕上，夢隨明月到揚州。」（（《昨夜》）「分

〔註1〕　參見徐志嘯著《華裔漢學家葉嘉瑩與中西詩學》，學苑出版社，2009年版。
〔註2〕　本文所引葉嘉瑩的詩詞作品，均參見《迦陵詩詞稿》，葉嘉瑩著，河北教育出版社，2000年版。此處特別注明，以下引用均不另出注。

明夢到蓬山路，尚隔蓬山幾萬重。」（《寒假讀詩偶得》其二）讀者諸君是否感覺，讀這些詩句，猶如讀李清照作品，而實際的創作者，竟然是一位年僅 17 的妙齡少女？！

正因為如此，妙齡少女的激情才華，引發了她的老師——才富德高的顧隨先生的激賞，師生之間居然開始了一唱一和，從而譜下了難得的師生情之佳篇。先是葉嘉瑩先後創作《聆羨季師（顧隨）講唐宋詩有感》、《讀羨季師（顧隨）輦詩有感》、《題羨季師手寫詩稿冊子》，後她又直接將其所作《晚秋雜詩五首》奉呈顧隨先生，本意是懇請先生斧正，卻不料，顧隨先生讀後，竟然步其韻而作和詩六首《晚秋雜詩六首用葉子嘉瑩韻——顧羨季》，這大大促發了葉嘉瑩的詩興，激勵她奔湧出了更多的佳作。

不光如此，20 歲時的葉嘉瑩，已能輕鬆駕馭不太易掌控的套曲，寫下了多組套曲，如《正宮端正好》、《仙呂賞花時》、《雙調新水令》等，顯示了她不同凡人的出眾才能。例如《正宮端正好——二十初度自述》開頭寫道——

　　才見海棠開。又早榴花綻。春和夏取次推遷。一輪白日無人挽。
消磨盡千古英雄漢。

隨後緊跟著的曲調是《滾繡球》、《倘秀才》、《叨叨令》、《尾煞》。整組套曲首尾完整，合轍押韻，語詞精美，一氣呵成，充分表達了年方二十的妙齡女子「初度自述」的豐富情感與複雜心緒。

葉嘉瑩詩詞人生的起步，是詩詞創作，這是由她的天性和興趣所致，自此，她開始了畢生幾十年與詩詞作伴的人生，並以此抒發人生道路上的波折起伏、喜怒哀樂，她藉詩詞而寄託自己豐富複雜的情感世界，給讀者留下了其生平經歷的生動記錄，也以此映襯了時代與社會，成為了人生與歷史的真實寫照。

創作與鑒賞並舉

如果說，葉嘉瑩畢生的詩詞道路可分為三個大階段的話，那麼，創作起步是其第一階段，創作和鑒賞並舉是第二階段，第三階段則是創、賞、研三結合——研究略佔了上風。（由於葉嘉瑩主觀上並不希圖刻意追求詩詞的理論研究，她畢生嚮往並喜愛的，是詩詞創作和詩詞鑒賞，故本文不擬對第三階段的創、賞、研三結合做展開性敘述，僅於此點及而已——特別說明。）

導致葉嘉瑩詩詞道路第二階段創賞並舉的開啟和形成，乃是因為生活所

需的教書工作，若不是為了維持生計的教書，或許葉嘉瑩的創作會一直走下去，從而成為一個終生與古體詩詞創作為伴的詩人和詞人。但現實生活的逼迫和需要，她不得不，但也是後來自己實際真心的喜愛——使她成了一位專門教授中國古代詩詞的大學教授。教書，成了她這輩子終生的職業和喜好——從北京到臺北，從中國到美國、加拿大，從中學到大學——三十歲以後，她幾乎沒有離開過三尺講臺，直到七十歲在加拿大正式退休，回到祖國，來到天津南開大學，還繼續著她的教書事業——教中國古代詩詞，做中國古代詩詞的普及與提高工作。她說，她天生喜歡教書，教書是她的天職，也正由於教書，使她由詩詞創作而邁向了詩詞鑒賞，並自然而然將詩詞創作和詩詞鑒賞並舉——雙管齊下、齊頭並進。

第二階段，一方面，葉嘉瑩無論在生活中或工作中，只要有興發感動，只要有情感需要，她仍然會拿起筆，用詩或詞的形式，表述傾訴，自然而然地，這一階段（三十歲以後）詩和詞寫得多了，曲則幾乎不寫了，收錄在《迦陵詩詞稿》中的作品，《一集》的後部分和《二集》中的全部，都是詩詞作品。這些作品，比起第一階段的作品，顯然記錄人生滄桑和生活感慨的情感內容，大大濃於了第一階段，特別是喪母和喪女的精神打擊，以及社會動盪與家庭遭難的艱苦經歷，在她的詩詞中留下了真實的記錄，而對祖國的懷念和希望回國的熱切願望，又在詩詞作品中處處流露，其中特別是《祖國行長歌》、《大慶油田行》、《哭母詩八首》、《哭長女與婿罹難詩十首》、《紀遊絕句十一首》、《紀遊絕句九首》等，以及書贈國內師友與互相唱和的諸多作品，在在可見她心緒之坦露、情感之再現、胸懷之展示。例如，作於 1978 年春的《向晚二首》，小序寫道：「近日頗有歸國之想傍晚於林中散步成此二絕」——

> 向晚幽林獨自尋，枝頭落日隱餘金。
>
> 漸看飛鳥歸巢盡，誰與安排去住心。
>
> 花飛早識春難駐，夢破從無跡可尋。
>
> 漫向天涯悲老大，餘生何地惜餘陰。

緊接《向晚二首》，她又寫了二首，題目直接寫道：《寫成前二詩後不久接國內友人來信提及今日教育界之情勢大好讀之極感振奮因用前二詩韻再吟二絕》，其二寫道——

> 海外空能懷故國，人間何處有知音。
>
> 他年若遂還鄉願，驥老猶存萬里心。

拳拳愛國思鄉之情躍然紙上，而類似抒發這種情感的詩詞作品，在《迦陵詩詞稿》中幾乎隨處可見。

第二階段的另一方面，自1956年開始，因應邀在臺灣作文藝講座，第一次講五代和北宋的詞，她寫下了第一篇關於詞鑒賞的文章《說靜安詞〈浣溪沙〉一首》，並進而又寫了鑒賞詩的文章《從義山〈嫦娥〉詩談起》，這是她從創作詩詞同時開始鑒賞詩詞的標誌（當然繼續創作，雙管齊下）。兩篇鑒賞文章都從主觀鑒賞角度出發，以感發為主的說詩方式，繼承顧隨先生的路子，強調對詩要有正確深刻的認識和感受，同時也要能透過自己的感受，傳達表明屬於詩歌本身普遍而又真實的感發之本質。這是她在分別讀了王靜安和李義山的詩詞作品後，引發共鳴，有感而發，寫下了這兩篇鑒賞文章。從她當時的實際心態來說，她是真切感到其時自己的寂寞悲苦心情，與這兩位作者所寫詩詞作品中的悲觀寂寞心境有暗合之處，或者說，寫讀雙方有著某種不謀而合之處，由此，她的鑒賞文字便探觸到了他們詩詞作品中真正的感發之本質，其奔湧而出的文字，也就多少帶有了她自己心靈的投影。此後，類似的鑒賞文章便一發不可收──《幾首詠花的詩和一些有關詩歌的話》、《從「豪華落盡見真淳」論陶淵明之任真與固窮》、《說杜甫贈李白詩一首──談李杜之交誼與天才之寂寞》，等等。

繆越先生對葉嘉瑩的這些鑒賞文章予以了高度評價，他認為，論陶淵明一文，能獨探陶淵明為人及其詩作之精微，對陶淵明的評述不僅欣賞其詩，更能進而收興發感動之功，而談李杜一文，則能探索詩人之用心，並寄託自己尚友古人之遠慕遐思。繆越先生這一高度評價，肯定了葉嘉瑩鑒賞詩詞的重在感發作用，並能將感發作用視作詩詞的生命力，而這也正是葉嘉瑩挖掘詩詞本身生命力的關鍵所在。我們讀葉嘉瑩與繆越先生之間的唱和詩作，能感受到其間的嘉許、契合和情誼。試讀《賦呈繆彥威前輩教授七律二章》──

> 早歲曾耽絕妙文，心儀自此慕斯人。
> 何期瀛海歸來日，得沐春風錦水濱。
> 卅載滄桑人縱老，千年蘭芷意常親。
> 新辭舊句皆珠玉，惠我都成一世珍。
>
> 稼軒空仰淵明菊，子美徒尊宋玉師。
> 千古蕭條悲異代，幾人知賞得同時。
> 縱然飄泊今將老，但得瞻依總未遲。

為有風人儀範在，天涯此後足懷思。

而繆越先生的《繆彥威教授贈詩二章》寫道——

相逢傾蓋許知音，談藝清齋意萬尋。

錦裏草堂朝聖日，京華北斗望鄉心。

詞方漱玉多英氣，志慕班昭託素襟。

一曲驪歌芳草遠，淒涼天際又輕陰。

豈是蓬山有夙因，神交卅載遽相親。

園中嘉卉忘歸日，海上滄波思遠人。

敢比南豐期正字，何須後世待揚雲。

莫傷流水韶華逝，善保高情日日新。

在葉嘉瑩看來，感發作用確是詩詞鑒賞的重要基礎，它來源於中國古典詩歌「興於詩」的重要傳統，而她本人之所以能從感發角度鑒賞詩詞，一是得益於早年的家庭教育，從小即受到了吟誦和創作兩方面的嚴格訓練，二是大學讀書期間，顧隨先生的啟發和教導起了重要作用，這兩方面的原因，導致她在直感之外，培養起了對詩詞的興發和聯想的能力，從而為以後幾十年的詩詞鑒賞、評析、研究，奠下了厚實的基礎，進而終生受用。在鑒賞的理性闡發方面，葉嘉瑩特別欣賞和喜愛王國維的《人間詞話》和繆越的《詩詞散論》兩部著作，在她看來，這兩部書有著共同的特色，它們都不只訴之於人之頭腦，且訴之於人之心靈，書中都充滿了熟讀深思的體會和靈心銳感的興發，可給人以極大之感悟和啟發。比較起來，《人間詞話》為她開啟鑒賞古典詩詞之門提供了鑰匙，標舉了鑒賞體悟最基本最重要的準則，《詩詞散論》為她逐步養成鑒賞習慣並獲得更多靈感與共鳴，提供了光照，也培養了她對不同體式不同風格韻文及其作者作精微探討的能力。

詩詞鑒賞方面，葉嘉瑩可以說從早期一直到晚年，都堅持了對詩詞中興發感動作用有著特別清醒的認識和高度的重視，這貫穿在了她一生對詩詞的熱愛、喜好和鑒賞、評論之中。她認為，不管出於主觀還是客觀，對詩詞的閱讀、欣賞、理解、詮釋，都必須緊緊抓住自己本人的切實感受這一出發點，由此去探求詩詞中興發感動的生命，並將其傳達出來，使讀者得到生生不息的感動，從而完成詩詞興發感動的創作生命。也就是說，興發感動的作用，乃是詩詞的基本生命力，我們評價、鑒賞詩詞作品，就是要運用興發感動的標準，來衡量和體會詩詞中感發生命的質量與作用。在葉嘉瑩看來，中國文學史從《論語》

到《人間詞話》，歷來有著重視興發感動的傳統，中國的古典詩歌之所以成就輝煌，就是因為有著生生不已的感發作用，為此，葉嘉瑩講授古代詩詞時，雖然也要對作品中的難解文字和典故作必要的解釋說明，對作品的內容和技巧作必要的分析批評，但她更多的，或者說更看重的，乃是對詩詞中感發生命的美好品質作感性的傳達，從而使讀者從中獲得心靈上的激勵和促動，真正獲得美的感悟和享受。為此，葉嘉瑩寫了一系列的文章，來闡述她在這方面的認識和看法，如《不可以貌求的感發生命——談詞的評賞》、《多年來評說古典詩歌之體驗及感性與知性的結合》、《談古典詩歌中興發感動之特質與吟誦之傳統》、《由「人間詞話」談到詩歌的欣賞》等。

　　特別值得一說的是，不光是文章評析，葉嘉瑩還用絕句的形式，來闡述她對詞的起源以及各家代表性詞家創作特色的評價，其中蘊含了她對詞本色的看法，以及對各代表詞家創作特質與風格的論評——這就是收入《迦陵詩詞稿》中的《論詞絕句五十首》，其中包含了她的詞學觀，以及對詞家及其詞作的評論。整個五十首，包括了論詞之起源三首，論溫庭筠詞、韋莊詞、馮延巳詞各三首，論李璟詞二首，論李煜詞、晏殊詞、歐陽修詞各三首，論柳永詞四首，論晏幾道詞二首，論蘇軾詞、秦觀詞、周邦彥詞各三首，論陸游詞二首，論辛棄疾詞、吳文英詞各三首，論王沂孫及詠物詞四首。可以說，五十首論詞絕句，等於是一部用七言絕句形式寫成的簡明唐五代兩宋詞學史，其中既包含了對詞史從起源到高潮的概括，又點明了詞學發展的階段，更對詞史上各位詞家作品的風格、特色作了藝術鑒賞和客觀評述。讓我們試讀其中特別有代表性的作品——

　　　　論詞起源三首——

　　　　風詩雅樂久沉冥，六代歌謠亦寢聲。

　　　　里巷胡夷新曲出，遂教詞體擅嘉名。

　　　　唐人留寫在敦煌，想像當年做道場。

　　　　怪底佛經雜豔曲，溯源應許到齊梁。

　　　　曾題名字號詩餘，疊唱聲辭體自殊。

　　　　誰譜新歌長短句，南朝樂府肇胎初。

　　　　論韋莊詞（選其一）——

　　　　深情曲處偏能直，解會斯言賞最真。

　　　　吟到洛陽春好句，斜暉凝恨憶何人。

論李煜詞（選其一）——

憑欄無限舊江山，歎息東流水不還。

小令能傳家國恨，不教詞境囿花間。

論歐陽修詞（選其一）——

詩文一代仰宗師，偶寫幽懷寄小詞。

莫怪樽前詠風月，人生自是有情癡。

論柳永詞（選其一）——

休將俗俚薄屯田，能寫悲秋興象妍。

不減唐人高處在，蕭蕭暮雨灑江天。

論蘇軾詞（選其一）——

攔轡登車慕范滂，神人姑射仰蒙莊。

小詞餘力開新境，千古豪蘇擅勝場。

論周邦彥詞（選其一）——

當年轉益亦多師，博大精工世所知。

更喜謀篇能拓境，傳奇妙寫入新詞。

論辛棄疾詞（選其一）——

曾誇蘇柳與周秦，能造高峰各有人。

何意山東辛老子，更於峰頂拓途新。

論王沂孫及詠物詞（選其一）——

東坡而後更清真，流衍詞中物態新。

白石清空人莫及，夢窗麗密亦能神。

由此可見，葉嘉瑩的詩詞鑒賞與評析，並不侷限於文章，她的詩詞作品中，也可見她的鑒賞與品評之見解，且其闡發與概括更有可供玩味和想像的餘地。這種不拘一格的表現，充分顯現了葉嘉瑩詩詞大家的風範與氣度。

至於具體在文章中對興發感動於詞家和詞中之表現的闡發，那就更為細膩明確了，試看《境界說與傳統詩說之關係》一文中的闡述——

興發感動之作用，實為詩歌之基本生命力。至於詩人之心理、直覺、意識、聯想等，則均可視為心與物產生感發作用時，足以影響詩人之感受的種種因素；而字質、結構、意象、張力等，則均可視為將此種感受予以表達時，足以影響詩歌表達之效果的種種因素。

　　對此番論述，葉嘉瑩在她的《不可以貌求的感發生命》中，又作了展開性的說明，她說：「對於前者，我曾簡稱之為『能感之』的因素；對於後者，我曾簡稱之為『能寫之』的因素。一般說來，我在批評的實踐中，對於這兩種因素是曾經同時注意到了的。所以我在評賞詩歌時，除去對於作品本身之欣賞及分析以外，亦往往兼及於對作者之生平與為人之討論。有李煜之純真耽溺的性格及破國亡家的遭遇，然後才可以寫出把古今的讀者都捲入到無常之悲慨中的『人生長恨』的詩篇；有王國維之悲觀鬱結的情懷及耽讀叔本華哲學的思想背景，然後才可以寫出『可憐身是眼中人』之哀人亦復自哀的富有哲思的詩句；由溫庭筠之不具個性的豔歌，到韋莊的個性鮮明的情詩，再轉而為馮延巳的抑鬱倘悅的意境，也正是歷史之演進與個人之才質相結合所產生的必然結果；至於大晏之詞境的明媚閒雅，夢窗之詞境的深幽高遠，碧山之詞境的沉抑低徊，這種種風格上精微細緻的分別，也都由於每一位作者之『能感之』與『能寫之』的質素各有不同，因此其表現於之興發感動的生命，便在質與量的各方面也有了明顯的差異。天下既罕有至聖的完人，因此每一位作者在其『能感之』與『能寫之』的二種質素上，也就各有其偏長於缺憾之處。」〔註3〕

　　從以上闡述的文字，我們足可見出，作為畢生奉獻心力與才華於詩詞的葉嘉瑩，這一路走過來的詩詞道路，確實堪為我國女作家、女詩人中一位傑出的大才女，她的詩詞作品，使她足以躋身現代詩詞大家之行列，她的詩詞鑒賞的系列文章和著作，更讓她步入了詩詞鑒賞的殿堂，成為了舉世公認的一代權威大家。

〔註3〕引自《我的詩詞道路》，葉嘉瑩著，河北教育出版社，1997年版，第32頁。

「近代意識」與中外文學關係

　　近代中外文學關係的發展，按其歷史軌跡，大致可分三個階段：其一，甲午戰爭前；其二，戊戌變法前後；其三，辛亥革命前後——三個階段雖無嚴格的年代區分，卻大致上可見高潮與低潮的起伏變化，其中以戊戌變法前後為波峰階段。這是因為，中外文學之間發生關係，雖並不受特殊歷史事件的專門影響與制約，但特殊歷史事件對知識分子的刺激，卻在相當程度上決定了他們對引進（包括翻譯、介紹、評價）外來文化思潮與文學的態度與決心；換言之，社會特殊的歷史條件，如鴉片戰爭的爆發，甲午戰爭的失敗，戊戌變法的失敗等，對於一批愛國開明人士的刺激，實在是決定中外文化與文學關係的重要因素。近代中國的向外開放，引進外國的東西（包括政治、軍事、文化等），相當程度上是由社會因素決定的，而不是文化和文學本身發展的需要。但是開放與引進的本身，或者說外來文化思潮與外國文學的大量湧入，客觀上給近代中國文壇帶來了契機，帶來了意想不到的巨大變化，產生了極為深遠的影響。

　　從19世紀中葉到20世紀初葉這半個世紀左右中外文學關係的歷史發展，我們可以清楚而又欣喜地看到中國文壇的深刻變化。

　　首先是西方文化思潮與文學觀念大量湧入後，所帶來的對中國傳統文學觀念的衝撞，以及對中國數千年互古未變的傳統文學形式的衝擊，致使後者自覺或不自覺地接受了這種衝撞和衝擊，開始從根基上發生對傳統觀念與形式的懷疑動搖，這促進了代表這種觀念與形式的人士自身觀念的轉化（儘管這種轉化，在不同人士身上的情況不一，有的甚至仍抱殘守缺，頑固不化），從而產生了對傳統價值觀和倫理觀懷疑動搖的逐步形成。這當中，特別應提及的，

是所謂「近代意識」，它既不同於沿襲二千年的古老「傳統意識」，也不同於誕生於 20 世紀「五四」及以後的「現代意識」——前者代表了守舊、封閉，一成不變，後者是新時代的產物，屬於完全嶄新的意識。「近代意識」，其核心內容是改良舊傳統、舊規矩，以此拯救落伍的舊中國，雖然這種意識，較之「現代意識」顯然差了一大截，但在近代歷史條件下，它畢竟是求新、求變意識的集中反映，它代表了當時時代一批激進、開明、愛國知識分子的主流思想，是完全順應歷史發展潮流的。

正是「近代意識」的求新、求變，才導致產生了近代文壇翻譯的熱潮，始是大量翻譯外國人文社會科學著作，繼是大量翻譯外國小說，其宗旨，雖然主要在於尋找拯救病態中國的良藥，一新中國民眾與社會，但客觀上，毫無疑問為傳統中國的文學肌體注入了生機——它使人們看到了中國之外又一個嶄新的天地，看到了令人耳目一新的多種文學樣式，對傳統中國文壇的變革多少起了催化劑作用。「近代意識」帶來了近代文學潮流，它提倡「言文合一」，走文學語言通俗化的道路，反對一味使用僵化的文言文；它提高了人們對文學審美特徵的認識，不再完全拘泥於傳統文學理論的框框中，開始運用西方的哲學、美學理論和方法闡釋、詮解文學作品；它對中國文學發展歷史的分析和評判，運用了進化論觀念，強調優勝劣汰，一代有一代的文學，摒棄了信而好古、一成不變的歷史退化論；它使長期盤踞文學領地的傳統模式，開始轉型變化，代之以新的內涵與外在形式，純文學觀念——擺脫封建禮教的文學意識，開始逐步形成；特別值得提出的是，它引進的西方文學理論與觀念，使中國文壇開始興起了創作、翻譯和比較研究的熱潮，產生了文學史觀、悲劇觀、典型論等新觀念，通過與西方文學的比較，使拓新中國文學的風氣開始漸漸形成。很顯然，「近代意識」的求新、求變，給長期封閉的中國傳統文壇，帶來了新氣象，它是傳統基礎上的發展，是吸取外來營養基礎上的變革。沒有「近代意識」，不具備「近代意識」條件下的變革，中國的傳統文學難以在這一歷史階段內逐步完成向「五四」新時期文學與「現代意識」的轉型，從這個意義上說，近代這半個世紀的歷程，實在是中國文學發展歷史中不可或缺的重要階段，它起了轉軌與承上啟下的橋樑作用。正由於此，中國文學才得以開始從封閉型轉向開放型，從侷限於九州一隅邁向地球的五洲四海，從傳統保守走向現代化。

隨之而來的「五四」新文化、新文學革命，是一場更大規模、更大範圍、更為深刻的文化與文學變革，它自然比近代這五十年的變化更為深入，更為廣

闊，且影響深遠，它開啟了二十世紀整個世紀的現代新文學大門，迎來了完全不同於以往的嶄新歷史。但是，不管怎樣，無可否認的是，我們不能無視「五四」之前半個世紀的文壇變革，雖然它相對於「五四」而言，是量變而不是質變，是漸變而不是突變，但須知，沒有這之前的量變和漸變，哪來之後的質變與突變？——況且這之前的量變中，其實已經或多或少孕育了質變的成分和因子，只是未充分顯露而已。

近代中外文學關係的歷史發展，帶給我們的是有益的啟示和深刻的思考，它讓我們知道，中國文學發展的鏈條環節中，有著這一節必不可少的部分，透過它，我們能認識傳統與現代之間的轉軌是如何實現的，傳統文學與現代新文學之間的轉型是如何演進的。可見，今日學界，不可忽視「近代意識」。

比較文學的學科走向與發展
——南非會議及思考

　　比較文學，作為一門已成為國際人文學科顯學之一的新興學科，已走過了一百多年的歷程。如今，它在全世界的影響正日益擴大，歐美國家的許多大學都早已有了十分正規的比較文學系，在我國，包括北京大學、南京大學、四川大學等許多著名大學在內的高等院校，也先後成立了比較文學研究所或比較文學研究中心，這一切，表明了這門學科在世紀之交和 21 世紀來臨之際的我國，正呈現勃勃生機景象。尤其令人欣喜的是，國家教育部於 1998 年正式確立了比較文學的學科地位，將其列為「中國語言文學」一級學科之下與古代文學、現當代文學等並列的二級學科，定名為「比較文學與世界文學」，這無疑更為這門學科注入了生命活力。

　　世紀之交，比較文學又迎來了它三年一度的國際比較文學協會的盛會——於 2000 年 8 月在南非首都比勒陀利亞召開的第 16 界年會。來自全世界 50 多個國家和地區的 400 多位學者，歡聚一堂，共同探討 21 世紀比較文學的走向及發展。國際比較文學協會每三年召開一次的年會，是國際比較文學界最高層次的學術年會，它要與會學者必須提供最新的論文，經協會組織專家嚴格審核後，方可發出與會邀請。我國這次應邀參會的 8 位學者，分別來自北京大學、清華大學、暨南大學、上海外國語大學和復旦大學，與會的中國學者在會上分別宣讀了他們各自的論文，並參與了一些專題討論和圓桌會議發言。本人有幸因論文中選而與會。

　　南非會議的中心議題，緊緊圍繞著國際比較文學界的學術走向及學科本

身的未來發展展開，著重討論當今及未來多元文化主義時代比較文學如何適應時代及社會條件，向著縱深方向掘進。會議在「多元文化主義時代的比較文學」主題下，包容了多層面、多方位的內容：跨越大洋洲界域的文學比較；跨越文化界域的文學比較；跨越性別界域的文學模式；傳統與疆域、界限之辨別；文學的過去與未來；文學的越界與轉變；文類的越界與轉變；越界、轉折與信息社會；等等。毫無疑問，這些專題內容不僅涉及了傳統意義上的比較文學內涵，更包含了與時代發展相吻合的前沿課題，充分體現了比較文學跨學科、跨文化、跨時代的鮮明特徵。

與會學者比較集中的話題，是面對全球化浪潮的衝擊與文化研究的挑戰，比較文學學者如何堅持學科定位下的橫向開拓與全球視野。有一點是十分明確的，即傳統思維模式和學科結構必須打破，代之以真正意義上的跨國度、跨學科、跨文化。這就要求比較文學學者不僅要具備比較的意識與眼光，還要將視野從文學領域拓寬到全球範圍的文化界域，從而對整個人文學科及人類文明做出科學的詮釋。

南非會議的一個顯著標誌，是它乃國際比較文學協會成立以來第一次在非洲大陸召開，雖然國際比較文學協會本身毫無疑問是面向全世界的國際學術組織，但長期以來，由於西方中心論和歐洲中心主義的嚴重影響，處於亞、非、拉美地區的國家，始終是中心圈以外的對象，這個現象，直到1991年才有了破例——年會第一次在亞洲的日本東京召開，而這一次，2000 年，更是有了大的突破，在歷來被認為貧窮、落後的非洲召開。這表明，西方中心論及歐洲中心主義，開始逐步被打破，全世界各大洲的學者可以平等地坐在一起，在同一起跑線上，平等地探討人們共同關心的學術問題。正因此，會議專門安排了「世界與非洲」、「非洲與世界」的專題討論——前者著重探討世界文化與文學對非洲的影響，後者專門探討非洲文化與文學對世界的影響，兩個話題相輔相成，讓人們在比較與鑒別中，深入瞭解非洲的歷史、傳統、文化與文學，以及它與世界（尤其是歐美）的雙向交互關係。

中國學者在世紀之交，也曾提出過建立比較文學的中國學派問題，應該說，這個主張本身，確能適應時代的發展和學科的需要，因為所謂中國學派，首先是衝著代表西方中心論的法國學派和美國學派而來，認為我們應該標舉代表東方的中國學派，其目的是要打破西方中心論，讓研究的中心視點由西方轉向東方；其次是為了適應新世紀時代條件下的跨文化研究，而這正是比較文

學發展到 21 世紀的今天所必定要達到的目的——作異質文化之間的文化與文學比較。但是，我們也要實事求是地指出，研究本身是一回事，研究學派的形成與定名，又是一回事，前者可以通過自身努力達到，而後者卻是要得到他人——國際學術界的首肯，也即，一個學派的形成與確立，不是自封的，而是公認的，是水到渠成的。為此，對於中國學者來說，需要的是加倍的努力，推出更多更好的學術成果。

毫無疑問，21 世紀的比較文學，必定是以跨文化研究作為重要內容和努力方向，因為 21 世紀是多元文化的時代，這個多元，預示了文學研究不可能局限於一種文化之中，它必定要跨越文化界限、跨越地區和洲際界限，徹底打破西方與東方的地域界限。

由此，筆者想到了新世紀條件下，我們復旦大學比較文學學科發展的問題。應該承認，復旦大學的比較文學學科在二十世紀 80 年代中後期和 90 年代初期，曾經有過站在國內比較文學界前列的歷史，那時，中文系與外文系齊心合作，組成了一支老、中、青三代學者攜手並進的隊伍，推出了有影響的一系列研究成果，為復旦大學贏得了聲譽，但如今，情況有了變化，老的一代學者已先後過世，中青年學者隊伍中，或出國、或改行，一時間似乎很難重整旗鼓。不過，筆者相信，只要校、系兩級領導重視，教師們共同努力，重顯復旦大學比較文學雄風的時日應該不會太遙遠。

臺灣香港比較文學概述

　　本文集中闡述臺灣、香港地區的比較文學研究發展狀況。應當首先說明兩點：第一，澳門地區因資料因素，我們無法得知其具體狀況，故略而不論。第二，臺灣地區與祖國大陸分述的歷史，應始於 1949 年，但據資料表明，臺灣地區的比較文學實際上興起於 20 世紀 60 年代中期，之前雖然也出現過少數有關比較文學的論著，內容主要涉及中國文化影響日本、朝鮮等，但數量少、範圍小，總體上形不成氣候，因而本章的敘述始於 60 年代中期，迄於 80 年代末期，約二十多年時間。本文由於資料來源關係，主要參照了有關現成材料作評述，這是需要專門說明的，疏漏不照之處屬筆者責任。〔註1〕

　　香港中文大學李達三先生認為，20 世紀 60 年代中期至 80 年代後期，是中國比較文學研究活動最活躍的時期，幾乎世界上任何國家與地區都難以與之相比〔註2〕。他同時指出，這一歷史時期內，臺港地區與祖國大陸的比較文學呈坱出「三足鼎立」之勢〔註3〕，這在中國比較文學發展史上是空前未有的。換言之，臺港地區在這二十多年中比較文學發展是迅速而「熱鬧」，其大致概貌是：探討的論題範圍廣泛，涉及的國家較多，出版物數量與種類上升，新一

〔註1〕 本文內容參考引用溫儒敏、盧康華《臺港的比較文學研究》（載《中國比較文學年鑑》，北京大學出版社，1987 年版），溫儒教編《中西比較文學論集》（北京大學出版社，1988 年版），李達三《臺、港、大陸比較文學發展史》（《中外文學》，第 70 卷第 11 期。）

〔註2〕 這一時期，從祖國大陸來說，經歷了滯緩期與復興期，並進入了高潮期；後兩期情況確如李說，而滯緩期——即 60 年代中期至 70 年代末期情況特殊，應屬例外。

〔註3〕 實際上，復興期及高潮期的祖國大陸，其比較文學論著的數量、範圍及學者隊伍等，均超過臺港地區。

輩學者不斷出現，研究態度認真嚴肅，比較文學在穩定發展。以下我們擬先從總體上概述兩地情況，然後擇其代表性論著分述之。

臺灣地區研究概況

臺灣地區的比較文學研究正式起始於 1967 年，這之前，雖有一些留學國外的學者已涉足比較文學，但從臺灣地區看，尚未見端倪，故其肇始應以臺灣大學正式開設比較文學碩士班課程的 1967 年為標誌，可惜時隔不久，臺大的這一課程因執教的教授離去而停頓了。這期間，淡江學院（即淡江大學）等也曾舉辦過一些演講會與座談會，研討中西文學關係。1968 年，臺大文學院院長朱立民及外文系主任顏元叔共同設想中文系與外文系通力合作，開設比較文學博士班，於是，該班在 1970 年正式設立，1971 年招收學生，聘請葉維廉博士、胡躍恒博士、袁鶴翔博士等協助教學，該班設立後，培養了不少專門人才。與此同時，臺灣其他大學也相繼鼓勵學生撰寫比較文學方面的論文或研究報告，邀請國際比較文學著名學者講學或演講。淡江學院 1970 年出版了英文版的《淡江文學評論》（Tamkang Review），該刊主要刊載比較文學方面的論文，初為半年刊，後改為季刊，成了臺灣地區一家頗有影響的比較文學學術刊物。1971 年，淡江學院召開了中國臺灣第一次國際比較文學會議，專門討論東西方文學關係，為臺灣地區比較文學的發展打下了基礎。

1973 年 6 月，臺灣地區比較文學學會正式成立，這標誌著臺灣地區的比較文學從墾拓階段走向了發展階段。會上選出了學會的領導機構，暫定《中外文學》為會刊，自此，一支比較文學學者隊伍開始形成，有了專門的研究刊物，各大學又陸續開設了比較文學課程，比較文學學科至此在臺灣正式建立了。同年，臺灣地區比較文學學會作為一個地區學會，加入了國際比較文學協會。

臺灣的比較文學研究側重於中國文學與英美文學的比較研究，無論在理論上或方法上，它均傾向於「美國學派」的「平行研究」，而不主張「法國學派」的「影響研究」。這種傾向自淡江學院舉行的第一次國際比較文學會議即已開始，其時已有建立所謂「中國學派」的趨勢，偏重於中國文學與西方文學的比較，以中國文學為立足點，放眼世界文學，作中國文學與英美文學的比較。臺灣地區比較文學學會每年舉行年會，均討論東西方文學關係，以及比較文學中的漢學研究，其主要論題有：比較文學在中國——包括中西文學關係、中國文學與亞太地區文學關係；以西方觀點研究中國文學；文學理論與文學批

評——東西方比較研究；文學與社會環境；西方文學中的中國意象；亞洲各國文學比較；東西主題學；比較文學理論及文類；翻譯研究等。同時，臺灣地區十分重視介紹國際比較文學的動向及西方現當代的文學理論與批評方法，相繼翻譯出版了梵・第根的《比較文學論》，韋勒克、沃倫的《文學論》，以及叔本華、尼采、弗洛伊德、榮格、薩特等著名學者的著作，對促進比較文學的發展起了一定的作用。

香港特區研究概況

香港地區的比較文學研究略早於臺灣，它以 1964 年香港大學開設比較文學課程為起點，其內容為歐洲各國文學之間的比較，這是專為不熟悉歐洲文學的學生提供認識西方文學的渠道。1966 年，該校又開設了中西文學關係課程，於是比較文學成為獨立學科。1973 年至 1975 年，香港大學成立了中文及比較文學研究所，1975 年，英語系改名英文研究及比較文學系。從 1974 年開始，香港大學的比較文學課程從以西方文學為主轉向了較多涉及中國文學的課題，開設了東西比較文學課程，這有利於逐步擴展中西文學的比較研究。1978年以來，香港大學已培養出多名比較文學專業的哲學博士。幾乎同時，香港中文大學也開設了比較文學課程，英文系與中文系分別講授中西比較文學概論、中西浪漫詩歌比較等課程，其執教者分別來自美國與中國臺灣。此後，比較文學在中文大學即成為一門學科。1978 年 6 月，香港地區比較文學學會正式成立，並於同年加入國際比較文學協會，同時，中文大學成立了比較文學與翻譯中心，其成員均為中西比較文學或翻譯學的博士，其中比較文學組集中致力於中西比較文學研究，是世界上少數幾個中西比較文學研究與教學重鎮之一。中文大學與香港大學有所不同，中文大學旗幟鮮明地致力於以中國觀點研究文學，著重於中西文學比較，如 1980 年以後的比較文學碩士班，研究內容幾乎是清一色的中英文學比較。同時，中文大學還經常邀請世界範圍頗負聲望的學者赴港作短期或長期的學術活動，80 年代開始，還邀請祖國大陸學者從事合作研究，從大陸招收碩士班學生，課程除比較文學理論與前景、目錄學與方法論外，均以中西文學為比較對象，包括中西小說、戲劇、詩歌、文學批評的比較等。70 年代末及 80 年代，香港地區連續舉辦了一些比較文學的學術會議，探討東西比較文學的理論與實踐及研究方向，同時組織一些討論會，研討中西敘述文體及中西戲劇比較，及 90 年代研究展望等。香港地區的比較文學研究，正如其學會的目標所定的，旨在發掘與弘揚中國文學特點，提倡東方文學比

較，促進文學理論批評的發展和東西方文學觀的融會貫通，從而使國際比較文學界有共通的認識。香港地區尚不像臺灣那樣有比較文學的專門雜誌，只是中文大學翻譯中心的《譯叢》，略微發表一些比較文學的論文。另外，出版了一些論文集，如周英雄、袁鶴翔編的《中國和西方：比較文學研究》、李達三編的《中西比較文學：理論和方法》、周英雄編的《中西比較文學研究論文集》等。他們還計劃出版一些有關的學術資料與工具書，如專科小辭典、批評術語辭典、論文重點摘錄、書目選注、專題分類書目索引、學者通訊名錄、入門導向書等，裨助於初學入門者及專業工作者的需求。

代表論著述略

1976 年，臺灣地區出版了第一本比較文學論文集《比較文學的墾拓在臺灣》（古添洪、陳慧樺編著）。這部書是對臺灣地區比較文學學者早期拓荒階段墾拓工作的總結，全書共十四篇論文，分為兩部分，第一部分是關於比較文學定義與比較文學理論的探討，以及比較文學在臺灣的墾拓情況，第二部分以西方理論與方法探討中國文學。該書「序」中，兩位編者提出一種看法：「援用西方文學理論與方法並加以考驗、調整，以用之於中國文學的研究，是比較文學中的中國學派。」這是編者試圖在「法國學派」「美國學派」之外，建立一種新學派的大膽嘗試與努力。但仔細辨析，這種提法本身卻有失偏頗：「援用西方的理論與方法來闡釋中國文學，肯定會新意層出不窮，但僅此而已，亦不足以稱為『中國學派』。根本的問題在於如何以中國特有的觀點去找出新方向，使比較文學植根於中國土壤，兼收並蓄西方的理論、方法、經驗，並化為己有。」〔註4〕對於所謂「中國學派」問題，李達三專寫了一篇《比較文學中國學派》〔註5〕一文，文中說道：

> 所謂「中國學派」，如果改稱為「中庸」學派，也許更為恰當，不過，法國學派與美國學派已經奠定了以國名為命名的形式，為了配合起見，本文乃採用「中國學派」這一名稱。事實上，「中國學派」迄今仍在建立過程中，沒有一定的規模。
>
> 受到中國古代哲學的啟示，「中國學派」採取的是不偏不倚的態度，它是針對目前盛行的兩種比較文學學派——法國學派和美國學

〔註4〕載《中國比較文學年鑒》（1986），北京大學出版社，1987 年版，第 461 頁。
〔註5〕載《中外文學》第 6 卷第 5 期，1977 年，第 73～77 頁。

派——而起的一種變通之道。「中國學派」對於比較文學在西方發展的歷史具有充分的瞭解,因此不獨承認上述兩種學派所擁有的優點,並且加以吸收與利用。但在另一方面,它設法避免兩派既有的偏失,以東方特有的折衷精神,讓「中國學派」循著中庸之道向前邁進。「中國學派」首先從「民族性」的自我認同出發,逐漸進入更為廣闊的文化自覺,然後與受人忽視或方興未艾的文學聯合,形成文學的「第三世界」,進而包含世界各種文學成為一個大體,最後——儘管這種理想是多麼難以企及——將世界所有的文學在彼此複雜的關係上,作全面性的整合。」

「中國學派」擬達成的目標可暫定如次:第一個目標——在自己本國的文學中,無論是理論方面或實踐方面,找出特具「民族性」的東西,加以發揚光大,以充實世界文學。第二個目標——推展非西方國家「地區性」的文學運動,同時認為西方文學僅是眾多文學表達方式其中之一而已。「中國學派」竭誠歡迎西方文學或文學理論中真正偉大且具有普遍性的東西,但是對於西方在評估世界文學史時所做的全面壟斷,「中國學派」將不會受其威嚇而越趄不前。第三個目標——「中國學派」在觀念上是屬於整個世界的,而非僅指一國一族,「中國學派」要以自己的術語,按自己的條件,道出為人忽視的非西方諸文學之寶藏。第四個目標——會逐漸構想一些新的文學觀念,以與西方傳統的文學觀念相抗衡。——無可否認的,西方的文學經驗非常重要,不容忽略,但是我們卻不該過度地誇張其重要性,唯有如此,我們方可期待一種真正世界化的比較文學之誕生。最後一個目標——消除許多人的無知及傲慢心理,為了使我們對比較文學的觀念能夠真正地國際化,我們必須採取一種複合性的研究方法,我們毋須為哪一種研究方法的優劣爭辯不休。

李達三上述關於「中國學派」問題的闡述,比較全面系統地概括了「中國學派」的產生、內涵及其意義與作用,作為港臺學者來說,他的這一論見雖還不能稱完滿,也並非是能被人們認可的結論,但它畢竟包含了許多正確的成分,具有一定的科學性與歷史意義,從這一點上說,李達三為「中國學派」的建立做出了一定的貢獻。他自己也坦率承認,比較文學「中國學派」的提法,是他 70 年代中期首次在臺灣大學授課時提出,而後又在《比較文學的新方向》

一文中再次提及。1978 年，李達三出版了多年教學與科研的成果結晶《比較文學研究之新方向》一書，全書立足於東西比較角度，以中國特有的觀點，尋找研究方向與研究途徑，探討了比較文學的基本觀念、東西比較的發展概況，公開提出了建立比較文學「中國學派」的口號。應該承認，作為一個美籍學者，李達三為中國比較文學的發展奉獻了一份力量。

這一時期中（70 年代），臺灣香港地區出版的比較文學著作還有：鄭清茂的《中國文學在日本》、葉維廉（主編）的《中國古典文學比較研究》、裴賢度的《中印文學研究》、古添洪的《比較文學、現代詩》以及譯文集《比較文學理論集》（王潤華譯）、《十八世紀俄國文學中的中國》（李約翰譯）等。80 年代，臺灣地區還陸續出版了一套「比較文學叢書」，其中包括葉維廉《比較詩學》、張漢良《比較文學理論與實踐》、周英雄《結構主義與中國文學》、侯健《中國小說比較研究》、王建元《雄渾觀念：東西美學立場的比較》、古添洪《記號詩學》等十餘部。葉維廉在這套叢書的「總序」中指出：本叢書旨在從跨文化、跨國度的文學作品及理論中尋求共同的文學規律及美學據點，介紹討論近年來最新的文學理論脈絡，試探它們應用到中國文學研究的可行性及其可能引起的危機。葉維廉同時說，這套叢書一定程度上代表了相當部分臺港學者對所謂比較文學「中國學派」的看法：東西方文學的比較必須立足於中國文學，且必須有助於探討東西文學的共同規律及其美學據點。另外，80 年代中，祖國大陸也陸續出版了一些臺港學者的論著，如葉維廉的《尋求跨中西文化的共同文學規律》（溫儒敏、李細堯編）、《中西比較文學論集》（溫儒敏編）、周英雄的《比較文學與小說詮釋》以及一些論文集、講演錄中收錄的論文等。以下我們擬擇其要者；作些簡略的評述與介紹。

葉維廉〔註6〕主編的《中國古典文學比較研究》是一部集中圍繞中國古典文學所作的比較文學研究論文集，它收錄了臺灣、香港地區學者十三篇論文，內容從《詩經》《楚辭》到元雜劇，涉及了中國古典文學的詩歌、散文、小說、戲劇等多種門類。它們或談影響，或作平行比較，或以西方理論與方法剖析中國作品，呈現了多姿多彩的特點。《中西比較文學中模子的應用》一文，是葉維廉的代表作之一，也是該書的「代序」，在這篇文章中，葉維廉提出了對東西比較文學應持的鮮明態度。他說，我們固然希望可以在諸種文學中建立一個

〔註 6〕葉維廉為美籍學者，現任教於美國加州大學聖地亞哥分校，但他畢業於臺灣大學，並常在臺港兩地講學，故此處列為臺港地區學者。

「基本不變的模子」，作為一切文學的準據，我們甚至相信文學中確有所謂「基本形式和結構行為」，但如何去認定和建立，卻不是一些所謂的「權威理論」可以解決的。例如西方亞里士多德所提供的思維結構與價值判斷，便往往無法使我們進入中國文學特有的觀物方式和美感表達程度的核心，相反，過分堅持某一個文化的模子作批評的依據，反而會歪曲另一文化系統所產生的文學。因而，「我們必須放棄死守一個模子的固執，我們必須從兩個模子同時進行，而且必須尋根探固，必須從其本身的文化立場去看，然後加以比較加以對比，始可得到兩者的面貌」。葉維廉這一觀點的提出，對比較文學尤其是中西比較文學有著重要意義，他告訴我們，在從事中西比較文學研究的時候，切忌以歐美文學的批評模子（即亞里士多德的批評模子）來套用中國文學，這樣做的結果，往往會因對中國文學的美感觀物形態缺乏瞭解而歪曲中國文學。葉維廉表示，他要努力通過比較文學研究來發掘和建立中國美學模子，他的這一努力確實很有意義。歐美文學同源於希臘羅馬文學，它們在基本運思上、語言程序上、價值判定上，可憑藉一個共同的準據——同一批評模子（或謂亞里士多德批評模子）。但中國文學不然，它與歐美文學雖有共同內在規律可循，卻畢竟還有殊異之處，尤其在運思與語言程序上，不能千篇一律地以西方語言結構模式套中國文學（尤其是中國詩歌）。倘這樣做，有時固然也可以獲得一些新鮮的啟示，最終總感牽強附會、生搬硬套，因為中國文人的文學創作有其不同於西方的美學特點。正是基於這個考慮，葉維廉在編選這本《中國古典文學比較研究》集子時，既選了以西方批評方法與批評觀念看中國文學的文章，也選了讓讀者認識兩個文化（東方與西方）的歧異，並從這種歧異中看中國文學的美學意義與價值的文章，且後者的分量更重些。集子中葉維廉的另一篇文章《中國古典詩與英美現代詩——語言、美學的匯通》，專就中國文言的特色及其固有美學表述特點，論述其對西方詩人創作提供借鑒的可能性，並從西方文化模型、美學理想的求變逼使語言革新，論述其對讀者所提供的新的透視。文章概括了中國古典詩重視讓事象具體本樣地直接呈現，具有多重暗示、多線發展的特點，認為它積澱著中國傳統生活風範與審美意識，而西方詩重分析演繹，語法嚴謹，很難形成中國古典詩的類似特色。葉維廉的這一認識觀念，還曾在他的《現象經驗表現》及《從比較的方法論詩的視境》等論著中有所論及。在闡述異的同時，葉維廉也通過實例，分析尋找了中國古典詩與英美現代詩在語言與美學方面的共通之處。文章認為，如果西方讀者肯接受東方美感及生活

風範，中國讀者不過分迷惑於西方思維方式及其內涵，那麼，東西方兩種語言與兩種詩學或許可以真的達成文化交融。倘如此，那麼，作者對中國詩歌的美學尋根，以及對引發兩種語言、兩種詩學匯通的努力，也就達到目的了。關於這個目的，作者還撰有《尋求跨中西文化的共同文學規律》一文，較為具體明確地點明了他從事比較文學研究的目的。文章指出，從事比較文學研究的學者，應該通過中西文學的異同比較，發掘存在於其間的共同「美學據點」，尋求共同的文學規律，這是每個比較文學學者從事這項事業的共同目的。對此，文章參照艾布拉姆斯的「文學理論架構說」，提出了六個彼此互相聯繫的文學理論導向——觀感運思程序理論、由心象到藝術呈現理論、傳達與接受系統理論、讀者對象理論、作品自主理論、文化歷史環境決定理論。作者認為，比較文學學者可就其中每一個「導向」理論，比較中西文學的異同，尋求共同文學規律。毫無疑問，從以上簡述葉維廉的比較文學論著中，可以看到，葉維廉對中西比較文學的研究能站在相當高的視野高度從宏觀上看問題，並結合微觀剖析闡發觀點，他的研究，在港臺學者中成就是比較突出的。

香港學者黃維樑先後在臺灣出版了兩部著作：《中國詩學縱橫論》與《中國文學縱橫論》，這是兩部很有特色的中西比較理論著作。兩書的立足點均為中國文學（包括傳統文學與現代文學，以傳統文學為主），然而在作歷史的縱向透視時，作者有機地將其與西方文學作了不同地域的橫向比較觀照，這就使兩書既具有傳統色彩，更顯示了比較特色，其所得出的結論令人耳目一新，且極富啟發與思考價值。例如《詩話詞話和印象式批評》一文指出，中國傳統的詩話詞話雖和 19 世紀英國佩特、王爾德等人的文學批評在形式上頗為相似——均為印象式批評，但仔細辨析，它們兩者實在是「大異其趣」，且中國傳統詩話詞話中實際也不乏有體系、重解析的批評論著，倘一味地貶抑中國傳統詩話詞話，實不足取。《王國維〈人間詞話〉新論》一文中，作者提出了力排眾議的大膽見解。他從古今中外多種文學批評理論的比照中發現，王國維的「境界說」既不圓通與實用，又談不上體系的精宏，而其實際方法，依然是傳統詩話詞話的印象式批評手法，並無創新之處。這一見解，無疑如同一塊石頭扔進了「平靜溫和」的文學批評「湖面」，其可能產生的影響不可低估。特別值得提出的，是體現在兩部《縱橫論》中的作者弘揚中國傳統文學的鮮明立場與觀點。作者旗幟鮮明地認為，中國文化雖然受西方影響很大，但這並不等於說中國文學本身不行，中國文學有它自己的「龍」，中國的文學理論著作不僅

豐富，而且精彩，我們不能像有些學者那樣「一切唯西方是尚」「唯西方的馬首是瞻」（《中國文學縱橫論·自序》）。作者的這一鮮明立場很值得讚揚，體現在他的著作中，《唐詩的現代意義及醞藉者和浮慧者》等文是代表，它們反映了作者對中國傳統文學精華——《文心雕龍》、唐詩等的充分肯定與褒揚。毫無疑問，黃維樑的研究成果為「中國學派」的建立添加了堅實的磚石。

一般學者均認為，中國傳統詩歌中缺乏史詩，即使有些具有史詩因素的作品，如與西方史詩相比，也不具備西方史詩所具的規模與結構要求。因此，中國傳統的詩歌中無嚴格定義上的史詩似已成了一個定論。楊牧的《論一種英雄主義》[註7]一文提出了一種新的認識，認為中國雖不存在西方意義上的崇尚武力的史詩，卻存在一種智者所認為的導向理性及勝利人生的史詩。他指出，中國描寫戰爭的詩歌具有特殊的修辭方式，對戰爭場面不作細膩描述，省略戰情，而將英雄事蹟引向另一個範疇——「文」的觀念。詩人的情感筆墨傾注於對往返戰場及季節、自然景物的變化、對比作渲染描述，這是「另一種英雄主義」，是與西方那種強調「個人主義與自負逞強的」武力英雄主義不同的「英雄主義」。楊牧的這一觀點對研究中國有無史詩課題的學者不無啟迪，不失為一家之說。

裴普賢的《中印文學研究》[註8]一書專力探討印度文學對中國文學的影響，它是自梁啟超、胡適以後祖國大陸以外中國學者研究這一課題用力最勤、考察最系統的一部著作。全書從梁啟超、胡適的研究貢獻談起，歷述了佛經翻譯文學對中國文學的影響、聲明學對中國文學的影響、梵唄的強化、佛教對中國文學（小說、戲劇）起源的影響等內容。作者認為，中印文學關係的關鍵，在於佛典翻譯，大量印度佛典被譯成中文，不僅很大程度上影響了中國文學，而且使中國思想界乃至整個中國文化發生了很大變化，從而形成了中國歷史上吸收外來文化的一個巨潮，其程度類同於明末以後歐西文化的輸入中國。這本《中印文學研究》雖然內容上與大陸同類論著相比新意不多，但作為港臺學者研究中印文學關係，還是值得一提。

運用西方的理論與批評方法，如新批評、神話原型批評、結構主義、符號主義、後結構主義等，探討比較文學的各種理論課題及其方法，是張漢良《比較文學理論與實踐》的主要特色。全書共有五組論文，第一組「緒論」，著重

[註7] 載《中國古典文學比較研究》，臺灣東大圖書公司出版。
[註8] 臺灣商務印書館，1968年版。

辨析比較文學的定義、功能、派別，及其在文學研究中的地位與作用，第二組「影響研究」，第三組「文類研究」，第四組研究文學與藝術的關係，涉及跨學科研究，第五組「比較批評課題舉隅」，專談中西文學批評及其比較。五組論文中以第二、第三兩組「影響研究」與「文類研究」為重點。作者之所以將影響研究作為重點，原因在於有些學者為趕時髦而趨附韋勒克等人的「危機論」，認為影響研究已過時，所以反對影響研究。另有些學者為規避花費時間與精力的歷史考證，欲選擇一條容易的捷徑，也反對影響研究。對此，作者認為有必要對影響研究作介紹，以廓清誤解與無知。他從「歷史的回顧——法國學派的觀念」、「從外緣到內涵——對法國學派的反動」、「影響研究面面觀」三個方面，對影響研究的觀念（包括性質、功能、範疇、限制等）作了闡發。在這個基礎上，作者分別選擇了一些影響研究的典型例子，逐一進行比較剖析，其中有中國的《灰闌記》與西方的《高加索灰闌記》的影響比較，中國現代詩中的「超現實主義風潮」影響，以及「《1984》與《蠅王》的際遇」等內容。作者在《從〈灰闌記〉到〈高加索灰闌記〉》一文中指出，元雜劇《灰闌記》是少數首先傳入歐洲的中國劇本之一，它曾先後被譯成法文本、德文本、英文本，並在歐洲上演，其德文本啟發了歐洲戲劇大師布萊希特，使他寫出了《高加索灰闌記》。文中比較了中國《灰闌記》劇本與布萊希特《高加索灰闌記》劇本，指出布萊希特從中國劇本中借取了情節的成分，同時又賦予了新的詮釋，重新處理了素材，使之更適合歐洲人的傳統觀念與審美心理。在「文類研究」中，作者既對文類本身作了辨析，又以典型實例為對象具體剖析了戲劇、小說等類文體，如《關漢卿的〈竇娥冤〉：一個通俗劇》等文中，作者援用西方傳統悲劇觀探討了《竇娥冤》，認為較之於西方的戲劇文類，《竇》劇有點類似西方某些悲劇，特別是一些通俗劇。劇中人物竇娥是一位貞孝節操的受苦女性代表，更是一位古今中外民間故事與敘事文學作品中屢見不鮮的灰姑娘原型的變形，她是堅貞、忍耐美德的化身，從西方神話原型觀念看，我們透過這個化身，能發現超越戲劇文類本身更豐富的內涵及意義。

如果說，張漢良的《比較文學理論與實踐》是較多地側重於「實踐」——影響研究與文類研究，那麼，鄭樹森的《文學理論與比較文學》則偏重於介紹西方的文學批評理論，如讀者反映論、結論主義、現象學等，並以此澄清比較文學中的一些概念與認識。作者在書中也談到了影響研究，他說，倡導影響研究的「法國學派」，往往忽略文學的內在創造性（即作品的自生性），缺少內在

分析與美學成分。事實上，一位作家閱讀或鍾愛某些外來作品，甚而愛而仿之，是完全可能的，但其承受過程在想像方面不可能亦步亦趨，其再創造與意識形態的再生產，也往往是個脫胎換骨的過程。僅僅依事實聯繫作說明，最多只能停留於作品的外緣，而完全忽視了作家承受過程與創作活動中的主觀心理因素。作者認為，影響研究倘要顧及作品的內在成分，就一定要走出純實證考據的圈子，推及作品的內在分析與比較。在《結構主義與中國文學研究》一文中，鄭樹森著重介紹了結構主義理論及其代表人物李維史陀與雅克慎對中國文學研究的影響。文章特別談到了港臺及海外的幾位學者以此分析中國古典文學的例子，如周英雄運用二元對立關係分析「公無渡河」，浦安迪以「二元補襯」分析《紅樓夢》結構，張漢良以神話結構法分析唐傳奇等。作者指出，結構主義理論本身尚有不足，它在中國的引進也剛開始，作為文學研究，我們應提倡多元化，兼收並蓄。作者這一觀點無疑是值得重視的。

對於結構主義與中國文學的關係問題，周英雄也有所研究，他在《結構、語言與文學》〔註9〕一文中，專門介紹了結構主義。文章從歷史背景和語言學與人類學兩大理論角度談了結構主義對文學研究的影響，認為它可以運用於文學研究，從基本精神看，它更接近於比較文學的美國學派。不過，作者又指出，結構主義雖然在歐美風行一時，卻也遭到了非議，認為它側重於機械式的分析，不涉及人的因素。對此，作者提出不能用「機械的形構分析」一概套於文學研究。實際上，中國文學研究中運用結構主義方法成功的例子也有，如張漢良對唐傳奇的分析。對中國文學研究中的這類情況，作者分俗文學與文人文學兩大類作了闡述。他介紹了傳奇、樂府、唐詩與明清小說的結構分析例子，說結構主義本身是否適合中國文學批評，目前下判斷還為時嫌早。首先應讓結構主義在中國文學批評範疇中生根結果，然後再將此理論整理所得的中國文學批評與傳統批評或其他批評的結果作比較，看結構主義是否真的適合於中國文學批評。在《結構主義是否適用於中國文學批評》一文末尾，周英雄說道：「二十世紀的結構主義，從整體、從底層的觀點來看文學，自有其立足之根據，也不必因它無法鞭辟入裏地勾出中國文學精髓，而因此揚棄不用，因為沒有任何一種批評能自稱完美無瑕。」他指出，我們應放棄「閉關自守」觀念，將應運而生的結構主義與其他西方理論與批評方法用以作為解決當代文學研究的方法之一。周英雄還專以《憎教官與李爾王》一文作了用結構主義方法分

〔註9〕見《比較文學與小說詮釋》，北京大學出版社，1990 年版，下引同。

析比較中西小說戲劇的嘗試。懵教官是明代凌濛初《拍案驚奇》（二刻）中「懵教官愛女不受報」故事中的主角，李爾王是莎士比亞戲劇《李爾王》的主要人物，周英雄由兩部作品中人際關係的異同，追索其所蘊含的傳統社會價值，說明東西方文學作品中兩個類似的故事情節，在不同的社會文化系統中可能具有截然不同的涵義。作者沒有在淺表層上作比較，而是將兩個主題融進了兩個不同的文化系統，從辨析異同中窺探廣義的文學社會意義：中國的「懵教官」體現的是中國的宗法價值觀，英國的「李爾王」體現的是文藝復興時期的個人主義、17世紀英國民族主義與社會主義思潮；而兩者有著深潛不露的共通處，《懵教官》正面是維護宗法，實際卻貶低了宗法的價值，人際關係仍以金錢為標準；《李爾王》追尋個人生存含義，探討個人人性，結果是物我俱毀，徹頭徹尾的虛無幻滅——兩者都是一明一暗的相互抵消。

臺港地區學者較為普遍地側重於中西比較文學研究，這反映了他們立足於中國文學，試圖從中國文學與世界文學的比較中探求中國文學發展的真諦及文學的內在性規律，這是很可貴的。袁鶴翔的《中國比較文學定義的探討》一文即是代表之一。文章認為，中西比較文學研究始於明清之際，其研究出發點是東西方文學的共同性，研究的終極是在尋求「類同」的同時也尋求因環境、時代、民族習慣、種族文化等因素而引起的不同。研究的步驟是：1. 語言的瞭解與應用；2. 作品的研讀與瞭解；3. 各種背景的研討；4. 中西治學方法的認識；5. 題目及研究範圍的訂定。研究的類別是：1. 文學理論與文學批評；2. 文學發展史；3. 文學作品的主題、種類、結構。袁鶴翔認為，中西比較文學是一門專門學問，它以中西文學為研究對象，將中西文學作品視作整個人類思想演變史中不可缺少的一部分，藉以增進中西兩個世界的相互瞭解與認識。袁鶴翔的這篇論文比較系統地闡述了他對中西比較文學的看法。同類文章還有古添洪的《中西比較文學：範疇、方法、精神的初探》，這篇文章是作者讀了李達三《比較文學研究之新方向》後有感而發之作。文中對中西比較文學強調了兩個方面：一是應著重探討一國文學如何被吸收、改變、融會、貢獻於另一國文學，也即一種文學傳統如何吸收另一種文學傳統的分子，而使之成為自身血肉的一部分，這是指影響研究；二是比較中西文學的同異，要溯源至文化的深層，且更多地應著重於「異」，這是指類同研究。作者認為，這兩者之中，類同研究——即平行研究似乎更有前途，它擴大了比較的可能性，且可不限於時代。作者還提出了一些頗令人啟發的看法。他說，作中西文學比較

研究，可以利用西方有系統的文學批評闡發中國文學及中國文學理論，即所謂「闡發法」。這「闡發法」並非「評估法」，不是以西方的評價標準來量度中國文學，而是批評者注意中西文化及文學的差異，注意文學本身的有機性，在此基礎上作批評闡發。作者特別提到了中國學派的形成要注重「文化模式」，唯有進入中西文化模式的階段，才會有深度，才可真正瞭解中西文學的異同。而歐洲文學是無所謂文化模式差異的，它們基本上出於同一文化模式——希臘、羅馬、基督教文化。其他研究中西比較文學的文章還有顏元叔的《〈白蛇傳〉與〈蕾米亞〉》一文，作者提供了一個饒有趣味的理解文學作品的視角：從情感與理智的衝突及理智摧毀情感的角度，分析看待《白蛇傳》與《蕾米亞》的主題內涵與人物形象。作者先分析《蕾米亞》，說濟慈的藝術處理給了原故事以象徵的結構與主題，使得古老的民間傳說獲得了深層的解釋：情感要求作自我之伸張，而理智不允許，結果理智扼殺了情感。根據這個象徵結構與意義，作者剖析了《白蛇傳》，認為我們不應僅將其看作神奇鬼怪小說，而應從中看到更深層的內涵：理智與情感的不兩立。文章對法海和尚予以重新看待與評價——情感上他無疑是惡棍，而理智上卻未必是壞人，他只是不能接受白素貞的由蛇變人，其根本意圖在於要許仙不應陷入情感而忘卻了理智。顏元叔的這一比較分析，無疑讓讀者獲得了新的啟示，啟發了讀者從新的角度去理解與詮釋文學作品。

應該看到，臺港地區學者的比較文學研究確有其視野開闊、思維活躍、角度多變的特點。他們或直接運用西方多種批評方法，如原型批評、心理批評、象徵批評等，對中國文學作多角度的評論。這類論文有：侯健的《三寶太監西洋記通俗演義——一個方法的實驗》、繆文傑的《試用原型批評的文學批評方法論唐邊塞詩》、顏元叔的《薛仁貴與薛丁山》、呂興昌的《〈水滸傳〉初探——從性與權力的觀點論宋江》、董慶萱的《〈西遊記〉的象徵世界》等；或將現代語言與美學分析相結合，作比較論述，如梅祖麟、高友工的《分析杜甫的〈秋興〉——試從語言結構入手作文學批評》；或用西方各種戲劇理論評價中國作品，如古添洪的《悲劇：感天動地竇娥冤》、姚一葦的《元雜劇中悲劇觀初探》；或直接集中介紹西方的最新文學理論——結構主義、現象學、符號學、接受美學、詮釋學等，在介紹同時作比較分析，如鄭樹森的《文學理論與比較文學》、周英雄的《結構主義與中國文學》、張漢良的《讀者反應理論》等；或按中西文學的具體文類——小說、戲劇、詩歌等作橫向比較，如陶緯的《三部〈灰闌

記〉劇本比較》、何冠驥的《中英詩中的時間觀念》等。

臺港地區研究特點

簡括以上所述，我們可以看到，臺港地區的比較文學研究大致呈現以下一些特點及情況：

第一，相對祖國大陸復興期而言，臺灣香港地區的比較文學研究大約早了十多年，這十多年時間中，由於一批留美博士的熱心倡導與努力，比較文學發展較快（70 年代中期已蔚成風氣），成果不少。而祖國大陸由於政治、社會原因，這十多年處於滯緩期階段，相對來說，無論成果的數量、質量及學者隊伍，均不及臺港地區。具體地看，臺港地區的研究者出身外文系的為多，且其中多數為留美或臺灣地區一些大學畢業的比較文學博士，他們起點高、外語好、熟悉歐美文學及西方理論與批評方法，這使他們具有「先天」的優越條件，一接觸比較文學，就能駕輕就熟，而祖國大陸這方面就顯然弱了些。

第二，臺港地區的比較文學研究特別標舉「中西比較文學」，他們立足中國文學，放眼世界文學，力樹「中國學派」旗幟，顯示了鮮明的東方特色與獨特的視角。相比之下，祖國大陸復興期的比較文學雖然呈現「四面開花，八方呼應」的空前繁榮局面，但整體上的傾向性風格，不如臺港地區那麼鮮明突出。

第三，這二十多年的時間中，臺港地區學者做出了可貴的努力，其成果頗引起國際比較文學界的注目。這當中既有翻譯介紹西方比較文學理論與批評方法的譯著，也有以中西比較文學為重點的大量論著（包括專著、論文集及論文等），還培養了一批後繼人才，形成了一支有相當實力的學術隊伍，成為亞洲及國際比較文學界不可忽視的研究據點之一。特別值得提出的是，臺港地區學者還與祖國大陸學者互通信息、互相交流、攜手共進，形成了互訪互學、切磋研討的好風尚，促進了中國比較文學研究的深入發展。

第四，儘管臺港地區學者在其研究過程中不免有牽強附會之處，有的還帶有某些政治偏見，但他們試圖從比較研究中探求跨國度、跨文化的共同規律與美學據點，試圖打破「歐洲中心」框框，讓東方的中國文學充實與豐富比較文學，這種努力是極其可貴並有成效的。可以預料，一旦海峽兩岸與臺港地區學者們攜手並肩，一定可以使中國的比較文學研究出現嶄新的喜人局面。

附錄一　關於文學史的思考——兼談兩部歐美版《中國文學史》

清華大學學術講座

　　2019 年 9 月 27 日晚，「傅璇琮學術講座」第十六講在清華大學新齋 304 室舉行。應清華大學中文系邀請，復旦大學中文系徐志嘯教授作了題為「關於文學史的思考——兼談兩部歐美版《中國文學史》」的精彩講座。講座由孫明君教授主持，馬銀琴教授、李飛躍副教授和中國社科院文學研究所馬昕副編審等數十位校內外師生聆聽了此次講座。孫明君老師首先簡要介紹了徐志嘯教授的學術經歷和成就，徐教授先後師從陳子展、林庚兩先生，從事古代文學研究和比較文學研究，可謂兼「海派」「京派」學術於一身。

　　講座開始，徐教授分享了他對究竟什麼是文學史的思考和認識。談到反思的起因，是他發現市面上有些文學史著作只是單純的作家和作品的彙編，長期通行的「時代背景—作家生平—作品介紹」三段模式，未能體現文學史的本質。在徐教授看來，文學史是一門科學，是一門研究文學發展歷史的科學，是史學的一個分支，應該以史的眼光，遵循歷史發展的線索和軌跡，研究文學發展的過程，總結文學發展的規律。具體來說，應該是闡發、評述、提煉、概括文學發生發展過程中的現象、內容、形式、思潮、流派；應該總結文學在產生、發展、演化、傳承、嬗變中的特徵和規律；應該結合時代、社會、漢民族以外的其他民族和域外等多元文化背景的各種條件，探討不同條件下文學的發展過程、內涵表現，意識形式、特點特徵、歷史作用等。文學史本身應該包括空間範疇的世界史、國別史、地區史、民族史，時間範疇的通史、斷代史，文體分類的詩歌史、散文史、小說史等。有人將文學史意識總結為「長河意識」和

「博物館意識」，徐教授認為，這個比方，形象、恰切地說明了文學史所需要
的宏微結合的科學的歷史眼光。

　　基於上述對文學史抽象概念的認識，徐教授為大家梳理了中國文學史的
發展歷程。首先，文學史的概念來自外國而非產自本土，雖然有人認為劉勰
《文心雕龍‧時序篇》已經透露了中國文學史的萌芽，但徐教授認為，正如
王運熙先生的觀點，劉勰寫作《文心雕龍》實際上是帶著文學創作意識而非
文學史意識，我們應該承認今天的文學史概念是西學東漸的產物，有一個東
傳、接受、借鑒、演化的過程。接著，徐教授介紹了文學史的產生。文學史
最早誕生於 18 世紀末到 19 世紀初的國別文學史，主要是英、法、德、意等
國，有三個方面的標誌，即文學史觀念的確立、文學進化概念的貫穿和實證
研究在分析闡釋中的體現。作為國別文學史的產生，是歐洲文明史的重要成
果，貫穿了進化論的因子，它從社會發展的角度詮釋各個國家民族文學的歷
史。再者，中國的文學史最早也產生於國外，如 19 世紀中葉德國的《中國文
學論綱》、1880 年前後俄國的《中國文學史綱要》、19 世紀末日本相繼出現的
十多本《支那文學史》、20 世紀初英國翟理思的《中國文學史》等，之後才有
20 世紀初中國人自己編撰的文學史，如林傳甲、黃人的兩部講義式《中國文
學史》。此後中國有特色的文學史，如劉師培《中國中古文學史講義》、謝无量
《中國大文學史》、胡適《國語文學史》《白話文學史》、魯迅《中國文學史略》
（後改為《漢文學史綱要》）、鄭振鐸《插圖本中國文學史》《中國俗文學史》、
林庚《中國文學簡史》以及游國恩、劉大杰、袁行霈、章培恒等編寫的各種中
國文學史。

　　徐教授以 1949 年前後為界限，對一些代表性文學史著作分別作了簡要
說明。

　　1949 年以前的中國文學史，徐教授著重介紹了「詩人型學者」林庚先生
的《中國文學史》。林著不僅注重溝通古今，而且立足中西，不只是就中國論
中國，而是視野寬闊，提出了諸多新問題，如「中國為什麼沒有史詩」「中國
為什麼缺少悲劇」，等等。徐教授引用朱自清先生的觀點，認為文學史需要具
備歷史研究的見識觀，林庚先生的文學史是把文學史發展看成是童年到老年
般有生機卻又可再生的過程，以溝通新舊文學史的願望，探索「規律與自由」
「模仿與創造」等問題，是一部融入詩人創作體驗且切入肌理的文學史。

　　1949 年以後的中國文學史，徐教授認為社科院文研所編的文學史適合作

為高校教材，而劉大杰編的文學史更符合今天的文學史概念，與游國恩編和文研所編等集體撰寫的相比，也更具獨立撰寫的個人風格和內在系統性。20 世紀 80 年代至今的文學史，徐教授對比了袁行霈先生與章培恒先生主編的兩個版本。袁編彙集了全國高校的中堅力量，且每部分觀點附有各家說法作為參考，為讀者提供了進一步研究的餘地，對各方批評意見也能虛心接受，並及時予以修正。章編推出後，曾引起學界熱議，孫明君老師在 1997 年《北京大學學報》上發表的《追尋遙遠的理想》一文，對章編文學史強調人性的特點予以肯定，但指出了其「分期的標準依然是取決於王朝的更替，而不是依據文學自身的嬗變規律」。章培恒先生作為嚴謹的學者，採納了學界的意見，後來對整部書作了重大修改，將文學史古今演變的思路努力貫穿全書，特別在分期上作了艱苦探索，達到了中國文學史分期探索方面前所未有的進步。此外，徐教授還提到了新版《簡明中國文學史讀本》，它雖然是普及本，但也體現了守正出新與進化論、多元化觀點。另有觀點認為，中國文學史不能只講漢民族文學史，為此，中國社會科學院文學研究所集體編著的 1997 年版《中華文學通史》，包含了中華各民族及臺港澳地區的文學發展史。

接著，徐志嘯教授著重介紹了海外漢學的研究成果，包括日本和歐美的中國古代文學研究。他特別強調，年輕學者對待國外的研究，應該實事求是，可借鑒參考，但不應盲目跟風。徐教授特別就海外兩部代表性的中國文學史——《劍橋中國文學史》和《哥倫比亞中國文學史》，作了比較分析。主要從三個方面進行對比：一是寫作編排方式。《哥倫比亞中國文學史》編排以文類為主，而《劍橋中國文學史》主編反對機械割裂地按照文類編排，把文學史寫成了文體分類史，主張應寫成文學文化史。二是文學史分期問題。劍橋版在斷代年限上努力打破中國固有的朝代觀念，主張按照文學本身的發展來劃分，並提出中國古代文學不看重辭藻華美、歌功頌德，而更看重對社會政體的強烈批判關懷，這個觀點對於認識文學史分期也相當關鍵。此外，劍橋版還注意了傳播對文學批評的影響，以及印刷條件、選本內容等與文學史編寫會產生互動關係，這啟示我們，文學研究應該注意多方面的問題，也提醒我們文學史編寫，不能由個人喜好所決定。同時，哥倫比亞版的分段雖然不完全按照朝代變更，但也認為不能拋開政治對文學的影響，需要客觀看待，主編梅維恒主張在全景式年代框架下作主題式探索。徐教授指出，歐美漢學家的文學史，為方便西方讀者理解，強調了可讀性和故事性，而學術性有所淡化，其中的優缺點需要辯證地

看待。兩書把明代中葉文學與歐洲文藝復興文學相比較，將《金瓶梅》與《聖經》作比照等，頗有意思，但像史蒂芬・歐文把中國的中唐時期比作西方的中世紀，徐教授認為，這既不客觀，也不嚴謹。再是重視漢字特點，在這兩部歐美版中國文學史中，梅維恒和孫康宜都開宗明義提出要讓西方讀者感受到漢字的特點，這是真正理解中國文學的一把鑰匙，抓住漢字特點，也就抓住了漢文學的靈魂，哥倫比亞版結合漢字特性分析中國文學，還在第一章專門介紹中國的語言和文字特點，顯得很有特色。

徐教授也指出了這兩部文學史存在的一些問題，如：集體編撰造成的缺乏整體性統一問題；全書有些觀點沒有統一；有的分歧可以用注釋方式說明；本末倒置，有的不知名作家佔據篇幅較多，而一些重要作家作品卻罕有論及；章節分類邏輯混亂；朝代概念中西表述方式混亂等。值得肯定的是，在劍橋版中，孫康宜教授作為海外華裔，能夠注意到東西方文化交流的影響是雙向的，中國文學不應該是被忽略的他者。哥倫比亞版也有諸多可借鑒之處，如重視漢族和少數民族的聯繫，重視地方文學，注意到「六經」注釋的文學批評意義，加入「題畫詩」以說明藝術和文學的相通性，等等。

最後，徐教授給大家提出了幾點期待。首先，既要看到海外有一些出色的成果，如康達維在賦文學方面的研究，史蒂芬・歐文對文學內在肌理引人入勝的闡發，也應有自信和擔當，做到中國文學研究的主體要在中國本土。其次，古代文學課不能只讀文學史和選本，同學們要熟悉作品，必須通讀作家全部作品。最後，徐教授再次強調，文學史是一門歷史科學，不能只描述現象，要注重宏觀和微觀的結合，探尋文學發展的規律，探索文學史研究對當代文學發展的啟示。

孫明君老師對徐教授的講座作了總結和點評，他希望同學們認真聽取徐教授的建議，既要有宏闊視野，也要有堅實專業基礎。孫老師回憶了當年撰寫書評的情形，認為是「狂夫之言，聖人擇焉」，章培恒先生對待年輕學者批評意見認真寬容的態度，令人感動。

在問答環節，同學們就怎樣看待「文學史的權力」、如何處理文學史「成一家言」與綜合客觀標準之間的矛盾等問題提問。徐教授一一作了精彩解答，認為文學史著作要能經受歷史的考驗，要經得起讀者的評判；閱讀文學史的人也要有實事求是的客觀態度，在綜合思考基礎上作出獨立判斷；文學史書寫的權力，最終是在事實、讀者和研究者的手中，文學史的發展需要各方共

同推動。

講座在熱烈的掌聲中落下帷幕。

文／清華中文系 19 級博士生鄭晴心

【講座感想】

中國固有的「文學」一詞，其涵義在歷史中有一個發展演變的過程。自「literature」的「文學」譯法在中國廣為流佈之後，漢語中「文學」的涵義便接近於西文的「literature」。現代以來，以「中國文學史」為名的著述極多，其中，有的屬於自撰，有的屬於集體編寫，各具特色。徐教授在講座中綜論、評價多部東、西方學者撰述的「中國文學史」著作，對其不同寫法及背後所折射的文學觀、歷史觀和審美觀進行了闡述，啟益良多。舉其要者，自撰的「通史」有體例統一、前後連貫的優長，集體編寫的「通史」則具視角多樣、選材豐富的特點。前者如林庚先生所撰《中國文學簡史》，徐教授指出林先生詩人視角的意義。這不禁令我想起《簡史》標舉「七言絕句」與「小令」，批評「飾智驚思」之作，深感這樣的「批評」，實得益於林先生詩人的審美趣味與鑒賞力。後者如袁行霈教授主編的《中國文學史》。徐教授還著重談了《哥倫比亞中國文學史》與《劍橋中國文學史》這兩部由海外漢學家編寫的「中國文學史」，一則比較兩者的長處與不足，二則指出其「他山改錯」之意義。徐教授本人所持的「歷史應以發現規律為要務」的「史觀」，也很有必要指出，這一史觀，不同於以史實考證為特徵的「事件史觀」和理論先行的「觀念史觀」，具有重視「文學現象」的優點。

清華中文系 2013 級博士生李成金

徐先生以幾部常見的文學史為例，串聯出一條近代以來中國文學史演變的脈絡，落腳點則在近年引進翻譯的由國外學者所著的兩部《中國文學史》。先生以點帶面，多方比較各種文學史著作的優劣，娓娓道來，如數家珍。最後對《劍橋中國文學史》和《哥倫比亞中國文學史》各自的優長和缺陷做了細緻剖析，點明了一部優秀文學史應該具備的特點，與徐先生在講座開始時所說的理想的中國文學史書寫，形成呼應，啟人深思。

清華中文系 2016 級博士生張任

　　自第一部中國文學史問世以來的 160 多年裏，已知的中國文學史著作據說已有 1000 多部。國內的文學史著作，基本上是以朝代更替作為文學史劃分的依據。這樣的體例難免失於呆板、單調。文學史作為歷史的一部分，有其自身的規律可循，與朝代更迭並不一致。不論是編年體文學史、文體分類文學史、斷代文學史……都是突破文學史傳統寫作體例的有益嘗試。另外，文學史的書寫應該著眼於「史」，突出文學史的線性發展規律，而不是文學史上代表作家、代表作品的典型案例分析和鑒賞，這種對多個單點進行串聯的文學史著作，難以完整反映文學史的演變和發展規律，這也是目前文學史寫作的一大難題。徐志嘯老師在講座中重點評述的章著《中國文學史》、劉著《中國文學發展史》、《哥倫比亞中國文學史》，以及《劍橋中國文學史》，雖然銳意創新，但仍然不盡如人意。文學史書寫的新體例、新方法，仍然值得後輩學者去努力探索。

清華中文系 2018 級碩士生何濤

附錄二　中國文學之源：神話還是「六經」？

山西大學學術辯論

中國文學起源於哪？有學者認為，跟西方文化相通，我們的文學起源於神話，也有學者提出，中國的文學就應該是從這片沃土上起源，從上古時代傳下來後經孔子整理的「六經」（《詩》《書》《禮》《易》《樂》《春秋》）才是文學的源頭所在。

8月15日，為了探究中國文學之源，來自全國各地的文化學者濟濟一堂，在山西大學會議中心舉辦了一場激烈的學術爭鳴論壇。討論中，學者們分為兩派，以山西大學國學院前院長劉毓慶教授和上海復旦大學徐志嘯教授為代表，展開了一場舌戰群儒、別開生面、博古通今的學術 PK 大賽。

一、通過一系列辯論重新煥發學術的繁榮

本次論壇雖說在山西大學舉辦，但卻是一場席捲全國的系列活動，由《光明日報》國學版、文學遺產版編輯部主辦，旨在關注社會文化，引領學者發展的方向，所以會提出很多重大問題進行討論，尤其是在 20 世紀中國學術西化，有去中國化的傾向。因此，主辦方希望通過系列討論，來反對這種傾向，真正把中國古代文學中的重大問題搞清楚。

北京語言大學教授方銘認為，關於中國文學問題，特別是 20 世紀以後，人們在編著中國古代文學史時，都把神話作為發源，可是站立的角度不同，並沒有立足於中國文學本位，而當我們行進在從傳統文化走向現代化的巨變時代中，如何處理現代化和民族化的關係，是世界各民族所面臨的共同問題。對於中國古代文學研究來說，或者說對於文學愛好者來說，未來該怎麼走、歷史

該怎樣傳承，這是一個必然且重要的話題，也正是通過這一系列的專家爭鳴，來重新煥發學術上的繁榮。

二、話題精細到一個個分支呈現出多元化

本次論壇方式很特別，不是大家談，而是辯論賽。劉毓慶和徐志嘯成為正反兩方辯友，相互對戰，北京大學教授陳連山位居中間當起了主持人。3人坐在會議室正前方，各自的凝重神情彰顯了這場「戰役」的重要性，難怪山西大學國學院現任院長郭萬金會形容此次辯論是「一場沒有硝煙的『戰爭』」。

辯論正式開始，主題為「神話與『六經』——關於中國文學起源問題」。劉毓慶教授率先發言，在他看來，中國文學是源於「六經」的，而在一旁的徐志嘯教授則緊皺眉頭，不時地側耳傾聽，用筆記錄著。再看看會議室的其他學者，大家都在全神貫注地聆聽，有的微微側目，有的頻頻點頭，似乎都在腦海中填充對於中國文學的知識點。

這邊話音剛落，徐志嘯教授趕緊接腔。這位南方學者語速很快，用典型的江浙普通話，快速反擊，讓原本就緊張的氣氛瞬間凝固。「中國文學的起源不一定就是神話，它只能說是之一而不是全部。」徐志嘯的巧妙論述，弔足了大家的胃口，而這種是「之一」不是「唯一」的概念，也讓這個話題變得越發充滿趣味性。

這場「辯論」用唇槍舌劍來形容並不為過。徐志嘯先生從古至今論述神話在中國文學中的地位，語速快如機關槍一般，讓一向儒雅的劉毓慶面頰微微紅潤卻插不上話；等輪到劉毓慶反駁時，他引經據典，旁徵博引，認為神話論是西方概念，並不能以此來涵蓋中國文學……二人辯論期間，坐在中間的陳連山教授左右為難，不時地為正反雙方概括和總結觀點，讓辯論越發到達了一個高度，話題也逐漸精細到一個個分支，呈現出了多元化。

於學者而言，能在論壇上公然「叫板」，甚至能公開表述各自觀點，無疑是提升學術最好、最直接的方式；於公眾而言，能在現場看到專家學者們爭得面紅耳赤，倒也不失為一種學習和體驗。

觀點爭鳴

學者面對面辯論擦出火花

春秋戰國時期，儒、法、道、墨等各種思想流派相互論戰，出現了學術上

的繁榮，後世稱百家爭鳴。如今，專家學者面對面互駁，倒也擦出了不少關於文學和歷史的火花。

劉毓慶：中國文學起源於「六經」

中國古代並沒有神話這個概念。當下文學史著作中所講述的上古神話，如后羿射日、女媧補天、盤古開天、共工觸山等，並不是產生於上古時代，而是戰國以後。真正屬於上古的神話很有限，只有精衛填海、夸父追日、黃帝戰蚩尤等，雖說是上古神話，但這些神話都有歷史作內核，只是上古史的神話化，是以歷史作為背景和積澱的。相反，「六經」則是中國最早的不同性質的詩、文的叢編，它才是中國文學之源。

中國文學起源於神話，可以說是 20 世紀以來，學者們用西方概念規範中國學術。人們認為希臘神話是希臘藝術的寶庫，也是希臘藝術的前提，所以來推論，中國上古也應該像希臘一樣有一個神話為主體藝術的時代，而且這神話應該是中國文學藝術的土壤和前提，研究者為了遷就西方理論，於是認為這些神話產生得早，只是記錄得太晚。但實際情況是，神話最早出現在漢代文獻中的，「六經」成書年代較早，秦漢以來的文學作品中，隨處可以見到「六經」的影響。在中國文化史上，神話從來就沒有作為一種獨立的文化形態存在過，它是一種依附於歷史文化思潮而存在的敘事形態和思維形態，很少有人專門提到神話，更少有人對神話進行過價值評估，原因便在於神話不僅對中國文學影響甚微，甚至中國文人在孔子「不語怪力亂神」的訓導下，對神怪之說還持有排斥態度。假如沒有西方學者神話研究的理論與觀念的輸入，恐怕至今人們也不會意識到有神話的存在。況且對中國古代文學作過深入研究的學者都會發現，中國文學的主體是詩和文而不是敘事的戲劇、小說，所以「六經」才是中國文學的根源。

徐志嘯：神話是中國文學的源頭之一

中國古代沒有神話這個概念，並不代表沒有神話。人類早期都處於朦朧階段，就像嬰兒一樣，雖然還不會講話，可是他會用別的方式來表達對人類社會的一種態度和描述。同樣，當人類處在朦朧階段，對大自然和人類生活的一種自然想像活動，他用口頭或者文字的形式流傳、記錄，所以我的觀點就是，中國文學的起源肯定是多元化的，而神話是其中之一，並不是「六經」，那是成年人的產物，可是誰不是從孩童過來的？因此神話才是起源之一。

中國文學的主體形式是詩、文，沒錯，但不能因此認為，它們不屬於敘事範疇，或不是敘事之物。神話固然以敘事為主，但不能否認它的大膽奇特想像，你能說口頭傳說就不是文學嗎？恐怕現在還沒有佐證來證明，從某種角度看，「六經」是中國文學的流，而不能說源。追溯到上古時代，那時候沒有文字，這也是人類進化史的一個過程，但不能因為沒有文字就說明神話不是源頭啊。在中國考古歷史中，曾經出土的上古、夏商時期的玉器等，上面的圖畫顯示了對大地、天的崇拜，這背後肯定就有故事，表現出來的就是神話，所以說古時候就是存在神話的。再者說，任何民族都會有童年時代，產生豐富幻想、聯想，所以肯定會有一個神話時代。

結束語

眾所周知，辯論並沒有一個對錯之分，命題本身就是一個頗具辨析和爭議的話題，無法精準的判斷孰是孰非。同樣，學術爭鳴的雙方都認為自己的學術觀點是正確的，但是這必然是一個長期的論證過程，畢竟就上古時代而言，能提供的佐證太少太少。劉毓慶和徐志嘯兩位學者也同樣知道這是個沒有辦法得到結論的話題，但他們的觀點卻可以讓我們打開眼睛，增長知識。

《山西晚報》記者孫軼

附錄三 「期待到秭歸，拜謁屈原故里」
——專訪中國屈原學會名譽會長、央視訪談嘉賓、復旦大學教授、博導徐志嘯先生

湖北《三峽晚報》　馮漢斌

在剛剛播出的央視大型文化節目《典籍裏的中國》第七期《楚辭》裏，復旦大學中文系教授、博士生導師、中國屈原學會名譽會長徐志嘯先生以專家學者的身份，在節目中擔任訪談嘉賓，為觀眾們瞭解屈原、理解楚辭提供了重要的學術支持。

「《天問》作為《楚辭》中僅次於《離騷》的第二大長篇，它全詩有三百七十多句，一百多個問題，問天，問地，問人，天就是宇宙天際，地就是大地萬物，人就是人類社會，屈原大膽探索的求知精神，都蘊含在這一個一個的追問當中，氣勢磅礴，發人深思。」在節目中甫一登場，徐志嘯先生就以其專業而細緻的講述給人們留下了深刻印象。作為一名科班出身的古典文學研究者，徐志嘯教授從事屈原和楚辭研究逾四十年，堪為楚辭學與屈學研究領域的權威，「我的碩士和博士論文都是以楚辭為研究對象，而我與中國屈原學會也十分有緣，從理事、常務理事、副會長，一直幹到如今的名譽會長，橫跨了一個人最好的學術年齡。」他對記者如是說。

徐志嘯先生師從陳子展先生和林庚先生，並勤於著述，其《楚辭綜論》，是學界關於楚辭研究的重要著作，而在另一本著作《思與辨》裏，他以開放的視野為楚辭研究尋找更加深遠的文化背景，他認為，楚國的興起、楚地的地理氣候、楚人篳路藍縷的開拓精神和問鼎中原的霸氣，都是產生瑰麗楚辭的文化土壤。在《典籍裏的中國》第七期《楚辭》節目中，他甚至如數家珍般地細述

了楚辭從唐代開始在海外的影響力。

畢生從事楚辭研究，徐志嘯教授直言有一個極大的遺憾，就是沒有到過屈原故里，而今年十一月份將在秭歸舉行的中國屈原學會年會，無疑是一個難得的機會。「我一定會參加，並打算在會上談這次參加央視節目錄製過程的體會。」他對記者透露。

2021年8月16日，記者對身在上海的徐志嘯教授進行了遠程電話採訪，他還欣然為我們題詞：「期待到秭歸，拜謁屈原故里」。

《典籍裏的中國》第七期《楚辭》
通過屈原三篇代表作關聯其三個重要的人生階段

三峽晚報：七夕之夜播出的《典籍裏的中國》第七期《楚辭》，有觀眾評價說「開篇足夠浪漫，《橘頌》足夠感人，《離騷》足夠共情，《天問》足夠永恆，結尾足夠用心」，作為節目現場的特邀點評嘉賓和著名屈學專家，您怎麼評價這期節目？

徐志嘯：說實話，要把《楚辭》典籍展示給觀眾，本身有語言上的難度，特別是還要通過《楚辭》來詮釋屈原。編導們在節目上花了很大的工夫，既考慮到要抓住《楚辭》和屈原的靈魂，又要與現實結合起來。總體來看，我認為節目的亮點，就是通過《橘頌》《天問》《離騷》這三篇屈原代表作，來關聯他人生的三個重要階段。《橘頌》是他早期的作品，觀眾通過《橘頌》，可大抵明曉屈原人格和品質形成的路徑。《天問》則突出屈原孜孜不倦的求索精神，從宇宙天道到人類社會變遷，到楚國的歷史和現狀，在作品裏一一體現，從中透出屈原對理想的進取之心，而節目中又將《天問》與今天中國的科學探索結合起來，開場的「中國天眼」，到結尾的「天問一號」「神舟十二號」，上天入地，令人耳目一新。而經由《離騷》，把屈原一生的坎坷經歷，把他受楚王信任到不信任這個過程，包括群臣的誹謗，以及他的心路歷程，都一一表現出來，特別精彩。節目中，屈原與歷史上舜帝、大禹、商湯、周文王、彭咸等先賢們直接對話，顯示出屈原的理想人格的淵源之所在，又與後世的劉向、李白、南仁東相遇，可謂神來之筆。總之，我覺得央視的這期節目在解析楚辭、剖析屈原上，古為今用、古今融合，立體展示了《楚辭》的面貌，把握住了楚辭的精髓，是匠心之作。

三峽晚報：節目現場，屈原還收到了一份跨越兩千多年的禮物，那就是不

遠千里送到現場的一盒來自秭歸的柑橘，可以說，柑橘在節目中成為一個重要的象徵。您在節目中介紹說，《橘頌》是中國第一首詠物詩，這首詩為中國詠物詩奠定了一個什麼樣的傳統？

徐志嘯：首先，編導很巧妙地把《橘頌》的橘和秭歸出產的柑橘聯繫起來，柑橘來自屈原的出生地，也體現了屈原的人格，當然也宣傳了秭歸。《橘頌》表面上是歌頌橘本身，描述它的形象、外貌和品格，實際上有屈原個人的精神寄託。可以說，《橘頌》開創了中國文學史上詠物詩的先河。在屈原之前，還找不到哪一首詩歌像《橘頌》這樣非常明顯地以詩歌詠物，來抒發作者自己的情感，寄託作者的理想抱負和願望。從屈原開始，歷代詩人們開創了一個詠物詩的文化傳統，即借自然界的某一種事物來抒發作者個人的情感、理想和抱負，這是中國文學史的共識。

讀懂《楚辭》，首先要過文字關

三峽晚報：毫無疑問，《詩經》和《楚辭》是中國詩歌史上兩座無可企及的高峰。您覺得《詩經》和《楚辭》有哪些同和不同之處？很多讀者認為，《楚辭》難讀難解，令人望而卻步。作為長期研究楚辭和屈原的專家，您覺得我們應怎樣欣賞《楚辭》，理解《楚辭》？

徐志嘯：應該說，《詩經》和《楚辭》的產生雖有先後（前者誕生在西周春秋時期，後者乃是戰國時代的產物），但它們均為反映表現中國歷史早期時代特徵和社會風貌的代表作品，代表了中國文學的源頭，是中國早期文學的兩座高峰。兩部詩歌作品堪稱中國上古時代社會的百科全書，其中《楚辭》中的屈原作品，更是中國早期知識分子心靈歷程的形象記錄，它精心塑造了一位畢生為追求人格理想的完美實現而不惜以身殉理想的楷模，對後世士大夫文人產生了巨大影響。

從表現形式上，《詩經》以四言為主，夾雜多言，楚辭顯然是多言，或者說雜言，甚至有散文詩的味道。藝術手法上，《詩經》長於寫實，特別注意採用比興手法，楚辭也用了比興，但不是很典型。楚辭更多的是一種浪漫豐富的想像，融進了大量的神話傳說、歷史典故，作者思潮澎湃，思路開闊。因此，《詩經》是現實主義的風格，《楚辭》是浪漫主義的風格。

要欣賞《楚辭》，首先要讀懂它。《楚辭》在字句上和形式上，比《詩經》要難懂，其中最難懂的是《天問》。我認為，讀懂《楚辭》，首先要過文字關，把文字疏通理解了，才能從作品出發，一步一步進入《楚辭》的殿堂。

三峽晚報：您曾將屈原和但丁作過比較，認為《離騷》和《神曲》兩篇時空上毫無聯繫的作品，卻充滿了相似之處。能細說一下嗎？

徐志嘯：將屈原與但丁做比較，我完全是從讀他們的作品中感悟到的。有一次，我在圖書館讀中文版的但丁《神曲》，看到裏面的插圖，有神人駕車在天國漫遊的畫面，這個圖像突然讓我想到了《離騷》的後半部分，屈原也曾經駕車在天國遨遊，這真是神奇的巧合。按說，屈原和但丁並不在同一時代，分屬兩個民族、兩個國家，也不可能互相影響，但駕車遨遊天國這一文學想像，他們卻不約而同地在作品中呈現出來了。再細想，屈原和但丁還都有被流放的經歷，屈原被楚王先後流放到漢北和江南，沒有回到郢都，投水而死。但丁當時也被教皇流放，再也沒有回到佛羅倫薩，最終客死他鄉。正是這些相同的經歷，兩位世界一流大詩人為了自己的理想抱負，用充分的想像力，寫出了共同的遨遊天國的情節，從而為人類留下了《離騷》和《神曲》兩篇空前的傑作。

今年將到秭歸參加中國屈原學會年會

三峽晚報：您曾先後師從過著名學者陳子展先生和林庚先生，他們在楚辭研究上給您帶來了哪些啟示和影響？

徐志嘯：復旦大學的陳子展先生是我的碩士導師，北大的林庚先生是我的博士導師，兩位先生都是大學者和知名的楚辭研究專家，我從仰慕到崇敬，並很幸運地師門立雪，聆聽教誨。在具體做學問上，兩位先生有不同的風格，陳子展先生倡導多讀書，倡導唯物主義，注重利用考古成果，他一生「不讀遍天下書，不妄下結論」，其治學特點真正體現了他所奉行的宗旨：不苟同，不苟異，不溢美，不溢惡，實事求是，無徵不信。林庚先生對屈原情有獨鍾，以自身的詩人氣質領悟屈原作品，出版的《詩人屈原及其作品研究》《天問論箋》，精見疊現，深為楚學界所推重。林先生認為，先秦資料少，特別要注意辨偽，做學問要由疑點下手，像公安局破案一樣，尋找蛛絲馬蹟，來破解文學史的疑點、空白點和薄弱點。他的《天問論箋》就是這樣做出來的，被譽為清末以來研究《天問》的集大成之作。

我復旦碩士畢業後，留校當陳子展先生的學術助手，幫他整理舊著。後來，他覺得我應該繼續深造，便推薦我到北大讀博，於是聯繫他的老朋友林庚先生，主動寫了推薦信。林先生對我考察後很滿意，我順利通過了北大的博士生入學考試，正式拜到林先生門下。畢業時，林庚先生也要我留在北大當他的

學術助手，但我是上海人，我太太也是上海人，上海人一般都不願意北上，我只好揮淚灑別未名湖，離開北大，回到復旦，這是我至今覺得非常愧疚的。

三峽晚報：今年十一月中旬，中國屈原學會將在秭歸召開第十九屆年會，這將是您人生中第幾次來到屈原故里？為參加這次年會，您將作哪些準備？

徐志嘯：很遺憾，屈原故里至今還沒去過。我記得上世紀八十年代初，我的導師陳子展先生收到在秭歸開會的邀請，我那時還是他的在讀研究生，陳子展先生因年歲已高不能參加，他鄭重其事地推薦我帶論文參加研討會，記得他用毛筆恭敬地寫了兩封推薦信，一封給秭歸會議的承辦方，一封給復旦大學中文系。可惜，陳先生的這個做法，沒有被復旦中文系接受，但秭歸會議的籌辦方湖北省社科院的張嘯虎先生，在後來出版的論文集《前言》中，專門有一段話提到我，對我的論文表示肯定，讓我感動至今。今年在秭歸召開的年會我一定會參加，並打算在會上談這次參加央視節目錄製過程的體會。央視的這臺節目，從去年十一月份開始策劃，一直到播出的八月份，我擔任了半年多的諮詢專家，付出了一定的勞動，直到節目播出的前幾天，我還在參與推敲和修改劇本。

附錄四 「讓屈原走向世界」

淮陰師範學院專訪

記者：您認為中國屈原學會在屈原精神全國推廣工作中有何作用？

徐志嘯：中國屈原學會的成立，對屈原、楚辭文化的普及、提高、傳播，都起到了很好的作用。據我個人體會，一個人做學問，有時候是被逼出來的，你要參加學會的年會，就要寫論文，一次次參加會議、提交論文，時間一長，在這個方面就會有所積累。每次的論文肯定要拿得出手、要創新，那麼這個學會就起到了這樣的作用——無形之中逼著你在若干年內就研究的專題範圍誕生了一批成果，而你總不能去炒冷飯，總不能沒有新意，對學者來說，這無形之中就起到了促進作用。

從積極層面來說，促進學術交流。譬如我今天大會上所談的楚辭國際化的問題，沒有學會推動是不行的，一定是通過學會進行學術交流。對於學術而言，增強了生命力，起到了團結隊伍、組織隊伍、發現人才、推出系列成果的作用。每次年會結束後，將經過挑選的年會論文編成叢刊，另外還會編纂叢書、文獻叢刊，如現在中國屈原學會的《中國楚辭學》刊物。原本是單兵作戰的，現在就有一個團體、一個組織，大家可以協調，包括資料運用、觀點創新、中外碰撞等等。在這方面，屈原學會都起到了非常積極的作用。

曾經有一句話叫「敦煌在中國，敦煌學在外國」，如果楚辭亦是這般的話，國人臉上是無光的。屈原學會在組織推進學科研究方面起到了至關重要的作用。

另一方面，中國屈原學會創立的二十年間的發展比較正常，學會對於促進學術發展、促進屈原與楚辭的傳播影響，以及與地方上的合作都做得很好。如湖南、湖北一帶非常重視，甚至當地會自發成立地區屈原學會，再掛靠到中國

屈原學會上，上下結合，實現「本土化」，今天所談到的「國際化」，就是依靠學會有意識地向外傳播、邀請講學等，學會都發揮了很好的協調作用。

記者：屈原精神在中國傳統文化範疇中應處於何種地位？

徐志嘯：中華傳統文化以漢文化為主體。屈原的文學作品中融合了儒家、道家、法家、兵家、雜家、農家、原始的巫文化（即帶有濃厚的楚地特色的）等各種文化元素，比如《山海經》、《淮南子》等，融合成以他自身理想主義色彩所表現出來的，以《離騷》、《九歌》、《九章》、《天問》為代表的作品。所以，不能說巫文化和儒家文化、道家文化是完全對立的，在屈原的作品中是融合的，我將屈原稱為戰國時代融合多家思想文化色彩的一個人──他不是思想家，但他有他的思想；他不是一個儒家的代表人物，但他的思想中主要還是以儒家為代表；他不是純儒家，而是融合了多家的色彩（有儒家、道家、法家等）。但是在傾向上，譬如他的忠君，他的理想，為理想的實現最後自殺，都是在中國傳統的宗法家族的思想指導下所形成的，他忠君甚至到了愚忠的地步，因此他會以死向君主諫言，相信君主，將希望寄託在君主身上。巫文化從時代上說，確實要比儒和道要早，是一種原始的宗教文化，但是隨著楚國文化的發展，它逐漸揉進了儒、道之中，在屈原的作品中體現出一種混合、融合的狀態，這種文化狀態具有比較獨特的風格，和中原有所不同。

當然我們現在所強調的，還是孔子的一些思想作為漢文化的代表。但是有一種說法，中國傳統文化中的代表人物，一是孔子，二是屈原。孔子毋庸置疑，屈原最關鍵的在於對中國傳統知識分子的影響特別大。研究楚辭你會發現，漢代是個高潮、宋代是個高潮、清代是個高潮，我們現代也出現這樣的高潮。知識分子在民族矛盾發生重大衝突的時候，或者是國家意識，或者是民族存亡，這個時候「屈原往往會跳出來」──知識分子往往會把屈原作為一種代表，作為一種思想寄託。

像南宋，正好是北宋亡了，金兵南下，民族存亡的時候，為什麼南宋的楚辭研究會出現高潮？如朱熹等研究楚辭，其實是借題發揮，並非為學術而學術。明清時代亦是如此，特別是清代，因為清代是滿族人南下的異族統治，在此情況下，漢族人如何發出自己愛國、愛君主的感情呢？那就是借助屈原。到了王國維、老舍投河、郭沫若（罵蔣介石時也是搞了個屈原的話劇）等等，都有屈原的影子。所以說，屈原就變成了一個精神符號──歷代的傳統知識分子都在屈原身上寄託思想感情、抒發其對民族對國家的感情，以至於賦予其

一個標籤：愛國主義。實質上，屈原是談不上今天意義上的愛國主義的，他所在的時代，沒有今天國家的概念，他完全是忠君、愛民，封建宗法體制下的忠於君主。

從我們今天來說，屈原身上所表現出的幾個方面，對現實社會是很有借鑒意義的。比如說，對理想的執著追求、不與世俗同沉浮、不隨波逐流、忠奸分明、善惡分明等。但忠君甚至到愚忠這一點，還是不可取的。當然，從文學上來說，他的獨創性是很突出的。

記者：屈原身上所折射出的精神與中國傳統的士文化，您認為有沒有關聯呢？

徐志嘯：有關係，當然有關係。剛剛所說的屈原在後代的影響中，士大夫文化就有他的成份，他的影響很大。因為他是用生命尋找理想，這個對歷代的知識分子是有很大震動的。因為一個人最重要的是生命，而他把自己的生命獻出來追求理想，對其他人確實是有震動的。

記者：對，就像您所言的老舍，最後寧可失去生命，也不願失去尊嚴，這是一種傳統。但是在我們平常人的觀念中，對士文化有種誤解，比如我們會談到東晉文化（是士文化彰顯比較突出的地方），我們一談到東晉，就會覺得這種世俗間的社會有多腐朽，但事實上它們背後士文化的精神很少為人所見。這是我們在享受這樣的一種文化時必須面對的一個問題，其實士文化在中國每一個知識分子身上都有折射。

徐志嘯：當然，士文化的概念本身就是一個綜合的、整體的，其中的成分很複雜。要看哪種士、哪類士、哪種文化。

記者：讓我們還是回到楚文化上。楚文化是高雅文化的代表嗎？就我個人而言，這種文化太讓人賞心悅目了，它應該是尖端的高雅文化。

徐志嘯：那是從時代上而言的。當時那個時代條件下，它顯得比中原文化燦爛輝煌、多姿多彩、五彩繽紛、想像力豐富。

記者：您一直在做楚辭的海外推廣傳播工作？

徐志嘯：我的研究方向有兩個，一個是古代文學、一個是比較文學，我是兩個專業的博士生導師，這給我帶來了走出國門、走向世界的較多機會。我從1991年開始，第一次到日本參加國際會議到現在，到過亞、非、歐、美大概二十多個國家和地區，平均每年兩次左右，迄今已有四、五十次了。我參加的國際會議和在國外的學術演講，與楚辭有關係的一共有十多次，遍及四個大洲近

十個國家。我自己覺得很有收穫，不僅僅是國際交流、開拓視野的問題，還可瞭解世界如何認識中國。

比如說，在美國哥倫比亞大學，邀請方提出希望我談談中國楚辭研究的最新動向，在伊利諾伊香檳分校，他們希望我談談劉勰對辭賦研究的看法。各個學校從各個不同的角度，來瞭解研究的動態、傾向，然後啟發他們對作品、人物的認識。我覺得很有意思。

另外，楚辭的浪漫想像與東方的思維方式，和西方的創作作比較，也會引發西方學者的興趣。把《楚辭》與但丁的《神曲》、歌德的《浮士德》等作比照，進行一些想像的比較，是一個很好的課題。

記者：《屈原與但丁》，做出比較的立足點是什麼？

徐志嘯：完全是偶然的因素。我看到《神曲》當中的一幅插圖——駕著車到天堂，主人公在引導下從地獄到煉獄到天堂，駕車在天堂邀遊。突然使我想到《離騷》下半部分，主人公也是上天國，也是坐車。然後我就產生興趣，為什麼會產生這個不約而同的現象，就去看作品、查史料，然後再將這兩個完全沒有關係的詩人放在一起比較，談出一些想法。雖然是一個偶然的因素造成的，但是將東、西方文學拿來放在同一個平臺上，這是有意識的。因為我的學問是朝這個方向發展，而且我對此非常有興趣，就是試著去做比較的時候，人的眼光、思維會一下了從小的範圍跳到比較高的高度，視野會比較開闊，馬上會想到國外。當然不能和錢鍾書比，錢鍾書是在讀書的時候，讀到某一個情節、某一個典故、某一個詞語，就會馬上跳到意大利、英國、法國、德國，因為他知識面很寬，記憶力極強。對於我而言，覺得有這個興趣，但沒有達到他這個水平，但有的時候也會跳，也會聯想，這對於全方位多側面的瞭解文學的人物、作家、創作都有好處，能夠從宏觀的視角上來認識他們的本質特點，或比較他們的異同。

記者：《楚辭》在中國傳統文學和世界文學上的地位如何？

徐志嘯：我專門寫過一篇文章，叫《屈原在世界文學史上的地位》，屈原不僅是中國一流的，也是世界一流的。

記者：您剛剛講了讓國外知道中國，那麼在楚辭研究這一塊，您有沒有想過讓中國的老百姓知道《楚辭》？

徐志嘯：這個是絕對要做的。實際上，國際化是處於高一個階段的，一般老百姓的普及，那是首先要做的事情，主要是課堂上課，中學生、大學生，特

別是中文系的學生。另外一個是作品的今譯，加上注釋、評論、鑒賞。

記者：您多年來孜孜不倦從事學術研究的動力是什麼？

徐志嘯：主要是事業心，希望不斷在學術上提高，多出學術成果。

記者：您對韓國的江陵端午祭申遺的看法？

徐志嘯：韓國確實有這樣一個情況，中國的東西傳過去，他們保存、傳承的比較好。而中國，雖然是我們自己的東西，反而沒有很好的保存和發展。所謂江陵的端午習俗，這實際上是中國的東西，傳到他們那兒以後，他們反而做成了一個產品，搞得世界範圍裏很多人過去遊覽。這點必須承認，人家有的地方確實做得比我們好，這是第一。

第二，這件事本身對我們是一個很大的促進，他們申請到了世界文化遺產，對我們是一個很大的刺激，說明我們在這方面沒做好。完全是我們的東西，怎麼到他們那兒變成了他們的東西？你不能怪人家把這個做成這個樣了，而要怪自己為什麼不超過人家？所以，我覺得這是一個教訓，促使我們對中國傳統精華的東西要重視。你要很好的認識到，這個是你的寶貝，你不要把它喪失，盡可能把它做得好，做得漂亮，以此吸引全世界。

原載淮陰師範學院
新聞網
2015 年 8 月 14 日

附錄五 「今天我們如何認識屈原？」

上海師範大學講座

詹丹：很高興我們今天請到復旦大學徐志嘯教授來給我們做一個講座，我們這個光啟通識課到今天為止已經是第九季了，一個學期搞了很多，而且是聲名在外，影響非常大，是上師大一個品牌欄目。我們基本上都是請重量級教授來給我們開拓視野。其實我們本意是想通過線下，讓老師和同學們交流，這樣面對面，可更親近一點，但是因為疫情原因，實在沒有辦法。有一些老師不太喜歡在線，我們有幾位老師一聽是在線，就說安排下一次吧，下面沒有人聽，心裏慌慌的，這個也是沒有辦法。今天徐老師還是雲端見面，跟大家交流。

徐老師本科是讀的歷史，後來碩士和博士讀的文學，某種意義上，符合中國傳統文史不分家、兼通文史的傳統。徐老師曾周遊列國，去了很多國家，進行海外漢學或外國文學的交流研究，這是比較文學，這方面他也很有成就，所以說，他是學貫中西，文史、中西，這兩頭都有出色的成就。最近徐老師還饋贈一本書給我——《北美學者中國古代詩學研究》，其中一篇題名〈徐志摩，啊不，徐志嘯〉，寫得非常生動，把徐老師人格魅力展示的淋漓盡致。我們讀文學，某種意義上就是在讀人，對人的世界有一個充分的瞭解。今天的講座，就是認識屈原這個人，我們今天如何認識屈原？它可能也會帶來許多問題，徐老師是中國屈原學會名譽會長，在這方面屬權威級人物，我們想請徐老師講講他理解的屈原，可能會給我們帶來一些新的思考和認識。如果大家有問題，可在問答欄目裏面提出來，講座最後，會給大家留一點時間，提問討論。現在請徐老師開講，大家歡迎。

徐志嘯：首先感謝詹丹教授，他熱情邀請我來參加上海師範大學這一高端

講座，我感到很榮幸，有機會和大家談談屈原問題。因為網上授課關係，我的電腦操作水平不夠，陳玲老師給了我很多指教，謝謝陳老師！我今天談這個話題，主要是談我個人的一些想法，在我學習、研究屈原過程中，有哪些想法，和大家交流一下，可能和前人看法有一樣的地方，但也有不同的地方，先作一個說明。整個講座，圍繞幾個問題來談，立足於我們應該如何全面認識屈原這個人物，以及他的作品。現在我們就開始談這個話題。

講到屈原，首先聯想到的一個問題就是端午節，因為每年過端午節的時候，往往要吃粽子、划龍舟、掛香囊之類，今天的人們，往往會很自然想到，這些風俗習慣，是不是說明屈原和端午節有關，我們過端午節，是否就是為了紀念屈原？這個問題先要簡單說清楚。其實，歷史上，端午在前，屈原在後，屈原之前，已經有了端午祭祀，端午過節的習俗，並不是因為要紀念屈原，人們便挑在端午節的時候專門來紀念他——吃粽子，划龍舟等。端午節從歷史上來說，實際上是一個圖騰祭祀的節日，中國古代上古時期人們對自然界很多現象沒法解釋，不理解，但是他們又祈求老天爺能夠風調雨順，能夠讓大地糧食豐收，所以他們的自然意識，以為自然界有一個龍，這個龍是一種圖騰，它控制了整個自然界變化，所以人們就把龍作為一個祭祀的對象，每年到了農曆5月端午，就請龍下凡，祭龍，他們認為龍能飛天，能下海，會掌管降雨，預示吉祥。所以祭龍，就成為了端午節很重要的內容。有一本書，《荊楚歲時記》，專門記載了漢代以前人們在端午節的時候進行的祭祀活動。端午這個名詞，端是起端、開端，午就是五，每年農曆五月初五，被古人定名為端午，實際時間是現在公曆的6月初。古人認為，這個日子，氣候開始變暖，病蟲害、毒氣、邪氣等都出來了，大地復蘇了，夏開始了，為了要驅逐毒氣、邪氣，就舉行了祭祀，目的為驅逐惡蟲，驅逐邪氣。這個習俗在中國古代一直綿延持續。本來，我們國家對這個端午，並不十分重視，前些年出現了一個問題，東鄰韓國，它的文化，實際受中國文化影響很大，其國內的很多風俗習慣，完全是我們中國漢族人風俗的延續，農曆五月端午，他們也有一個祭鬼神的活動，和中國的端午祭神，既相同又不同，相同在於都是祭神，不同的是，我們祭的是龍，是水，他們祭的是山。問題在哪裏？就是韓國人搞了一個「江陵端午祭」，他們把它作為一個自己民族的歷史文化傳統項目，向聯合國科教文組織申報了世界文化遺產，聯合國科教文組織居然批准了。這一來，引起了中國的震動，這端午祭祀本來是我們中國的傳統文化習俗，怎麼變成韓國的東西了？由此，我們國

家正式把端午節定為了國定紀念日，這一天每年放假，並作為中國傳統文化的重要節日之一，與清明、中秋、春節，居於同等地位。所以，這個事情，是外國人刺激了我們，引起了我們對傳統文化的重視。很顯然，這個問題在我們傳統文化研究中，特別要引起注意。簡單地說，屈原跟端午有關係，但是端午節出現的時間，要比屈原早，後世人們是利用端午節來紀念屈原——吃粽子，劃龍舟等。

剛才開始之前，詹老師提了一句，說有同學已經提問了，中國歷史上有沒有屈原這個人？我這個話題，說的是我們今天如何認識屈原，如果中國沒有屈原這個人，怎麼來認識屈原？所以這裡先簡單說一下，歷史上有沒有屈原這個人。

我們判斷歷史上有沒有某個人，主要看兩個，一個是文獻記載，一個是出土文物，兩者均落實，才能得到證明。到現在為止，判斷屈原這個人歷史上存在不存在，最可靠的論據或者說史料依據，就是司馬遷《史記·屈原列傳》，《史記·屈原列傳》留下了這個人的名字，包括他的生平，他的身世經歷，他的主要成就。那麼，問題在哪裏呢？問題在於，司馬遷創作的時候，可參考依據的史料不足，畢竟屈原時代要比漢代早得多，所以司馬遷的《史記·屈原列傳》裏有一些記載，引起了後人的懷疑和質疑，這就引來了後代人認為屈原的不可信。最早提出屈原否定論的，近現代時期，主要是——廖平、胡適、何天行等人，其中影響最大的，就是胡適，因為胡適是著名學者，廖平和何天行知名度比較小。胡適的代表作品，是 1922 年發表在《讀書》雜誌上的一篇《讀楚辭》，他提出，屈原不可信，為什麼不可信？主要是《史記》記載不可靠，《屈原列傳》不可靠。對這個問題，我的觀點是，胡適提出這個疑問，有他的道理，《史記》確實有摻偽成分，《屈原列傳》裏確有借用他人材料，不是完全靠歷史文獻和出土文物，而且司馬遷個人撰寫《史記》，確實也受到缺乏史料的困惑。但是問題在於，由其他一些歷史資料考證，我們完全可以證實，中國歷史上確有屈原這個人。這方面，現代很多學者做了大量的工作，這裡因為時間關係，不展開說了。我只是想說明，我個人認為，我們應該基本上相信《史記》，相信司馬遷，《史記》畢竟是一部基本上靠得住的歷史文獻，再參之以其他考古出土文物，我們可以肯定，歷史上確有屈原這個人。還有，班固的《漢書·藝文志》，載錄了屈原作品 25 篇，這些作品，以《離騷》為代表，也可以證實屈原這個人物確實存在。我這裡想插句話，我們的東鄰日本，蠻有意思，

隨著胡適等學者對屈原提出質疑後，東鄰日本有一批學者，他們對中國有沒有屈原這個人，以及現今所流傳的《楚辭》作品，是不是屈原本人所寫，提出質疑：第一，中國歷史上有沒有屈原這個人？第二，這些楚辭作品，是不是屈原本人所寫？這個很正常，因為我們知道，日本研究漢學，研究中國文化，很厲害，在全世界，應該說他們的水平很高，花的工夫很大，我們不能說，日本學者提出來中國屈原有沒有這個人，作品是不是屈原所寫，完全沒有道理。什麼原因？因為楚辭作品客觀存在，它必須有作者，而這個作者，從司馬遷《史記》中，他們發現了問題，發生了疑問。因為楚辭作品裏面，25 篇並不是完全都是屈原所做，爭議比較多的，比如《九章》中的有些篇，比如《招魂》《大招》《遠遊》等，所以，日本學術界提出質疑，有一定道理。我不認為日本學者是故作驚人之語，或故意要顯示他們的水平蓋過中國學者。我跟日本學者有過接觸，他們中大多數是比較紮實做學問的學者。有趣的是，有一個學者，名叫大宮真人，他搞了一本《屈賦與日本公元前史》，這本書也送給我了，說屈原到過日本，在屈原作品中有關於日本的記載。他的依據是什麼？依據就是這個大宮真人實地考察了日本九州這個地方，發現這裡的很多地名，串起來以後，出現一個奇怪現象，就是屈原《九章》作品當中提到的地名，居然和日本九州島上這些地名，在日語的發音上相似或相同，有諧音現象，這就引起了日本學者的很大興趣，他們便認為，屈原很可能到過日本，甚至認為，屈原或許是日本人。這個話題扯得比較遠了，涉及了中國文化在日本的影響。我的意思是說，在否定屈原其人的過程當中，日本學者也參與了，也提出了他們一些觀點和依據。但是，說實話，這些依據，並不能駁倒我們今天以《史記》為代表的史料和出土文物考證所得出的結論。必須承認，中國歷史上，在戰國時代，確實有這麼一個名字叫屈原的大詩人。這是我簡單說一下關於屈原有沒有這個人，可以說，到現在為止，我們承認有屈原否定論存在，但至今還沒有充足的論據，可以駁倒屈原其人的真實存在。因此，可以說，中國歷史上確有屈原其人，屈原也確實寫下了以《離騷》為代表的一系列詩歌作品。

接下來一個問題是屈原的作品。屈原的作品問題，所依據的，現在最可靠的，是《漢書·藝文志》，這裡面載入了屈原作品 25 篇，這些作品包括：《離騷》、《天問》、《九歌》、《九章》、《招魂》、《大招》、《卜居》、《漁父》、《遠遊》，一共 25 篇，這 25 篇作品是不是完全為屈原所作，到今天為止，學術界一直有爭論。比較可靠或者比較公認的是《離騷》、《天問》、《九歌》，一般來說沒有

爭議，因為《史記》裏面有記載。這個作品真偽問題，往往引起了對屈原這個人物的懷疑。我個人認為，在沒有充分的歷史文獻資料和出土文物證明之前，我們還是應該相信班固《漢書‧藝文志》的記載。我有一個觀點，是受我的導師影響的，北大林庚先生是我的博士生導師，他曾經對我這樣說，搞先秦文學研究，很重要的一點，依據的文獻資料，必須越早越好，越晚越不可靠，也就是說，研究先秦時代的文學，包括歷史和哲學，你所依據的資料，最好是先秦時代的。當然這裡有一個問題，漢代很重要，因為先秦很多資料，是在漢代整理編成的，所以先秦兩漢時代的資料，往往是考證先秦時代作品相對比較可靠的。這一點很重要，除非你後代出現的出土文物，確實推翻了當時先秦兩漢時代資料記載，才是可信的，否則的話，我們的判斷，應該越靠近屈原時代越可信。由這一點，我認為，我們應該基本上相信《漢書‧藝文志》，基本上相信司馬遷的《史記》。所以我的觀點，總體上還是認為 25 篇作品基本出於屈原之手，具體考證這裡就不展開了。

屈原作品中，最主要的代表作是《離騷》，這是我們瞭解把握屈原，包括那個時代和那個時代文化核心的作品。我給它的定義是——中國第一部具有敘事成分的自傳體長篇抒情詩，這個定義，比較長一點，定語多了一點，但很重要，什麼重要？首先要認識到，《離騷》是抒情詩，同時具有敘事成分，為什麼具有敘事成分？因為它具有自傳的性質，把自己個人的身世、經歷、感情、遭遇，乃至最後結局，都寫進了詩當中。但是，我們又不能把他作為敘事詩來看，因為它不是一部純敘事詩，而是抒情詩，抒發他的情感，什麼情感？牢騷、怨恨、不滿。我為什麼強調這一點？因為最近出現一個觀點，說楚辭是史詩，這個觀點是不準確的，史詩必須是敘事詩，而不是抒情詩。這個東西談起來會扯得較遠，簡單說，就是西方史詩發達，敘事詩發達，而中國抒情詩發達，敘事詩不發達，但不發達不等於沒有敘事詩，也不等於沒有史詩，一般來說，《詩經》中《大雅》和三《頌》部分篇中，有幾篇是公認的短篇史詩，這裡不展開了，僅提出觀點。楚辭肯定不是史詩，那是確鑿無疑的。

屈原所寫的是抒情詩，但有敘事成分，相當於自傳的性質。我想重點對《離騷》稍微作些展開。詩篇第一部分，首先講自己的身世，出生高貴且具有先天的內美，這個內美很重要，這首《離騷》詩中，屈原搞了一個非常獨創的手法，用男女關係的比喻，追求異性的美，來展開他的敘述。所以他一開始展示這個美，實際上帶有一點美女先天具有內在美，但不滿足於這個內在美，還

要外加美，所謂外加美，就是他的「修能」修身。怎麼理解？屈原整首詩中，把自己前半段化作美女，大臣希望得到君主寵幸，這個君主是男子，這個大臣是女子，女子要博得男子喜歡和寵愛，所以就不斷地以打扮自己來博得男子寵愛。這實際上的內在因素是什麼？這個所謂修能，就是內美基礎上再加上外美，增加的外美，就是修身，就是「吾日三省吾身」，就是不斷修煉自己的品德。所以，屈原的香花美草打扮自己，怕美人遲暮，就怕美女老了得不到寵愛，實際上是指品德高尚的人物，還要不斷地修煉自己，增加自己的美德，使之成為一個完美的人。詩篇接下來述說，即使我這麼內美加外美，但還是受到了很大挫折，這當中，摻入了屈原自己的表白敘述，講自己的經歷，這個經歷當中，包括歷史和現實，說明君臣不合，而他培養的學生又背叛了他，他自己不願意隨波逐流，他堅持要修身，要奉行齊家治國平天下儒家這一套，它絕不改變自己的初心，不願意同流合污。

詩篇第二大部分加入一個設想人物女嬃，這個人物勸告他，希望他轉向，實際上是襯托表明他不改自己的志向理想，即便有人勸告，他也不聽。接著展開想像的翅膀，從地面飛到天國，離開現實世界，向幻想天國去追求。詩篇的奧妙，就在於上半部分把自己設想成美女，希望男子君主對她寵愛，下半部分變成男子，君主成了女子，他追求這個女子，再次向君主表白，表示自己的志向和理想。但是很遺憾，三次求女都告失敗。失敗以後，即便請神靈幫忙，還是不成功，於是展開了豐富的想像，靈氛占卜，巫咸降神，去國遠遊等等。大家都讀過《離騷》，後半部分展開的天國想像，非常富有浪漫主義色彩。因為現實非常殘酷，他終究不能實現理想，所以詩篇最後只能從彭咸之所居，彭咸是他仰慕的一個神話人物，這個人物最後投水而死，所以他要傚仿他，以身殉道，以身殉理想。

我們要認識屈原是怎樣一個人，核心就是要抓住《離騷》詩篇，《離騷》詩篇是屈原心靈世界最形象也是最浪漫的展示，一個刻畫，一個描摹，簡單說，上篇寫實，是記人事，是女求男，下篇想像，是上天國，是男求女，中間以女嬃勸告作為轉折，整篇是始終圍繞追求理想的實現，始終不渝，九死未悔。

如果說，我們要抓《離騷》詩篇當中的核心詩句，從而理解和認識屈原這個人物，我覺得這些詩句，具有哲理性，是核心，是重點，把這些詩句抓住，就能夠理解，能夠貫穿，就可讀懂讀透《離騷》了。

　　由此，我比較感興趣的一個話題，或者說，今天我們怎麼認識屈原的一個很重要的問題，即，屈原究竟是文學家、詩人，還是政治家、改革家？這句話怎麼說？我們今天知道屈原，是由於他的詩歌作品，屈原的詩歌作品流傳下來，才使我們知道，歷史上有這麼一個人，他寫了這些詩篇。毫無疑問，對我們而言，屈原顯然是詩人，是文學家。但是如果從歷史角度來看，把他放在他那個時代，戰國時期的楚國，屈原是不是一個想當文學家、想當詩人的人呢？他實際上是一個想當政治家，想當改革家的人物。他的主觀願望，和當時他所生活的客觀環境是矛盾的，他的理想和現實是矛盾衝突的，因為楚國當時的歷史背景，已由強轉弱，莊王時期是頂峰，到懷王時已走向衰弱，為什麼會衰弱？與懷王本身是個昏君有關。屈原早期是懷王非常信得過的人物，屈原利用懷王對他的信任，立足改革，立志實行美政，要把楚國變強大，聯合齊國，聯合六國，對抗秦國，最終實現一統天下，這是屈原青年時期立下的志向和理想。但是，他沒能達到這個理想，因為現實太殘酷，君主昏庸，姦臣們誹謗。我們看一下，實際上，屈原的主觀願望並不是想當詩人，完全不是，這些詩歌是因為他在受到壓抑、打擊後，在怨憤至極的心理狀態下，予以的發洩，就是說，他想得到的理想，在現實環境下，不可能實現，他一而再地向君主表白自己的美好願望和理想，都無法如願實現，只能用文字的形式寫下來，可以說，他寫的這些詩歌作品，是被逼出來的，是由於憤怒而抒情的，是由於怨而生出怨情。這裡面還有現實人們對他的評價，包括司馬遷，包括班固，包括一些當時所謂的有識人士，對他評價不是很高，為什麼？他們認為屈原不必要最後投江自殺，他可以到其他諸侯國去實現他的理想，去施展他的抱負，何必弔死在楚國一棵樹上？天涯何處無芳草？但是屈原始終不渝，不改初心，他不願意與世沉浮，他完全出於自己執著的理想追求。所以，實際上從屈原主觀上來說，他是想做一個政治家，做一個改革家，但是歷史開了一個玩笑，讓他成為了一個詩人，一個偉大的傑出的詩人，這一點，我希望同學們應該瞭解，應該要把握。屈原主觀上沒有一點想當詩人的動機，他是想當政治家，想當改革家，想跟商鞅一樣成為改革成功者，但是實際上，歷史很殘酷也很客觀地下了結論，改革人士都沒有好下場。所以簡單地說，假如屈原成功了他的改革，楚國聯合六國打敗了秦國，楚國一統了天下，屈原成為了一個像商鞅、吳起一樣的人物，當然結局怎麼樣很難說，即便是順境，即便是沒有遭到最後悲慘下場，他在歷史上也只是一位改革家、政治家，而不是詩人，不是文學家，我們今

天就讀不到《離騷》、《天問》、《九歌》這些作品了，他恐怕就達不到今天文學史、詩歌史上的高度了。這個問題，我是從人類文化發展的角度來說，從中國文學發展史的角度來說，從中國詩歌的發展來說，帶一點開玩笑的成分，我們今天似乎寧可要詩人的屈原，也不要改革家的屈原，也許屈原自己聽到這話，會很傷心。

　　由此我聯想到屈原在世界文學史上的定位。怎麼會聯想到這個問題？主要因為，1953年世界和平理事會，曾經確定當年所紀念的四位世界文化名人，就是世界文化理事會在歐洲開會的時候，討論1953年這一年，我們全世界要紀念哪幾位著名的文化人物，當時確立了四位，中國的屈原名列其內。這件事情影響很大，他不光說明中國有屈原這麼一個人，說明屈原的成就被世界所承認（當然這個世界不是所有的全世界各國），說明他達到了一個國際承認的地位。由於這一點，我們就聯想到屈原在世界上，在世界文學史上，有沒有他的客觀評價和地位。這一點我個人有一個觀點，這個觀點在學術界也有相同的認識，我這個觀點的產生，是由意大利但丁的《神曲》聯想產生。很偶然的機會，我在圖書館翻書時，看到中文版譯本但丁的《神曲》，翻閱的時候發現一張插圖，這插圖在《神曲》第三部分「天堂」篇部分，《神曲》分為地獄、煉獄、天堂三部分，但丁在詩篇中展示了他的想像，從地獄到煉獄，再到天堂，圖像展示的是在天堂，主人公坐車在天國遨遊。這張圖引起了我很大興趣，我馬上聯想到屈原在《離騷》後半部分，也是展開想像，遨遊天國，也是坐車，前有雷神雨神，後有多神跟著他一塊。由這個聯想，我產生了將《離騷》和《神曲》、屈原和但丁做比較的念頭。後來才知道，在我之前，實際上也有學者做過這樣類似的比較，但我把它系統化了，做了一些推導，寫成了專門的論文。由但丁和屈原比較，使我感覺到，屈原在世界上古時代的詩歌史上，地位不低。這句話怎麼說？上古時代的詩壇，我們橫向看世界詩歌，如果作橫向比較的話，就會牽涉到《離騷》是中國詩歌史上第一部具有敘述成分的抒情長詩。你看世界上古時代的詩歌，幾乎是清一色的敘事詩一統天下，當然包括史詩，史詩是敘事詩代表。最典型的，《荷馬史詩》是代表，是成就最高的敘事史詩，描寫特洛伊戰爭。而如果你把古印度，古希伯來，古埃及，乃至古希臘的詩壇都掃視一下，鳥瞰一下，你會發現，詩壇占主導地位的都是敘事詩，很少有抒情詩，有嗎？也有，古希臘薩福是一個典型的抒情詩人，但是她的詩歌，並不與本人的情感相關，所抒發的是對大自然和神的祈禱，包括其他地方，乃至中國少數

民族在上古時代流傳下來的抒情詩，雖然帶有抒情成分，卻都是對大自然的祈禱和歌頌，所抒發的情，不是詩人個人的情，而是對上帝和神，希求賜予人類雨水、豐收和豐衣足食，這個情，完全是人類共有的，為生存、為繁衍而抒發的情，而不是詩人個人的生死經歷、理想、抱負，實現個人奮鬥的情感。從這一點上來說，屈原詩歌的地位就確立了，也就是說，在世界上古詩壇上，我們整個的作鳥瞰，抒情詩代表就是屈原的詩歌，別人沒有辦法比。再看縱向，我所謂縱向，就是上古時代到二十世紀，我做了點梳理工作，這裡不展開了。歐洲最傑出的一流大詩人，意大利但丁、英國莎士比亞、德國歌德、俄國普希金，他們的詩歌都是非常高的高峰，但是把他們詩歌的詩體形式、詩歌抒情的感情色彩，以及所運用的藝術手段和表現手法，拿來做粗略的比較，可以得出一個結論，屈原排在他們當中毫不遜色。當然，從作品的數量和篇幅上來看，可能屈原的詩歌篇幅跟他們難以比較，但丁《神曲》篇幅很長，莎士比亞雖然是戲劇，但他的戲劇是用詩歌形式來寫的，包括歌德《浮士德》，都是長篇的，篇幅很大，這方面屈原詩歌作品不能比，但是從成就、風格特色，從詩歌藝術表現手法來說，還是可以比較的，這樣就能確定中國屈原在世界詩歌史上的地位了。這個話，這裡不具體展開了，只是一個認識看法。

對屈原來說，還有一個很重要的問題，也是在我們一般中國老百姓心目中的主要問題，就是屈原的愛國主義問題。我們今天怎麼來看屈原愛國主義，我想，很明確。我前二年參加中央電視臺搞的一套影響很大的《典籍裏的中國》節目，《典籍裏的中國》選取了歷史上的典籍作品，來表現中國的歷史文化，其中有《楚辭》。我被邀請作為指導專家，編導們討論劇本時，說了一句很明確的話，講到屈原，就是愛國主義，談屈原不談愛國主義，是不可能的。我提出了不同看法。愛國主義的國，有歷史的成分，我們今天的愛國，講的是愛中華人民共和國，她包括臺灣、香港、澳門，包括 960 萬平方公里上的 56 個民族，毫無疑問，熱愛中華人民共和國，是今天的愛國。但是屈原那個時代，國是什麼？戰國時代的國，是由春秋時期的各諸侯國，逐漸通過戰爭、吞併而成的七個大國，楚國只是其中之一，也就是說，楚國只是當時中華大地上的一個諸侯國，它居於長江中下游地區，不是中華民族完整統一的國，也就是說，屈原所愛的國，是楚國，這個楚國不代表齊國、秦國、趙國、韓國、魏國，而我們今天所講的中華人民共和國，絕對是包含了歷史上所有的諸侯國。所以這裡牽涉到一個問題，如果講屈原是愛國主義，那他所愛的國，只是歷史上的一個

諸侯國——楚國，而不是今天的中華人民共和國，這顯然有時代侷限，有歷史侷限，我們今天把屈原對當時楚國的忠誠和熱愛，上升到今天熱愛中華人民共和國，我覺得是不恰當的。假如你把屈原的愛國，拿到今天來說，那當時和今天屬於秦國領地的老百姓怎麼辦？秦國和楚國當時是針鋒相對的敵我，今天的秦國領地就不屬於中華人民共和國嗎？所以不能用今天的愛國主義來套屈原，這裡有歷史和時代的侷限。那麼屈原是什麼精神呢？屈原是一個具有濃厚忠君意識和戀鄉愛民情結的人，他的忠君意識非常濃厚，他的愛民情感極其深厚，我們不能用今天的標準來衡量要求他，屈原當時的忠君就是愛國——忠於懷王、熱愛楚國，所以我們不能把今天的愛國和當時的愛國等同起來。

我剛才列舉《離騷》一系列的代表性詩句裏面，我們可以充分看出屈原愛楚民的情感，實際上，如果我們高度概括屈原的意識情感，就是四個字：忠君愛民——這才是他的核心。後來的央視節目，就著眼於了屈原的求索精神，家國情懷，熱愛故鄉故土，抓了三篇重點作品——《橘頌》、《天問》、《離騷》，這是屈原的核心情感所在。

這是我今天要講的屈原的侷限，以及我們今天紀念屈原意義的問題。屈原應該說在歷史上是一個高大的人物，這個人物我們一般認為，他的品格，他的人品，他的求索精神，他的家國情懷，他的矢志不渝的鬥爭精神，他的九死不悔的奮鬥精神，都是非常值得我們今天學習、紀念的。但是我們也要認識到他的侷限，他的侷限在什麼地方，就是歷史的侷限，時代的侷限。

我概括了一下楚辭和屈原，我說，楚辭姓「楚」，屈原姓「屈」，這兩句話應該說很有道理。什麼叫楚辭姓「楚」，首先要明確，楚辭這個名稱不是屈原時代所有的，這一點大家要知道。楚辭這個名稱，是西漢劉向在編訂屈原和宋玉等人作品的時候定名的，編成以後，有了楚辭這個名字。為什麼說楚辭姓「楚」，因為楚辭確實產於楚地，由楚人所寫，表現的是楚國的文化，楚國的歷史，楚國的政治，楚國的風土人情，楚國的自然景觀，抒發的也是楚人的情感、經歷、理想、抱負等。南宋有一個文人黃紀思，他講到楚辭是紀楚地、抒楚人、名楚物、書楚名，整個楚辭的語言、詞彙、典故、神話等所呈現的，包括地名，人名等，都跟楚有關係，所以說，楚辭姓「楚」。這裡又有一個小插曲，還是央視一套，端午節的時候搞了一個晚會，晚會上有一個節目，表現余光中和屈原的對話，形式非常好，很富想像力，余光中寫過「藍墨水的上游是汨羅江」，這個汨羅江，就是屈原創作詩歌的來源，說明詩歌起源地是汨羅江，

是屈原的作品。但是劇本犯了一個小毛病，就是余光中見到屈原時，對屈原說，屈原先生，我讀了你的楚辭作品——這句話錯了，怎麼錯了？余光中對屈原說，我讀了你的楚辭作品，屈原會奇怪，什麼叫楚辭？因為楚辭這個名稱，不是屈原所定的，是西漢劉向所定，劉向的時代，離開屈原時代足足有數百年。應該說，屈原先生，我讀了你的《離騷》等作品，那就對了。我們再看屈原姓「屈」。這是巧合，但是有道理——屈而生怨，屈而發憤，屈而吐騷，也就是說，你要抓屈原這個人物，其實抓住這個「屈」字就有道理了，這個「屈」字，就是委屈，他受了極大的委屈，他本來完全想以自己的忠君，來實現他的偉大理想抱負，讓楚國強大起來，但是沒有想到，懷王是個昏君，受到了奸臣們的挑撥離間，冤枉了屈原，流放了他，他絕對受到了委屈。正是因為受委屈，才產生了怨，這個怨，就是他的作品都是由怨而生，他所寫的都是怨。所以，怨是導致他作品產生的思想情感之源。其實，不僅僅是怨，還有憤，這個憤字很重要，我們知道，我們現在有一句話，叫「憤怒出詩人」，詩人要寫出他的詩歌，一般情況下，如果天天山珍海味，天天唱歌跳舞，說老實話，你根本寫不出好詩，而一旦你受到了冤屈，受到了迫害，在這種情況下，你會憤怒，你會寫下心裏要噴吐的話，這些話，是從心裏流出來的，它們很可能非常富有哲理，甚至能流傳百世。「發憤抒情」跟「憤怒出詩人」是一樣的，在戰國時代的屈原，在他《惜誦》詩裏，直接提出「發憤抒情」，由此，我們的詩學理論中，有一個非常重要的詩學觀點，叫「發憤抒情」，就是說，發憤所抒發的情感，才會流出好詩篇，湧現好詩句。也由於屈而吐牢騷，對《離騷》這兩個字，作為詩篇題目，歷來爭議很大，究竟「離騷」是什麼意思？我個人比較傾向於北京大學已故著名教授游國恩先生的觀點，離是疏離，騷是牢騷，屈原受到疏離、受到流放而發出牢騷，這詩就是一首牢騷詩。怎麼會有牢騷？因為委屈，冤屈，所以，對屈原的瞭解、把握，我的觀點就是從「屈」字上抓，能抓到靈魂，抓到實質精神。

我剛才說的屈原的局限，就是他的忠君，他的忠君，某種程度上達到了愚忠，這一點，魯迅先生剖析得很深刻，說屈原終究還是幫忙，幫統治者的忙，他不反抗，中國歷史上很少有反抗。中國傳統的士大夫，都修身，儒家思想影響很大，入世就是忠君做官，不喜歡反抗，不會反抗，根子上不反抗。這裡面牽涉到一篇很有意思的詩篇，就是屈原作品當中的《漁父》篇，不知道大家是不是對《漁父》篇感興趣？這個《漁父》篇很有意思，寫的是屈原流放時期在

河邊行走，行吟澤畔，這個時候他很落魄了，面容很憔悴，完全不像當年在朝廷上那般志滿意得，出入朝廷，應對諸侯。他在河邊上遇到了漁父，漁父見他這副模樣，很驚訝，問你不是三閭大夫嗎，怎麼完全沒有當年的氣度了？漁父隨即提出了一個觀點，希望屈原能夠識時務，與時俱進。什麼叫與時俱進？大家都沉下去時，你不要一個人浮上來，大家都頭低下來時，你不要一個人把頭抬起來。然而屈原卻回答說，「眾人皆醉我獨醒」，表現出孤傲自芳的神態和形象。漁父認為你不應該是這樣，你之所以走到今天這一步，很可能是因為你不能與時俱進，不能與世沉浮。在這一點上，我覺得，我們把問題要分開來看，如果屈原是像漁父所講的那樣，識時務，與世沉浮，他就不是屈原了，他絕對不會寫《離騷》、《天問》，他也不可能成為我們今天所認識的屈原。正是因為他的不與世沉浮，他的「眾人皆醉我獨醒」，才導致會有今天我們所看到、所認識、所讀到的屈原這麼一個人物，這麼一個形象。但是在當時時代，也包括現在這個時代，很有諷刺意義的是，往往識時務者為俊傑，這該怎麼理解？往往一些與時俱進的人，比較得意，他會實現個人的一些願望。而屈原這樣始終不渝、寧可投江而死的忠君人士，卻沒有好的下場。這很值得深思。所以我們讀《漁父》篇的時候，要理解，屈原用假設的漁父形象，來反襯自己的獨醒，這種偉岸的形象，我覺得是我們今天要紀念屈原一個很重要的方面。但是我們同時也要認識到，屈原不是一個完美的人物，他是一個歷史的人物，作為一個歷史人物，他的忠君絕對是當時時代的必然產物。他為什麼會跳河？他跳河不是一般情況下活不下去，沒有飯吃，要跳河自殺，他是用跳河自殺的行為，來試圖警醒君主——我一再勸你醒過來，你要認識清楚，你不要被奸臣們蠱惑，不要聽他們的話，你應該聽我的話，你應該認識到現實的情況。但是君主不聽，完全不聽，怎麼辦？他只能用自己跳河的行為來表白，來警醒君主，以生命的結束引發君主的醒悟。當然，實際效果是沒有的，但是從屈原本身來說，這是非常驚人的舉動，他這麼一跳，就跳出了歷史上影響巨大的屈原這麼一個人物形象。因為畢竟在生與死的問題上，對每一個人都是嚴峻的考驗，生死是最大考驗，而屈原偏偏在這個問題上，能夠用自己生命的死來殉他的道，殉他的理想，來喚起君主的清醒，從而試圖重新改革楚政，振興楚國，這應該說是非常偉大的，一般人根本做不到。所以屈原的投江自殺是壯烈的行為，是值得歌頌的，但是他的愚忠不值得後人仿傚。歷史和社會的侷限，使我們不能苛求，屈原的不反抗，也是我們應該理解的，因為中國儒家傳統，歷來不宣揚反

抗，宣揚的是忠君。

　　以上，是我對我們今天如何認識屈原這個話題，一個粗線條的、概括的闡述，我的目的就是要說明：第一，中國歷史上確有屈原其人；第二，現在流傳的屈原作品，著作權基本上應歸於屈原；第三，正因為有了屈原這些作品，我們便可以通過他的作品，以及其他史料，認識一個形象高大、品德高尚的偉大詩人，而且他創作的詩歌作品，在中國詩歌史上乃至世界詩歌史上，都是高峰。打一個比方，如果讓你推薦中國十大詩人，我想，屈原是少不了的，而從世界範圍來看，屈原曾經被作為世界和平理事會紀念的 1953 年四大傑出文化人物之一，說明他已走向國際，走向了世界，這個地位就更高了。我甚至打比方，如果要推舉世界十大詩人，中國只要有一個，也許屈原也能躋身於內，這是我個人講的，不一定得到公認。

　　時間關係，詹老師要求我留一點時間給大家提問和討論，這樣更好一點，對我剛才所談的，有不同看法的，可以討論。

　　詹丹：謝謝徐老師，現在有同學提問，古代龍真的存在嗎？因為端午節講到龍的問題。

　　徐志嘯：這個龍肯定是不存在的，是圖騰的產物，實際上是幾種動物的人為組合，在我們中國人心目當中，龍是吉祥的，拿到歐洲和美國不行，是恐怖的，現在找不到龍這種動物本身，它是一個組合，是想像的產物，是象徵。

　　詹丹：端午節的來歷，歷來傳說紀念的，我們知道的，至少有五個人，一個是屈原，一個是越王句踐，還有介子推，曹娥等，希望徐老師講講。

　　徐志嘯：剛才關於端午節，可能沒有講得具體。大家應該知道，端午在前，剛才詹老師所提到的五個人物，其實全都是後人附和上去的，把他們跟端午掛鉤，是要藉端午這個機會，利用這個節日祭祀，來紀念人們所要紀念的這些人物，也就是說，在他們這五個人物的前後，恐怕還會有第六個，第七個。端午是個習俗，端午祭祀節日已經存在，端午本身不是專門紀念某一個人，而是一種農曆時節的日子，跟自然界和農時季節有關，跟我們的 24 個節氣有關。那這五個人物怎麼回事呢？實際上是各地的人們，要紀念他們心目中的優秀人物，有意把這些人物跟端午掛起鉤來，各有各的故事，各有各的說法，都不能排斥。相對來說，這五個人裏面，屈原的影響最大，聲望最高，所以紀念的範圍和程度也最大。有的學者會有一些爭議，好像應該說端午紀念歷史人物，影響最大的不是屈原，是江浙一帶的某某。不是這麼回事，都可以紀念，這與

老百姓出於他們對自己這個地方上歷史人物的崇敬與愛戴有關，他們自發地和端午掛鉤。相對來說，在中國這塊土地上，影響最大的是屈原，所以很自然地，人們就以為屈原就是端午，端午就是屈原，這兩個變得密不可分了。

詹丹：還有，屈原巫的成分有多重？

徐志嘯：這個問題很好，我專門寫過論文。這個巫很重要，為什麼巫很重要？這個巫是怎麼回事？上古時代先民，他們的自然科學知識絕對是很貧乏的，他們不能解釋也不能理解大自然為什麼會出現日出日落、刮風下雨，為啥人會出生，也會死亡，自然界的農作物如何生長繁殖等等，這一切，他們都認為肯定有一個上帝或者是神在主宰，在控制操縱，於是為了使自己的願望能得到實現，比如希望今年秋天能夠大豐收，該下雨的時候一定要下雨，不要乾旱，不要下雨的時候，就不要下雨，不要形成澇災，這些現像他們自己不能控制，只能祈禱上帝，祈禱神，而祈禱上帝、祈禱神，就需要有個儀式，這個儀式當中有一個人物就扮演下到人間的神，作為代表，他就是巫神（巫師），這個巫神（巫師）口中念念有詞，有唱有跳，祭祀的時候擺上貢品，這些貢品包括魚、肉、水果等，這些東西象徵什麼，象徵人們把好東西給神吃，希望神按照老百姓的願望，該下雨時下雨，不下雨時不要下雨，讓我們農作物能夠豐收，讓老百姓過上好日子，風調雨順。這個現象，就是祭祀的儀式，祭祀的歌舞，在楚國的長江中下游地區非常盛行，而這個盛行，就為屈原創作楚辭，提供了一個先天的資料，屈原之所以會產生《離騷》、《九歌》、《天問》這些詩歌，受楚地祭祀形式、祭歌內容影響較大，而這些祭歌，很大程度上就來自於巫表演、巫祭祀，把這些形式和內容，融化到《九歌》、《離騷》中，特別是《九歌》，就非常典型地體現了巫的色彩。舉一個比較典型的例子來說，《九歌》就是巫歌，就是祭祀歌舞的記載，裏面有一篇《國殤》，《國殤》在原始《九歌》裏面是沒有的，屈原把原始《九歌》拿過來，進行改造，修改變成了一首當時時代的一個祭祀歌，這個祭歌是祭祀楚國被戰死的將士們，原始《九歌》是祭九個神、唱九遍歌、跳九遍舞，但你會發現《九歌》不是九篇，是十一篇，加進了《國殤》，這個大型祭祀，是祭祀楚國戰敗的將士們，秦楚大戰楚國大敗，就悼念這些將士，唱出《國殤》這個歌，屈原就把這個歌放到《九歌》裏面，就是要祭祀九個神，包括為國獻身死亡的將士，他們也是神，他們是要歌頌的對象，把陣亡的將士們的靈魂上升到跟神一樣的地位，然後加上《禮魂》，由於《國殤》和《禮魂》加在一塊，九歌就變成了十一篇。有人認為這個《禮魂》

是整個《九歌》的副歌，我不同意，我認為不對，禮魂禮誰？禮《國殤》，誰有魂？那些戰死的將士們，他們有魂，神是沒有魂的，神是不死的，不死的就不會有魂，死了才有魂。所以巫這個東西，實際上是上古時代先民們的風俗，他們的想像，摻入了神話，然後出現祭祀現象，出現巫師人物，而屈原把它們拿過來以後，創造性進行改造，化為作品當中的內容，包括《離騷》當中出現的靈魂占卜，希望神帶他上游天國等等，都跟祭祀有關係，祭祀跟生死占卜、上天國都有關。

我們看楚國的文化，楚地出土很多文物，當中都有靈魂昇天表現，這個靈魂昇天表現就跟巫，跟巫祭祀儀式都有關係。所以某種程度上，楚辭中是非常濃厚地融入了巫的成分，它們經過屈原的藝術加工，美化了，藝術化了。

詹丹：因為時間有限，最後問一個自己看到、也有一些老師提出的問題，我們上海有一個名師，曾經質疑過屈原，他主要說，屈原這個人太自戀，是他的自戀，導致了他的自殺，徐老師怎麼看？

徐志嘯：這個問題不稀奇，我聽說過，說屈原自戀很厲害，還有說他對女性心理變態之類。這是用現代眼光看歷史人物，因為屈原所寫下的作品裏面，人們覺得有很多地方語詞重複，反覆的成分多，一而再再而三的，到癡戀的程度，也就是過分，認為他帶有一點神經質，或者是自戀到過度的成分。我覺得這種說法不可信。為什麼？這實際上是說屈原在對理想追求方面，有一點執著和偏激，這個偏激程度，超過了一般人，但是不能說，這是一種生理上或者精神學上的一種自戀傾向。如果說，他是自戀，那他怎麼會投身？怎麼會自殺？他實際上是存在一種偏激的成分，這是一個人當他對某一樣東西執意追求，特別是個人理想得不到實現的時候，有點過度，有點過分，這是可能的，而正是由於這種過度和過分，才導致他會誕生這種滔滔不絕的長篇大詩《離騷》，這是很不容易的，因為在《離騷》之前，中國的詩壇還沒有長篇，沒有像《離騷》這樣的長短句，之前基本上是四言為主，而他這種長篇的滔滔不絕，像大河大江奔騰，完全是激情迸發，這激情迸發是一種控制不住的情緒的激化，按常理可以理解。你把這種情緒激化，說成是他一種控制不住的精神病，當然這個講法也許也有可能性，但是我認為，這是文人的一種宣洩狀態，大詩人大文人，在激情迸發時，會不顧場合，不顧客觀環境，詩性大發，應該是屬於正常的，文人和詩人需要情緒的宣洩，情緒的激化，否則出不了好作品。我個人認為。

詹丹：因為時間關係，不知不覺一個半小時過去了，我們非常感謝徐老師給我們做了一個精彩講座。我們的系列講座，開到現在已第九季了，先秦的內容其實還是不多的，請的老師很多，但是真正講先秦的不多，徐老師是研究屈原和楚辭的專家，來給我們做這樣的講座，提出了許多他自己的獨到見解，可以使得我們對屈原認識更加全面，更加深刻，所以非常感謝。因為之前徐老師不太習慣操作騰訊會議，因而跟我們的工作老師，互相訓練了好幾次，總算順利把這個課上下來，我們也是非常感謝。

今天就到這裡，謝謝徐老師讓我們分享。

附錄六　我看美國漢學

香港中文大學講座

講座紀要

　　本次講座，徐教授介紹了美國漢學的重要文學史作品與代表性學者，總結了美國漢學研究的特點與方法，並提供了自己對美國漢學的整體看法與意見。首先，徐教授在「漢學、國學、中國學」與「漢學、宋學」兩組範疇下辨析了漢學的概念，並將本次講座對於漢學的考察限定在文學範疇內。接著，舉出柳無忌《中國文學概論》、劉若愚《中國文學藝術精華》等幾部影響力較大的作品，並重點考察了梅維恆《哥倫比亞中國文學史》與孫康宜、宇文所安《劍橋中國文學史》兩部作品。徐教授指出，二書共同的長處在於關注文學文化史、中華文學史，抓住了東方漢字與西方字母間的差別，突破了歷史朝代框架的文學史分期，關注文學作品的保存、價值取向與傳播問題；而不足之處在於：出現了文類缺失（賦），體例不統一、不規範，不符合文學史客觀實際，章節邏輯混亂等問題。

　　在代表性學者及其研究中，徐教授舉出傅漢思的中國古代詩歌翻譯、研究與康達維的辭賦研究，重點考察了劉若愚、孫康宜、斯蒂芬・歐文的研究成果及其特點。徐教授指出，劉若愚重視中西文論的比較，曾將亞布拉姆斯《鏡與燈》中關於宇宙、作品、藝術家、觀眾之間關係的圖標由單向輸入輸出改為雙向互逆，形成了一系列具有參考價值的意見；孫康宜重視女性文學研究，提出了如何看待中國文學與西方文學關係的命題，強調了中國文化對西方的影響，十分可貴；斯蒂芬・歐文提出了距離說、舉隅法、沉默美學等一系列極具價值的意見。不過，對於斯蒂芬・歐文《中國中世紀的終結》一書中關於中國之「中

世紀」的說法，徐教授提出了不同看法。

最後，徐教授歸納了美國漢學研究的三個特點，即由漢字結構建立詩學、中西比較、視角獨特；三種方法，即運用詩歌意象作鑒賞品析、運用新批評方法解析作品、文學批評移用巴洛克風格。徐教授總結了美國漢學研究的成就與不足，提示中國學者應重視漢學研究，但也當堅守中國學問的研究本位。

提問與討論

在討論環節，線上觀眾就《劍橋中國文學史》對文學文化史的強調、中國學者從中國傳統出發創建理論的方法、漢學家的翻譯工作與其研究的關係、外語學者進入漢學研究的方法等問題向徐教授請教，徐教授一一作出了回應。

附錄七　徐志嘯學術信息

（2013 年 9 月～2022 年 12 月）

一、受聘信息

1. 被甘肅省學位委員會與甘肅省教育廳聯合特聘為「飛天學者」、講座教授【聘期三年：2014 年 3 月～2017 年 3 月】。

2. 被泰國皇太后大學漢學院聘為客座教授，應邀講學【聘期一年：2013 年 12 月～2014 年 12 月】。

3. 被上海交通大學人文藝術研究院聘為高級職稱評審委員會評審專家（2016～2018）。

4. 被復旦中學聘為該校博雅教育導師（聘期三年：2017 年 6 月～2020 年 6 月）。

5. 被上海大學文學院詩禮研究院聘為學術委員會委員（聘期三年：2018 年 6 月～2021 年 6 月）。

6. 被湖南省屈原文化研究基地（湖南理工學院）聘為學術顧問（聘期五年：2017 年 12 月 8 日～2022 年 12 月 31 日）。

7. 被西北師範大學文學院聘為兼職教授（聘期三年：2018 年 1 月～2021 年 1 月）。

8. 被北京光中書院聘為客座教授（聘期三年：2018 年 5 月～2021 年 5 月）。

9. 被上海交通大學人文藝術研究院聘為客座教授（聘期三年：2018 年 9 月～2021 年 9 月）。

10. 被北京外國語大學《國際漢學》聘為編委（2018～2022；續聘 2023～2027）。

二、國際及港澳學術活動

1. 2014 年 5 月，香港中文大學，「今古齊觀」國際學術研討會。
2. 2014 年 7 月，泰國皇太后大學，學術演講：關於儒家與道家。
3. 2014 年 11 月，泰國朱拉隆功大學，學術演講：談談我的科研體會。
4. 2015 年 12 月，澳門大學，學術訪問。
5. 2016 年 7 月，德國波恩大學，學術訪問。
5. 2016 年 12 月，澳門大學，學術訪問。
6. 2017 年 8 月，韓國忠南大學，國際東方詩話學會第十屆年會，主旨演講：趙鐘業先生對東方詩話學的傑出貢獻。
7. 2023 年，日本東京大學，楚辭研究暨紀念石川先生研討會。

三、國內高校學術講座

1. 2014 年 4 月，西北師範大學，比較與思考—我看《劍橋文學史》。
2. 2014 年 5 月，西北師範大學，治學漫談。
3. 2015 年 3 月 17 日，福建工程學院，如何認識歐洲文學？
4. 2015 年 4 月 15 日，西北師範大學，海外大學的人文與學術（蘭州電視臺 4 月 16 日專題新聞報道）。
5. 2015 年 5 月 6 日，西北師範大學，如何認識歐洲文學？
6. 2015 年 5 月 10 日，天水師範學院，海外大學的人文與學術。
7. 2015 年 8 月 15 日，山西大學，關於神話與六經的對話（山西衛視台 8 月 16 日專題新聞報道）。
8. 2015 年 10 月 15 日，上海師範大學，如何認識歐洲文學？
9. 2015 年 11 月 15 日，福州大學，中國有中世紀嗎？
10. 2015 年 11 月 16 日，福建工程學院，談治學經歷與體會。
11. 2015 年 11 月 25 日，首都師範大學，古典與比較——中國文學研究與世界眼光。
12. 2016 年 5 月 11 日，蘇州科技大學，楚辭《九歌》研究的若干問題。
13. 2016 年 9 月 22 日，西北師範大學，中國文學走向世界的思考。
14. 2016 年 10 月 25 日，西北師範大學（「博雅講堂」之五），德國漢學及其他——訪德歸來漫談。
15. 2017 年 6 月 30 日，浙江大學，新聞宣傳與文化修養。

16. 2017 年 7 月 27 日，山西陽煤集團宣傳部，領導幹部需提升文學修養。

17. 2017 年 12 月 3 日，浙江省浦江縣國學論壇，屈原、楚辭與中國端午文化。

18. 2018 年 5 月 5 日，北京光中書院論壇，我們今天如何認識屈原。

19. 2018 年 5 月 18 日，華東政法大學，從文學透視人生與人性。

20. 2018 年 11 月 16 日，福建工程學院，屈原屬於世界一流大詩人。

21. 2019 年 5 月 14 日，西北師範大學，比較文學在 20 世紀中國的發展。

22. 2019 年 9 月 22 日，北京光中書院，談談《詩經》的「寫真」。

23. 2019 年 9 月 23 日，北京大學，對《中國文學史》的一些看法。

24. 2019 年 9 月 27 日，清華大學，關於文學史的思考——兼談兩部歐美版中國文學史。

25. 2019 年 10 月 30 日，上海外國語大學賢達學院，談談比較文學。

26. 2019 年 11 月 18 日，西北師範大學，中國古代文學研究的五 W。

27. 2019 年 11 月 19 日，蘭州城市學院，談談屈原與楚辭。

28. 2019 年 11 月 25 日，北京語言大學，中國古代文學研究的五 W。

29. 2020 年 9 月 3 日，西北師範大學，如何認識海外漢學。

30. 2020 年 9 月 7 日，西北師範大學，與碩博研究生們談治學。

31. 2020 年 10 月 23 日，甘肅河西學院，如何看海外漢學。

32. 2020 年 11 月 2 日，首都師大，歐美版中國文學史的評點與思考。

33. 2020 年 12 月 2 日，上海交通大學，海外漢學與楚辭神話——以日本為中心。

34. 2022 年 9 月 27 日，上海師範大學，我們今天如何認識屈原。

35. 2022 年 10 月 28 日，香港中文大學，我看美國漢學。

36. 2023 年 6 月，福建閩江學院，談談楚辭。

四、出版學術專著、論文集及編著

1. 《楚辭研究與中外比較》（榮休文集），上海古籍出版社，2014 年版。

2. 《簡明中國賦學史》（專著），中國古文獻出版社，2014 年版。

3. 《楚辭綜論》（論文集，再版），上海古籍出版社，2015 年版。

4. 《楚辭》（注評本），長江文藝出版社，2015 年版。

5. 《詩經直解》（陳子展著，徐志嘯編），復旦大學出版社，2015 年版。

6.《日本楚辭研究論綱》（專著，再版），福建人民出版社，2015 年版。

7.《20 世紀中國比較文學簡史》（專著，再版），復旦大學出版社，2016 年版。

8.《今古隨筆》，福建海峽文藝出版社，2018 年版。

9.《陳子展文存》（陳子展著，徐志嘯整理），上海古籍出版社，2018 年版。

10.《思與辨》（論文集），福建海峽文藝出版社，2018 年版。

11.《北美學者中國古代詩學研究》（專著，再版），福建人民出版社，2021 年版。

12.《楚辭十講》，陝西人民出版社，2021 年版。

13.《詩經十講》，陝西人民出版社，2022 年版。

14.《學問求索》（論文集），臺灣花木蘭出版社，2023 年版。

五、學術論文及隨筆

1.〈翻譯研究三人談〉（上、下），《上海翻譯》，2014 年第 1、2 期。

2.〈文學史研究的啟示與思考〉，《文學評論》，2015 年第 1 期。

3.〈日本學者石川三佐男先生的楚辭研究〉，《漢學研究》，2015 年秋冬卷。

4.〈托爾斯泰失誤了——讀《復活》臆說〉，《名作欣賞》，2015 年第 5 期。

5.〈科學理性地認識中國文學〉，《光明日報　文學遺產》，2015 年 7 月 30 日。

6.〈如何認識和欣賞《楚辭》〉，《名作欣賞》，2015 年第 12 期。

7.〈神話與六經——中國文學之源的對話〉，《光明日報　文學遺產》，2015 年 9 月 22 日。

8.〈關於東方詩話與西方詩學的思考〉，《名作欣賞》，2016 年第 4 期。

9.〈陳子展先生及其治學〉，《上海文化》，2016 年第 6 期。

10.〈評北大版《比較文學概論》存在的問題〉，《南國學術》，2016 年第 2 期。

11.〈「漢語新文學」的是與非〉，《南國學術》，2017 年第 1 期。

12.〈實事求是認識評價漢學〉，《國際漢學》，2017 年第 2 期。

13.〈漢學及相關概念辨析〉，《國際漢學》，2017 年第 4 期。

14.〈讀《二十世紀中西文論史》〉（書評），《職大學報》，2017 年第 2 期。

15.〈關於新子學的思考〉，《諸子學刊》第 15 輯，2017 年。

16. 〈陳子展：傲骨見精神　文章百世名〉，《光明日報　學人版》，2018 年 4 月 9 日。

17. 〈應重視詩話著作的詩學價值〉，《光明日報　文學遺產》，2019 年 1 月 21 日。

18. 〈「變文」辨析〉，《學術研究》，2019 年第 8 期。

19. 〈《詩經》與禮樂文化〉，《職大學報》，2019 年第 5 期。

20. 〈兩部歐美版中國文學史之比較〉，《文匯讀書週報》，2019 年 12 月 2 日（整版）。

21. 〈關於漢學研究的思考〉，《國際漢學》，2020 年第 2 期。

22. 〈中國早期的文學史意識〉，《光明日報　國學》，2020 年 10 月 17 日。

23. 〈評《楚辭全注》〉，《中華讀書報》，2020 年 4 月 15 日。

24. 〈評《屈原文化研究》叢書〉，《中華讀書報》，2020 年 8 月 26 日。

25. 〈貴在韌勁和長遠眼光〉，《名作欣賞》，2020 年第 12 期（封面要目）。

26. 〈中國文學史的百年爬梳〉，《中華讀書報》，2021 年 4 月 14 日。

27. 〈評《哥倫比亞中國文學史》〉，《國際漢學》，2021 年第 1 期。

28. 〈葉嘉瑩的詩詞創作與鑒賞〉，《女作家學刊》，2021 年第 1 期。

29. 〈關於先秦文學研究的幾點看法〉，《先秦文學與文化》，2022 年第十輯。

30. 〈陳子展先生與古代文學批評史〉，《古代文學理論研究》，2021 年第 53 輯。

31. 〈從兩部百萬字巨著，看歐美版中國文學史〉，《中華讀書報》，2021 年 4 月 21 日。

32. 〈《湯漳平文集》序〉，《中華讀書報》，2021 年 10 月 27 日。

33. 〈中國文學走向世界的梳理與思考〉，《西北師大學報》，2021 年第 5 期。

34. 〈讀《吳宓詩話》隨感錄〉，《名作欣賞》，2022 年第 5 期（封面要目）。

35. 〈《詩經》學極簡史〉，《中華讀書報》，2022 年 5 月 11 日（整版）。

36. 〈評臺灣版《楚辭新編》〉，《包頭日報》，2022 年 8 月 9 日。

37. 〈楚辭學極簡史〉，《中華讀書報》，2022 年 7 月 20 日（整版）。

38. 〈賦學極簡史〉，《中華讀書報》，2022 年 9 月 14 日（整版）。

39. 〈把學術文章寫出「文學」味〉，《羊城晚報》，2022 年 7 月 31 日。

40. 〈從托翁未獲諾獎說起〉，《福建日報》，2022 年 11 月 1 日。

41. 〈楚辭姓「楚」　屈原姓「屈」〉，《中華讀書報》，2023 年 1 月。

六、學界評論

1. 〈「飛天」的學者〉，郭丹，《文匯讀書週報》，2014 年 11 月 28 日，《日本楚辭研究論綱》再版本【代序】。

2. 〈在交融中思考　在辨析中協奏〉，郭丹，《文匯讀書週報》，2019 年 4 月 15 日。

3. 〈治學之鴻儒　校園之人師〉，尹思琦，《西北師大報》，2015 年 4 月 30 日。

4. 〈簡明而不簡單——評《簡明中國賦學史》〉，吳從祥，《西北師大　先秦文學簡訊》，2015 年，《職大學報》，2015 年第 5 期。

5. 〈博觀而約取　厚積而薄發——評《簡明中國賦學史》〉，何新文，《遼東學院學報》，2016 年第 1 期。

6. 〈歐洲漢學及評論〉，胡繼成，《漢學研究》，2016 年秋冬卷。

7. 〈學術生涯的真實寫照〉，胡繼成，《文匯讀書週報》，2018 年 9 月 3 日。

8. 〈評《20 世紀中國比較文學簡史》〉，田晉芳，《中華讀書報》，2016 年 11 月 9 日。

9. 〈評《楚辭研究與中外比較》〉，郭宇，《古籍新書報》，2016 年 12 月 28 日，《理論界》，2017 年第 2 期。

10. 〈古典與比較的融合〉，湯伏祥，臺灣《國文天地》，2019 年第 4 期。

七、序文

1. 劉賽，《〈列女傳〉研究》序，中國古文獻出版社，2014 年版。

2. 吳從祥，《讖緯與漢代文學》序，中國社會科學出版社，2015 年版。

3. 賈學鴻，《莊子名物研究》序，人民出版社，2016 年版。

4. 周秉高，臺灣版《楚辭探析》序，臺灣五南出版社，2016 年版。

5. 《包頭日報》，2016 年 1 月 15 日。

6. 李金雲，《泰戈爾與宗教》序，復旦大學出版社，2023 年版。

八、《學人畫傳——四十年學術人生》

【《名作欣賞》別冊，2019 年第 8 期】